龚静染◎著

图书在版编目(CIP)数据

浮华如盐 / 龚静染著. —重庆 : 重庆出版社,2014.1
ISBN 978-7-229-07598-9

Ⅰ.①浮… Ⅱ.①龚… Ⅲ.①长篇历史小说—中国—当代 Ⅳ.①I247.5

中国版本图书馆 CIP 数据核字(2014)第 027437 号

浮华如盐
FUHUA RU YAN

龚静染 著

出 版 人：罗小卫
责任编辑：张立武
责任校对：胡 琳
装帧设计：重庆出版集团艺术设计有限公司·王芳甜

重庆出版集团 出版
重庆出版社

重庆长江二路 205 号 邮政编码:400016 http://www.cqph.com
重庆出版集团艺术设计有限公司制版
自贡兴华印务有限公司印刷
重庆出版集团图书发行有限公司发行
E-MAIL:fxchu@cqph.com 邮购电话:023-68809452
全国新华书店经销

开本:880mm×1230mm 1/32 印张:10 字数:216 千
2014 年 4 月第 1 版 2014 年 4 月第 1 次印刷
ISBN 978-7-229-07598-9
定价:29.00 元

如有印装质量问题,请向本集团图书发行有限公司调换:023-68706683

版权所有　侵权必究

目录

第一章	001
第二章	039
第三章	061
第四章	086
第五章	115
第六章	138
第七章	169
第八章	203
第九章	227
第十章	248
第十一章	265
第十二章	285

第一章

一

桥镇出盐是因为一只斑鸠。

这件事可能很多人都不会相信,就是在现在的桥镇人看来也近乎于荒谬,他们会说那只是小说中的情节,小说中的东西谁又会当真呢?但请相信我,在说出这句话的时候是经过慎重考虑的。当你读完下面漫长的文字之后,你就会相信自然的奇妙。而我之所以要说出这句话,其实是为了说说这句话中的三个词,它们分别是桥镇、盐、斑鸠。

桥镇,位于川西南,与雷、马、峨、屏等川边接壤,方圆二十里,人口数万,但桥镇的人口从来就是个模糊概念,旅人、商贾、工匠往来如云,是四川少见的水陆大码头。桥镇四周山丘连绵,巍巍峨眉就在其侧,但从古至今,无论你从哪个方向走进桥镇,迎面而来的都是一片开阔的景致,桥镇一览无余地躺在山水之间。有人说桥镇有点玲珑蕴藉的意味,岷江穿镇而过,这是一条宽阔汹涌的大江,还有一条静静的小河茫溪与之交汇,一动一静,相映成趣。而蜿蜒的河道也带来了桥镇两江三岸的小镇格局,河边榕树成荫,一到夏天,便把大片大片的凉爽送到了岸边的庶民百姓屋檐下。

　　桥镇境内河道交错,水面上船只穿梭不息,有大客船、载粮船、运煤船、小渡船、打鱼船、粪船等等,当然最多的还是盐船,浓郁的盐巴气息弥漫在河面上。沿岸是高高低低的吊脚楼,吊脚楼之间又有不少大大小小的码头,大码头是人来货往的地方,有的还有趸船相铺;小码头可能只能够通往岸上的一条小巷,常常是当地一些农副产品的船运通道,比如生姜、白蜡、麻丝、桐油等等。一旦忙过了季节,这些码头便寂无一人,成为了女人们洗衣汲水的地方。但桥镇更是个盐业重镇,跟一般的乡村小镇大不相同,从景观上一望便知,天车远近林立,烟囱里冒着浓烟。那些天车是专门用来从盐井中提卤的装备,用木头一节一节地搭建而上,形成塔状,有些高达数十丈,直刺蓝天,蔚为壮观。在桥镇像这样的天车有成百上千,每一个天车下都是一口深深的盐井,盐卤从地层中提取出来,通过熬制就变成了白白的盐。

　　就说到了第二个词:盐。字典里的解释很简单,就是一种咸的物质,但柴米油盐的盐跟字典上的盐是有区别的,盐是生活中的必需品,人不能缺少盐。这个事情还可以找出佐证来,据说古人天真烂漫,他们把盐当糖一样来吃,没事就嚼盐粒,嚼得有滋有味,但这样一嚼的结果是嚼出了历史。

　　这就说到了斑鸠,其实,历史对斑鸠而言是不存在的,虽然斑鸠飞行的时候翅膀略呈弧形,跟天空保持了某种平行的关系。但下面讲的故事却有些离奇,说明斑鸠在历史的某个片段中曾身陷其中,并让那段历史迷雾重重,当然那是只很久以前的斑鸠了。

　　事情是这样的,有一天,有只斑鸠飞过桥镇的山地时,突然头一栽,就掉了下来。捡到斑鸠的孩子心想白捡了块肉,搭上几根枯枝,就可以美美地打回牙祭。第二天,孩子又到山坡上割草,割着割着,突然,他身边不远的地方又有一只斑鸠掉了下来。他拨弄着斑鸠褐色的羽毛,光亮柔滑,身上并没有带伤,心里便嘀咕,没有人把它打下来呀。

下山的时候,孩子看到天很快就阴了下来,一块乌云正好罩在他的头上。孩子背着半背篼草就回了家,进了屋子,他妈问他为啥只割了半背篼草,孩子说是山上下起了大雨。牛槽在屋子的背后,去倒草要走过一道土墙,就在这时孩子又看见山上的那朵乌云,而乌云下飞过了一只斑鸠,他想这不会是那只掉下来的吧? 这样一想,他不由得打了个冷战。

孩子第二天没有敢再去那个山坡。过了几天,又有一个孩子到那个山坡去割草,他什么都不知道,只是埋着头干活,他想的是得为牛多割些草,因为犁田插秧的时节已经来了。他的刀是那样利落,嚓嚓嚓的,连那些五颜六色的小花也被割成了两截。突然,空中掉下了堆粪,"啪"地落在他的头上。孩子气急败坏地望着天空,但鸟并没有理他,它们照样在天上飞来飞去,甚至叫出的声音有点像在取笑他。孩子想,如果手里有把弹绷,"嘣"的一下,翅膀就变成了张烂纸。这样一想,他就没有那么气了。其实是鸟已经飞走了。他顺手抓了把草擦头顶上的鸟粪,把头擦成个乱鸡窝。

又开始埋头割草。割着割着就忘了鸟粪的事,也越割越起劲儿,草脆脆的,在镰刀下发出嚓嚓嚓的声音。这时候,空中又掉下了什么,他愤怒地回头一看,结果发现不是鸟粪,而是一只麻雀。

麻雀比斑鸠要小,再肥的麻雀也不足二两肉,这点美味还不够塞牙缝儿。但从那以后,桥镇的娃子都喜欢往山坡上跑,他们都知道山里有个秘密,那里常常要掉下些好东西,在割草、采野果,甚至闭上眼睛打瞌睡的时候,就能捡到各种各样的鸟,斑鸠、麻雀、布谷、黄莺、野鸽、鹞子……传言很快传遍了桥镇,在那个奇怪的山坡上,飞着一些奇怪的鸟,它们飞着飞着就奇怪地掉了下来。但事情太过奇怪了,就没有人敢吃这些鸟,因为白捡的东西大概只有牛粪蛋子。

揭开这个谜底已经是很多年以后的事了。人们在这片山坡上发现了盐,并在山坡上接连凿出了两口盐井,其中一口叫福泉,一口叫保通。又过了两年,再次凿出了四口盐井,短短几十年间,这个地方的盐井已经达到六百七十二口,上井四十六,中井一百零一,下井五百二十五,中、上井每井岁得盐十万斤以上,成为了四川的大盐场。朝廷在此设置盐课司,照井课税,并将部分盐换成马匹,充备边戍。为什么会在那个山坡上发现了盐呢?这是个秘密,而秘密的开头是一只斑鸠,是它把人们的眼光吸引到了那里。

这是明朝永乐年间的事了。

五百年后,也就是到了民国时期,抗战正在胶着阶段,有个叫缪剑霜的人来到了桥镇,自然也听说了这个故事。当时的情况是他推了推眼镜,意味深长地说了句:"这可真有意思呀!"

说完这句话,他又望了望天空:"桥镇现在的斑鸠多吗?"

在座的人都笑了起来,谁也没有去数过。但盐灶肯定是多了,其实缪剑霜关心的就是这个,盐灶越多越好,多了盐才能保障军供民食。当时的情况是整个中国沦陷了一半,沿海一带的盐场几乎被日本人占领,而内地最大的盐场就在川西南这一带。

缪剑霜是刚刚新上任的国民政府盐务总局局长,这个人在盐务界中有很大的争议。有人说他刚毅正直，有人说他独断专横，但此人绝非等闲之辈，乱世之际大概是需要厉害角色的。这次新官上任，他自然也要烧上三把火，为了抗战之大业，缪剑霜准备给盐灶减免税收，给盐商贷款、补贴和奖励，目的是让盐灶继续冒烟，达到增产抢收之目的。

在桥镇的考察中，缪剑霜还有一项重要的任务，那就是起草战时盐业计划。这是中国战时经济的一部分，时间紧迫任务重大。但此刻，他显然被这只斑鸠牵到了很远的地方。一个国民政府盐务总局的最高行政长官居然对那只鸟产生了兴趣，让所有在场的人都感到意外，他们想，缪局长到底在想什么呢？难道斑鸠跟抗战还有什么关系？

这时，缪剑霜又推了推眼镜说："还有什么故事？都讲来听听，我真的想听听……"

清朝道光年间，桥镇有个叫王贵的山匠，专门给人相井。他相井的方法很奇特，不用罗盘也不打卦，只要趴在地上闻一闻，说此处有盐，八九不离十，照直挖下去，就会出卤水。但王贵是个瞎子，什么也看不见，一把土摊在手上，水火了然于胸。桥镇人便讲王瞎子一定是看见了传说中的盐精。但看见过盐精的人，眼睛就会瞎。

过去，山匠王贵是个结实能干的小伙子，他在盐这个行当里已经干了很多年，从杂工开始，挑卤、修梘、灶房、煎盐、碓工、账房，再到山匠，他每一样都干过，每一样都摸得滚瓜烂熟。熟了又有份心思，就可以当山匠。山匠是盐业行当中的智者，探地脉，望风水，识辨井源，做的是形而上的事情。但就在王贵当上山匠不久，却突然得了一场怪病，一夜之间就什么都看不见了，成了个大瞎子。山匠时代的王贵便不存在了，他挂着拐棍在桥镇上走,孤苦伶仃——看见他的人都在背后悄悄议论,多结实的小伙呀,怎么就瞎了呢?有的人还记得当年的他,脑后甩着根油光黑亮的辫子,守盐井时不用床席,倒在木桩上就能过夜,把辫子一盘当枕头,第二天起来连喷嚏都不打一个。

成了瞎子,王贵就啥都不想了,他靠搓麻绳为生,他搓的麻绳又细又结实,串的铜钱不会散。但王贵搓麻绳的时候想的不是麻绳,而是井,是井下的盐。有一年,王瞎子走路不小心滚进了一块田塘里,当他挣扎着趴在田坎上喘气的时候,突然发现有块软软的、黏糊糊的东西在舔着他的额头,他伸手一摸,摸到了牛嘴。牛伸出舌头在他的脸上舔得啪嗒啪嗒直响,好像他的身上藏着什么好吃的东西。王贵好生奇怪,回去后,他就一直想这件事情,牛为什么会舔他呢?舔个瞎子还津津有味?打那以后,王贵便经常到那块田边去,站在田边愣愣地发呆,谁也不知道他要干什么,其实他就是没有把那件事情想通。

瞎子是必须要把一件事情想通的。

蛙声连成一片的时候,王贵又到了田边。那些人都有些可怜他,怕他再栽进水里,都会好心地朝他吼上一嗓子:"喂,王瞎子,掉进塘里鬼大哥捞你!"

这样的话喊过不止一百回,王贵理也不理。但有一天,天上下起了小雨,王贵就真的滑进了田里,他被水呛了一口,眼睛快翻白的时候他突然就明白了一个道理,就是牛为什么会舔他的道理。爬起来后,王贵便大声喊这块田的主人:"阚二爷,阚二爷……"

阚二爷正在房里磨苞谷,就带着两个佃农跑了过来,他以为王瞎子快淹死了,但一看王贵居然还乐着,人有些疯疯癫癫。这时,只听见王贵又喊又跳:"阚二爷,阚老汉,你要发财了!"

阚二爷望了望四周,只有几只麻雀飞来飞去,便扑哧一下大笑起来:"发个鬼财?王瞎子,你龟儿硬是会折腾人嗦,我问你,金银财宝是掉下来的还是长出来的嘛?"

王贵就说:"狗日的比我还瞎,告诉你,这块田下有盐!"

阚二爷想,田里明明长的是秧苗,咋还会长盐?

也就在那一年,桥镇有个地主想开井,因为盐是好买卖,能赚大钱,但是他不知道井开在哪里,只听别人说过打井就是赌,输赢三七分。如果没有挖到盐,他的那些地上种的是人家的谷子了。而这个时节,他的屋檐下已经挂上了一串串的苞谷棒子,院坝里晒着黄灿灿的谷子,那是一片丰收的景象。这时,地主正拿着竹竿撵着那些飞来飞去的麻雀,他才舍不得小鸟们吃掉他粮食,哪怕是一粒两粒。当然,撵走了麻雀,他就可以放心地站在谷堆里了,秋天的空气中有种微醺的气味,让他稀里糊涂地沉醉进去。

就在这时,他的院门"呀"的一声被撞开了,原来是王瞎子闯了进来,他是来告诉地主关于盐的事情的。

一听到盐,地主就把竹竿扔到了地上。几只麻雀早就饿慌了,"扑"地飞到了谷坝里,啄着那些金灿灿的谷粒。但地主已经顾不上这些了,兴奋得手舞足蹈:"王瞎子,要是真的替我找到了盐,老子就给你娶个婆娘,把铺盖窝暖得热和和的。"

"我不要婆娘,我只要副棺材!"

"棺材?"

"对,等我死了不至于喂野狗。"

地主就信了。那一天,他们两人来到了那块田塘前。这时庄稼已经被收走了,只剩下一截截的禾茬子,整块田像老妇人干瘪的乳房。地主很沮丧,脸一下就垮了下来:"盐在哪里嘛?"

"在地下,挖下去就会出盐。"王贵说。

"可这是人家阚二爷的田。"

"还不简单,你把这块田买下来,或者用你的一块肥田跟他换。"

"你倒说得安逸,难道阚二爷是猪?"

这时,地主的脸难看得跟那块田一样清汤寡水。

过了半年,就是王瞎子说的那个地方,一个外来的山西人把那块田佃了下来,开始大兴土木,凿井制盐。地主听说后,一阵大笑,他真不明白,这个世界怎么就疯狂了呢?看到碓架高高地矗立了起来,堆积如山的土像蚂蚁一样被搬走。有一天,地主就上去拦住一个担土的挑夫,那人正在挥汗如雨,十挑土两个铜子,一天挣十个铜子收工。那人吼道:"让路让路!"

但地主一点也不生气,反问:"路在哪里嘛?庄稼人不种庄稼,糟蹋好端端的地,这也是路?"

挑夫突然被他这样一问,就停了下来。

他抹了把汗,望着周围的稻田早已挂着沉甸甸的穗了,穗子饱满结实,都透出一阵一阵的香味了。其实,在被山西人雇来之前,他一直是地里的庄稼汉。但山西人说过,井打出来后,每天可以挣四碗米饭。挑夫就是为这个来的。在乡下,四碗米饭就可以娶老婆了。但他怜惜肥沃的地,不种庄稼让他心疼。于是挑夫使劲摇了摇头,就径直回家种地去了,因为他过去听人说过,不耕之民难与为善,那是古书上写着的。

很久后的一天夜里,人们已经进入梦乡的时候,地主突然惊醒,他听到噼噼啪啪的爆竹声音响彻桥镇的上空。这种情形只有两种情况,一是死了人,半夜出丧;一是打出盐井,向乡邻报喜。这次显然是后一种情况,一口新井打出了卤水,工人正在点燃爆竹庆贺,而这口井正是在王瞎子说的那块水田里。接下来,挑夫又回到井上当起了挑卤工,如今他一天真的能挣四碗白米饭,当然也就可以娶老婆了。

有一天,挑夫又碰到了地主,这回他主动停了下来招呼地主。这天的挑夫心情很好,见人就笑,他穿着新缝的衣裳,还没有下过水呢。蓝靛染的布料上浮着层浅浅的光泽,那股新鲜气只有过年过节时才会有。而这身新衣正是他用上月刚刚领到的工钱缝的,挑夫便有点喜不自禁:"嘿嘿,种地没意思,种三年地也当不了挑一年卤水!"

二

四川以南,在那个丘陵地带的小镇上,怀家的盐堆得像山一样高。

有人说,怀家盐仓里的盐能保证府岸一年的供应,府岸指的是华西坝子,那是块平坦得像熨过一样的地方,春天撒下种子,秋天像卷席子般一裹,稻谷满仓。但华西坝子不产盐,盐要出在丘陵地带,平坦的地方留不住盐,都流走了,抓起来的土只有牛粪味,没有盐味。所以,有米没有盐,再富庶的华西坝子也要吃桥镇的盐。沿着府河走,船到哪里,怀家的盐就销到哪里。有人说,怀家的盐要像山一样地堆着,华西坝子上才闻得到腊肉的味道。

怀家的主人叫怀荣三,当年就是他看到一只斑鸠落到他面前的时候,才决定留在桥镇,也才有了如今的兴旺发达。

那时,朝廷为增加税入,便鼓励民间凿井制盐,所有能够产盐的地方都办起了盐场。怀荣三的老家在山西,是个民风淳朴的地方,但因为一件事改变了这一切。当时有个同乡在运城采池盐,几年过后,人家是挑着十几担银子回来的,走过田坎的时候,沉沉的担子闪悠悠地倒映在水田上。一年后,同乡破旧的泥巴房变成了漂亮的砖瓦房,四口天井,高墙合围,门前一对石狮,还刻了门匾。从此邻里的男人们变得灰头土脸,过去你一簸箕糟我半箩糠,哪家又多得出个狗钵钵来?但如今这世道就变了。这年春天,怀荣三把分得的一点地和几间瓦房卖了,也准备到外面闯闯,因为他听说遥远的蜀山里有盐,只要把山敲开就能找到盐,据说有时候那岩层薄得像西瓜皮一样,运气好的话一敲就破了,卤水咕咕咕的就冒出来了。

临走之前,怀荣三路过了那个同乡的大宅院,但他的腿就像被黏住了一样。其实每次经过这个地方,他都会不自觉地停留片刻,他喜欢的女子秀兰就嫁给了这户人家。过去,秀兰与他家只隔了一条田埂,他俩是一条田埂上长大的。那时,怀荣三经常带她到塘里逮鱼捉虾,去树上掏鸟窝,还去搅蜘蛛网,把蜘蛛网搅成一块黑乎乎的黏球,放在竹竿尖上,竹竿轻轻一点,蜻蜓的翅膀就被黏住了。那是他内心中永远保留着的一点快乐。

这时,也不知道从哪里来的勇气,怀荣三迅速爬上了墙头,他还想看一眼秀兰。但院子里空无一人,响午的阳光直直地洒落在石阶和苔藓上,时光仿佛静止了一般,只有那几件花花绿绿的衣裙在春风中懒懒地飘荡,仿佛是被放大了的五颜六色的蜻蜓。

狗的叫声响了起来。

怀荣三吓得一阵狂奔,等停下来,汗水已湿透了衣衫,他喘着大气捡起个石块往狗扔去,但哪里还看得见狗的影子,他只是循着声音使劲一扔,把他所有的愤怒和耻辱都扔了过去。很多年后,怀荣三回忆起这件事都有些黯然神伤,因为让他没有想到是,就是那凶狠的狗叫送他踏上了遥远的路程。

离开老家后，怀荣三背着一捆谷草和一口袋干饼日夜赶路，累了倒头便睡，睡醒了啃几口干饼又走。天气渐渐凉了下来，那捆谷草很快就不能抵挡寒冷，他便跟着一支马帮走，这样他就可以挨着马睡。马的身体是一堆篝火，当然他也常常在被马尿淋醒的寒夜中簌簌发抖。

到了陕甘交界的地方，马帮还得继续往西走，而怀荣三则要往南走。要进入蜀地就得往南走，但往南走就闻得到蛮夷的腥骚味了，据说那是比马尿还要腥骚的味道。路途的艰辛超出了怀荣三的想象，有时渴了只能喝草叶上的露珠，露珠上飘着昆虫的残骸，而饥饿随时会如老虎一般涌来，他不敢去望平地里那突然飘起的炊烟，因为那些轻飘飘的烟子点燃了他肚子里的草。

在翻过秦岭以前，怀荣三已经走不动了，他的身体越来越轻，影子越来越飘，也越走越迷茫，他看不到前途，也望不到回路，举目无亲，寒冷的冬天无边无际。就在这时，他已经清楚地望见了一座不知有多高的大山。当地人说，那座山还叠着无数座山，一座比一座高，云缠雾绕间豺狼出没，死一百回都不足为奇。

怀荣三在山下的一个小镇上停了下来，开始喝酒，把头埋进土碗里，三天三夜都没有抬起来过。他对着酒碗胡言乱语，其实醉了就不用抬起头来，因为一抬头他就会看见那座横亘在眼前的大山，压得他喘不过气来。

有一天，怀荣三从一个红嘴唇白脸皮女人的床上爬起来，他都快爬不起来了，女人在夜里放走了他的血。但就在这时，他听到窗外一阵喧闹，连忙从窗子的斜缝中往外看。原来是一队被发落的犯人经过这里，街上有很多人正在围观。那些囚犯跟他一样满脸乱草，脚腿上流着发黑发臭的脓液，目光冰凉如刀。

第二天,怀荣三就跟上了那队囚犯,衙役正押着犯人翻越那座不知有多高的大山。临走前怀荣三说:"我走了。"红嘴唇白脸皮的女人连瞟都没有瞟他一眼:"你还会回来的。"她斜靠在扶栏上,磕着瓜子,下垂的乳房上留着不同男人的指印。

但怀荣三一拐一瘸地走了。这一去,怀荣三就把自己当成了囚犯中的一个,他拄着木棍跟在后面,这时已到了初夏时节,怀荣三在酒里荒废了整整一个春天。山里的雨水连绵不断,他的衣服从来就没有干过,在山里走了多久他已经不知道了,他的头脑里一片空白。他已经死了。一天夜里,怀荣三在梦中哭了起来,他成了真正的囚徒,阎王用大链捆着他往黑暗的地狱里走,他绝望地大嚎大叫,只差一步就要下地狱了。但突然镣铐就被挣脱开了,他不顾一切地向外冲去……原来是只脚在踹他,咚的一下。踹他的人是个杀人犯,那人把奸夫杀了,然而没有捍卫到女人的贞洁却害了自己。怀荣三每天都跟着这些奇形怪状的囚犯们挤在一起睡,以抵御山里刺骨的寒冷,他的身子缩成了鼹鼠的形状,只有那颗可怜的心脏在微弱地跳动。

"你狗日哭得好吓人!"杀人犯低低地骂道。他杀人时都没被吓到过。

那时的怀荣三已经死了。只是有一天,他看到那些囚犯的腿上都开始掉蛆了,那些白色的蛆像小米一样落到了地上,让他感到了剧烈的饥饿。饥饿让他活着。终于有一天,一阵阵的恶臭穿过他鼻子的时候,就看见有人倒下了,人滚到了他的脚下,头颈重重一折,眼球暴突,嘴角的乌血顺着枷板流了下来。在路上这样的情景接二连三,他腿上也开始流着发黑发臭的脓液,头发有三尺长,像枯黄的谷草,但他还年轻,已经对死麻木了,或者说是对活着麻木了;他就在死和活之间麻木地走着。

这时,衙役用长棍使劲戳了他一下,怕他掉下山底去。但衙役实在想不明白——这个小子一直没日没夜地跟着他们到底是为了什么,便问道:"小兄弟,你到底要到哪里去?"

"到有盐的地方去。"

"去干啥?"

"找盐!"怀荣三的眼睛里闪出一丝光亮,又补充了一句,"我们老家那里找到盐的人都发了大财!"

衙役哈哈大笑起来。之前衙役从来就没有笑过。

所有的囚犯都抬起了头,终于明白了跟着他们走的人原来是个疯子!

有一天,这已经是很久以后的一天了,红嘴唇白脸皮的女人突然想起了怀荣三,因为她断言过他会回来的,没有哪个上过她床的男人能翻得过那座大山。但怀荣三没有回去,这时的他已经到了一个叫桥镇的地方。

怀荣三早已经忘记了红嘴唇白脸皮的女人,在路上的时候他只想起过秀兰。秀兰就像天上的白云一样。其实,他连秀兰都快想不起了,他的记忆已糟得一塌糊涂,长时间的劳累快让他的身体的每个地方都出问题了,尽管他拼命地想重新记起秀兰的眼睛、鼻子和小嘴,但它们已经模糊了,模糊得让他神情恍惚,连伤心忧愁都不知道是什么滋味了。

奇迹就是在这时出现的。

快走到桥镇的那天,怀荣三突然就愣住了,他的眼前一黑,不远的地方落下了一只斑鸠。那时他正努力地想着秀兰,从白云下就突然落下了一只斑鸠。

怀荣三抚摸着那只鸟,漫无边际地想着。他从山西到四川有几千里的路程,穿过了不知多少山峦丛林,头顶上飞着各种

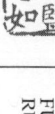

各样奇异的鸟,没有一只掉下来,却在这里掉下一只,而且就落到了他的面前!

脑袋里的那层坚硬的岩石瞬间就坍塌了,他仿佛突然就想明白了什么。这就是天意呀,一定是天意!这时,囚犯们正在继续往前走,怀荣三就对衙役说:

"大哥,我不走了,拜托你返回时给老家的人捎个信,就说我找到挖盐的地方了。"

"是吗?小兄弟,祝你发大财!"

衙役又笑了。

怀荣三离开囚犯的队伍那天没有人注意他。在他们看来,这个半夜里做噩梦的人就是个精神失常的疯子,半夜里杀猪嚎似的梦呓真让人烦,因为真正的犯人是不怕黑夜的,他们什么也不会去想,更不会做噩梦了。

怀荣三走的时候,想跟他们告别,便对那个杀人犯说:"喂,兄弟,我闻到盐味了,不走了。"

杀人犯像没有听到似的,只是胡须动了动,连看都没有看他一眼,这让怀荣三突然感到好伤心。

在桥镇的河里,极度疲惫的怀荣三洗了把脸,但镜子似的水面把他吓了一跳,里面飘着一具僵尸!他又捧了口水,咕咕咕地喝了下去,他太渴了,就像从来没有喝过水一样。连喝了几大口冰凉的水后,他又吓了一跳——水面正围来了一群饥饿的鱼,闪着白森森的牙齿!第二天他就倒下了,脸色惨白,浑身乏力,躺在桥镇的一个破旧的客栈里,如同死了一般。

客栈掌柜是个老好人,看他可怜,就把桥镇有名的狗屎郎中请了来。"狗屎"二字并无糟蹋之意,相反是在夸奖这位郎中,据说他开药不喜名贵药材,多用田间地头的草药,像狗屎一样不值钱,勾在指头上的药包轻飘飘的,但药到病除。

这时，只见一个穿着青色长衫的人来到了怀荣三的床榻前，他的中指轻轻搭在了怀荣三的手腕上，摇了三下蒲葵扇就下了药方。知道他的人都明白，只要摇三下扇子就说明把病号住了。但几日过去，药居然在怀荣三身上不见效果，怀荣三依然虚弱得像张草纸，狗屎郎中的扇子被黏在空中一动不动。

这件事情就传到了瞎子王贵的耳朵里。这一天，他就慢慢摸到了客栈前对掌柜说："给那个山西人捎句话吧，就说我王瞎子能治他的病。"

掌柜伸手去摸王贵的头，看看他是否在说胡话。

王贵笑了，轻轻把他的手挪开："我有祖传秘方，专治他的病。"

掌柜仍然将信将疑。但事实是王贵一进去，苍蝇就飞开了，屋子里的灰尘呼呼往下落，时光好像回到了一百年前。这时，风突然把窗布掀开了一个缝隙，一缕阳光"刷"地刺了进来。怀荣三艰难地睁了睁眼，他看到个人，一个他从来没有见过的人，他还看到这个人埋下了头，贴在他的耳边轻轻说了几句话。不一会儿，他就感到口里干得快要皲裂，他的胃里空空荡荡，饥饿让他眩晕，中药的苦涩味搅得他想呕吐，但他什么也吐不出来，只能闻见肠子黏液里的那种腥臭，他喊道，水、水、水……三日之后怀荣三如汤沃雪，不治而愈。

活过来的怀荣三跟阚二爷签了租地契约，等把田里的水全部放干，看到最后一条泥鳅钻进了泥巴里，他已经开始在凿井了。

但事情并不如怀荣三想得那么简单，在这之前，他以为只要开挖就能够找到盐，那盐层真的都薄如西瓜皮一样一戳就破，而事实是他完全错了，凿井可不是件简单的事情。这期间，阚二爷每天都去看他们打井，但每次回去的时候都是皱着眉头

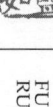

的,他担心的是井没有打出来,把他那块好好的田挖烂了。到了后来,他越来越担心自己把田租给怀荣三是在冒险,而这样的冒险是要受到老天爷惩罚的。果不其然,半年过去了,井才下去三十丈,却没有任何出卤的迹象,这时怀荣三已经把所有的钱用完了,那是他在老家把所有的房屋土地卖了后的钱。没有钱就请不了工匠,他们一天只能吃上一碗饭,打的屁连臭味都没有,阚二爷不断抱怨,到最后,他变得有些气急败坏,见人就倒苦水,他认为怀荣三这个倒霉的家伙把他的肥水全放走了。

就在这时,那个把囚犯押解到云南去的衙役突然出现在了他的面前,他是经过桥镇回山西的,但在桥镇他又遇到了怀荣三。

"发大财了吧?小兄弟。"他问。

怀荣三傻傻地笑了:"大哥,你来得巧,就拜托你给咱老家捎个信,就说我死在这里了……"

他说这话的时候本想很轻松地说出来,但笑让他的脸都有些生痛。然后就哭了起来,汪汪地像条可怜的小狗。衙役突然动了恻隐之心,拍了拍他耸动的肩膀:"井挖多深了?"

"三十丈。"

"为啥想死?"

"我是一寸都挖不下去了,不如死!"

"在翻那座山时你都没有死,也就没有必要死了。这样,我借给你一百两银子,你不要问这钱是怎么来的,够你再挖三十丈,如果把盐挖出来了,你回老家时把钱还我,如果没有挖出盐,就当这些银子掉进了粪坑里。"

其实一路走来,衙役觉得怀荣三是个拼命三郎,相信这家伙迟早会把井打出来。但衙役回到山西后,不太敢想那一百两银子的事情,他的心里在隐隐作痛。那笔钱不是个小数目,那是千里走这一趟才挣得到的钱,那是用命换来的,但他居然没有多想就把钱给了怀荣三!小吏不敢在这样的回忆中停留,他甚至对当时的情景都有些迷糊,要是换一个地方,换一个人,他是万万不可能把钱给别人的,就是一个子儿都不可能的。

那一百两银子救活了怀荣三,工匠们又回到了工地上,第二年井就打出了卤,而怀荣三的好运就从这时开始了。

就在井要打出来的时候,工地上突然来了个中年女人,锥子一样的小脚在凸凹不平的地上翩翩起舞,像只喜气的灰蝴蝶。她一来,工地上的工匠们都停了下来,纷纷望着这个奇怪的女人。是的,人们没有猜错,她就是来给怀荣三说亲的——有了女人就会下崽,说明井也有希望了。如果井一开,他们也可以挣到每天四碗米饭的工钱了。当然,说不定媒婆哪天也会奔着他们的家门而去,这是一个喜庆的兆头呀!

原来,阚二爷看到井就要告成了,便想把小女儿翠华嫁给他。在阚二爷看来,那块地不仅出盐,而且还出能干的女婿,真是一举两得,肥水不流外人田。怀荣三见过阚翠华,相貌平平,如果说秀兰是天上的一朵云,这个女子就是块地,如今他只能望一望那朵云,脚下踩到的只能是结结实实的地了。新婚大喜那天,怀荣三谈不上特别的喜悦,但也觉得这都是老天爷安排好了的,并没有薄待他,没有让他死,还送了他个女人,这样的好事不多,所以心里倒有了几分踏实,只是进了洞房,他才如喷溅的盐卤翻腾了起来。这时的他已是浑身大汗,把脸拱进两个奶子中间说:"你要跟我多生几个娃儿!"年轻女人已经沉沉睡去,枕边传来了轻微的呼噜声,她睡得真香,那声音就像厚实的土地上禾苗儿摇曳的声音一样。

但怀荣三把第一口井凿出来后,心思就变了,他不想固守这口小井,他还要继续凿井,凿更多的井,更大的井。

又过了一年,怀荣三开始凿他的第二口井,而翠华已经怀胎三月,等怀荣三的大儿子怀穆松生下来,他又开始凿第三口井了。那天夜里,怀荣三对女人说:"我要打一百口井,你给我生一百个娃!"

她的乳汁充盈,轻轻一碰就往外流,怀荣三嚼了一大口,有股咸腥味儿,心想,这浓奶跟淡卤还有些相似呢。这时就传来了好消息,他的盐不仅可以卖到华西坝子了,还可以卖到贵州、云南,甚至更远的湖北了。

三

桥镇从此盐灶大开,到处热气腾腾。

从威州来的煤炭、仁怀来的竹子、温江来的花麻、叙府来的篾索、江津来的胡豆、泸州来的盐锅全都卸在了桥镇的江河两岸;打铁的、锯木的、拭篾的、捣碓的、放槽的、铲锅的工匠成千上万,全都聚到了桥镇。而怀家的井架渐渐遍布桥镇,到后来,工匠们甚至都不说到桥镇去,而是说到怀家去。

就在这时,衙役已经认为那一百两银子确实已经掉进了粪坑里,再也不做任何妄念的时候,却突然接到了一封来自桥镇的信。信是怀荣三写给他的。怀荣三要他把家眷一起从山西带到桥镇去享受荣华富贵!

当然,他被信上的胡言乱语吓了一跳,准确说是吓得三天没有睡着觉。是的,这样的口气不是当年那个山道上快死的傻小子的,那时的他除了没有戴枷板之外跟囚犯也差不多。但很快他又收到钱庄汇来的三百两银票,衙役的记忆才恢复到了当年的那个真实的情景中,那银子肯定是真的,信上说的自然也是真的了。不过他的心里仍在嘀咕:难道那傻小子真的把井打出来了?

一到桥镇,怀荣三就领着他看了所有的盐井,转了一天之后,才走到最初到桥镇打的第一口井前说:

"就是这口井救了我的命,但没有你就没有这口井!"

但衙役谦虚地说:"我倒觉得是那只斑鸠救了你的命呢。"

这时的怀荣三已经忘掉了那只斑鸠,只是这一提又让他想了起来。那只斑鸠颈子上有块白毛,是那块白毛让他想起了天上的云,是那块云让他想起了秀兰,当然只有秀兰能让他留在桥镇。这是冥冥中的安排,也是怀荣三命中有盐。

小吏叫魏碧山,脱了皂衣换上缎衫,从此当上了怀家的管家。在怀荣三的心中,魏碧山连犯人都能管,还有什么不能管的呢,所以有了魏碧山把井灶家务管得井井有条,再有王贵的神助,他没有理由不把买卖做大。不到十年光阴,怀家的井就到了一百多口,怀荣三的名字响彻了川南。但怀荣三并不满足,他已经不是刚刚来桥镇时的那个外乡人了,他如今是桥镇的主人,也可以说桥镇都是他的。在过去,桥镇是个一名不文的山沟沟,但现在的桥镇是流金淌银的地方,桥镇是用钱垒出来的,而他是桥镇最有钱的人,所以他不满足,他还要凿更多的井,熬出更多的盐。

咸丰三年,川盐千年一遇的机会来了。当时太平天国在南京定都,封锁了长江,淮盐进不了湖北。很快户部便传来了消息,允许川盐入楚,无论商民均可自行贩鬻。而这样一来,怀荣三看到了比华西坝子更大的市场,他更忙了,每天奔波于井灶之间,而且他要做一件大事,那就是造船下湖北。

桥镇的河边有个茶馆,竹椅长凳摆了一摊,人声鼎沸。

茶馆外有棵巨大的黄葛树,遮天蔽日,冬暖夏凉,据说那是桥镇人的半个天下。每天,这个茶馆里都会聚集着一大帮老茶客,他们一来,茶倌就知道他们要喝什么样的茶,一个铜子还是两个铜子。喝一个铜子的多是下力的贩夫走卒,喝两个铜子的最少得是穿大布衫的。当然,一个铜子只能喝快发霉的老茶叶子,而两个铜子的就是山里的新茶,汤色浓郁鲜亮。

这时,就听见门外一声"上茶",茶倌已经听出了是谁的声音,他的手轻轻一抓往茶碗里放茶,那一撮掂着分量,而多放的几片茶叶一定是给毛大哥的。

毛大哥一袭青色长衫,摇把折扇踱了进来,这人红光满面,嘴大耳阔,颇有些江湖派头。他常在外面跑,自然见识广。不少人尖着耳朵都想听他肚子里那些稀奇古怪的东西呢,如果再抖点三婆四姨的故事,据说连梦里都是香喷喷的。

茶馆里有了毛大哥,那是桥镇轻松的时光。但眼下有了个现实的问题,那就是桥镇人还想知道湖北是什么样子,而这个问题好像只有毛大哥才能回答。这时毛大哥的眼里有几丝缥缈,便开始讲了——

"说这湖北就是个怪地方,湖北佬是天上的九头鸟变的,精明得很,脑袋里还长着脑袋,算盘珠子一拨,多的就刨到了自家那边去了。俗话说,湖广熟、天下足,要说风调雨顺五谷丰登,咱们四川恐怕难得一比,鱼米之乡嘛张口就有饭吃,那么好的地方,人不精明都难⋯⋯

"⋯⋯不过,湖北不产盐!以前湖北的盐是人家淮盐的正供,可眼下沿海不太平,哪个敢冒死运盐去?哈哈,但人齿日繁,引不敷食呀!没有盐,那些鱼呀虾的都能吃出泥巴的味道。这些天你们听说没有?湖北的盐都涨到两百文了,我看桥镇的盐得卖个好价钱。"

众人都不停地点头,脸上洋溢着兴奋。这时,旁边有个妇人正在一边抖孩子,一边把奶子塞进孩子的嘴巴,所有人都斜着眼角看,心想那湖北不正如这个嚼巴嚼巴的娃儿?一时间,众人更兴奋了,叽叽咕咕地议论起来。

有人说:"嗯,咱们桥镇的盐才卖几十文,我看盐到湖北加两倍的钱都不止。"

又有人说:"那得赶紧下盐放船,免得其他盐场的人抢了生意。"

还有人起来争论:"咱们桥镇的盐,论咸头,论色泽,就摆在王爷庙去理论也不会输!"

正在人们议论纷纷的时候,毛大哥啜了口茶,突然叹了口气:

"哎,诸位所说的都不错,但两省相距千里之地,要去湖北不是件容易的事,山高水险呀!"

说完这最后一句"山高水险",毛大哥不免有些得意,那就是江湖呢。他沉浸在那被崇拜的气氛里,眼睛微微地耷下,瞌睡也就来了。是累了吗?不是,他的心里是安逸的,像被熨过的布料,有种说不出的舒坦。这一阵儿,喝茶的人叽里咕噜地开了锅,他们都仿佛看到了盐卤的沸腾。茶馆的炉灶上摆着一排大铜壶,下面是呼呼的火苗儿,木炭的热量向外喷泄,让茶馆里的气氛更加热腾。毛大哥的呼噜声就出来了,那种舒展的呼噜均匀有致地传递出来,裹着空中欢乐的尘埃纷纷扬扬地弥漫开来。

正当怀荣三从云南购回上等柚木,买好桐油铁钉,请来了船匠,在河滩地上摆好架势准备造船的时候,他就听说了一件怪事。

原来是有个放牛娃发现了个怪地方,那片地方的草牛肯吃,只要每次把牛牵到其他地方,牛就要使性子,磨皮擦痒,但一到这里,牛就欢畅起来。很多放牛娃都发现了这个秘密,都把牛往那里牵,但大家都不知道里面的原因。有一次有个放牛娃蹲在山坡上发呆,想着想着,便扯了根爬地草在嘴里嚼,不嚼不知道,一嚼才发现那草居然是咸的。放牛娃回去就对人说,山上有个怪地方,连草都是咸的。久而久之,人们就把那块山坡叫作咸草坡。

这件事情也传到了王贵的耳朵里,他好像闻到了盐卤的召唤,便要亲自去瞧瞧。在桥镇,关于盐的事情都是要让盐巴老爷知道的。

那天天气不错,他同怀荣三早早便出了门,一路上走着。清明过后,秧苗齐刷刷地往上冲,没到了人的腿肚子上,田间垄头长满了野菜,妇人和小孩正挎着竹篓在采摘。一路上,王贵的鼻子没有停息,他伸手一摘,一闻就知道是马齿苋还是鱼腥草,是芥菜还是蕨菜。王贵说:郎中会辨草,山匠也会;草要吃盐,山匠的嘴里尝得出草里的盐味。

两人边走边聊,衣衫慢慢飘动了起来,步子也变得轻快,不久就到了咸草坡上。只见四围的青山水墨一般连绵到了很远的地方,头顶上的云在飘来飘去,怀荣三看着看着,突然迷惑起来:山坡上也升起了一片云。

原来是一大群山羊出现了。

"羊的舌头会找盐,跟着它们走。"王贵说。

他们跟着山羊走了一段,走走停停,很快就出现了块平地,怀荣三发现羊群突然不走了,全都散在山坡上。

"羊不走了。"怀荣三说。

王贵一听就更兴奋起来。这时他已经弯下身从地上扯了根草,放在嘴里慢慢嚼:"草是咸的,怪不得牛喜欢吃,羊肯定也尝到了盐味!"

说完,王贵便抓了把土放在鼻尖前,鼻翼在轻轻翕动。土里有草的气味、火的味道、牛粪的气味、蚯蚓的气味、蚂蚁的气味……但王贵要从这些气味中,找到一丝细得不能再细的盐卤气味。世界存在很多偶然性,找盐同样如此。要是王贵抓起的那把土,正好在之前被野狗撒了泡尿,被田鼠翻刨过,或者被两个偷情的男女滚过,那就完了,这把土定然是把俗气的土,不配掩藏那像雪一样的盐。

这时,王贵把土在手上捏了又捏,突然伸出舌头去舔那土。他慢慢地嚼着,嚼着嚼着,王贵的话就颤颤悠悠地飘了过来:"下面有盐!"

"真的?"

"不,不止有盐,是座盐山!"

"盐山?"

"你狗日的命中有盐呀……"

怀荣三过去听人们说瞎子王贵一定看见过盐精。这时他倒真的有些信了,盐像一面镜子一样埋在下面,盐精一定是在上面跳舞呢。关键是王贵说了,他命中有盐,他相信王贵的话。这时,天空没有了云,哎,他们刚才还看见好多云,怎么瞬间就消失了呢?天空只剩下一片湛蓝,蓝得连根云丝都没有。哦,是风,是风把云全吹走了,风就在两人的头发、胡须甚至眼睫毛中间缭绕。

风越来越大,大得让他们东倒西歪,面目狰狞。但王贵还在想努力睁开自己的眼睛,但无奈那是一潭永远的死水。这时只听见王贵叹了口气,哽咽道:

"老天你太狠心,不让老子好好看看这地方长成啥样呀……"

芒种前后,槐树开始成串结花,空气中荡漾着闷闷的花香,让人迷糊、飘忽,想出远门。

到湖北去的船整装待发,那条船是几个盐商共同出钱请的。船上的壮汉都是江边长大的,个个好水性,空手都能擒鱼。他们已经等不急了,因为这些天又有消息,说官府借拨了两千张水引接济湖北,但那点盐是远水解不了近渴,不但盐价没有平抑,相反是又涨了不少,私盐连樯东下。

此时,怀荣三的船也刚刚造好,他也想探探水道,看看行情。当然,这样重要的事情必然要交给个信得过的人,便对魏碧山说:"眼下很多人都急着去湖北,我看咱们不用慌,船才刚刚造好,先在桥镇附近跑跑,等把河道遛熟了再说。湖北那市场大得很,谁也舀不完这甑子饭。"

"东家,我看晚了就只有抠甑底了。"魏碧山倒是坚决。

其实这是怀荣三想听到的话,现在的他已经是个头脑精明的商人了。

这一去就是两三个月。这几个月中桥镇发生了什么人们已经忘了,其实是人们只想着一件事,那就是湖北那边到底发生了什么,这才是他们真正想知道的。所以,这段时间里桥镇的人都有点受煎熬,就像怀胎十月的女人一样有些忐忑不安。

先去的船回来那天,消息便像风一样传开了。桥镇的人都跑来围着他们,想看看他们这一路发生了什么惊险刺激的故事没有。

"快讲呀,都看到了啥稀奇?"人们都有些急不可耐了。

"稀奇嘛,多的是!只说一样,那边花盐贵,巴盐贱。"回来的人说。

"这也算稀奇？那边的女人好看不？"

"当然好看,跟花盐一样又白又亮。"

"咦,不对呀,巴盐咸头重,划算……"一个长者吸了口叶子烟,烟雾在脸上缠绕。

"巴盐？卖不脱,灰巴巴的,跟麻子婆娘一样。"

才两三月时间,回来的人的口气变得跟湖北人似的。

大家便叽叽喳喳地议论了起来,都觉得湖北是个富地方,那里的人偏爱花盐,但过去桥镇是不怎么产花盐的,只有滇黔边岸的人才喜欢巴盐,成块成块的盐饼子不愁销。为了湖北的市场,难道桥镇要开始产花盐了吗？这样的事情得去问问怀家是怎么想的,怀家做我们才跟着做,小锅小灶不能同怀家比。

人们便想起了怀家的船,而这时魏碧山已经在江上遇到了麻烦。

当时魏碧山带领的船正在长江中航行,但对沿途的情况一无所知,所以在过夔门关时就撞到了暗礁上,船撞了个稀烂,一船人打翻在水里,等他们翻山越岭到了汉口,已经变得跟叫花子差不多了。但一到汉口,魏碧山就感到机会来了,原来魏碧山发现那些运淮盐的船已无盐可运,困在此地也有数月之久。

于是他便开始四处游说,鼓动那些人到上游去,因为四川有运不完的盐。但寥落的江边没有人相信他的话,魏碧山每天在船上穿梭,苦口婆心地劝说,但到后来甚至有人认为这个喋喋不休的乞丐,怀有某种不可告人的目的。其实不难想象,四川那点井盐从产量上看无论如何都不能跟海盐相比,井才多大,难道比海还大？况且去四川的路途遥远,谁会去冒那个险？

魏碧山又饥又饿,鞋上的洞比铜钱还大。这时,他还想用最后剩余的力气爬上一条船的时候,船上的主人递了块馒头给魏碧山：

"吃吧，吃了就去别处吧。你的事情我已经听说过了。"

"如果是这样的话，我宁可不吃你的馒头！"

"呃，有意思，你倒说说你的道理，如果说得服我，我跟你去四川。"

船主人看他如此执着，便也来了点兴趣。

魏碧山便说："这样吧，我给你打个比方，天下的盐就像女人的双乳，一只是淮盐，而另一只就是川盐。"

船主人的兴趣又大了一点。

"我不吃馒头，只会饿肚子，眼下淮盐断了，就只有靠川盐，你们不去四川，饿的是你们的船。"

这样一说，船主人就回头看了眼自己的船，船工们懒懒散散地躺在甲板上打瞌睡，其中一个歪着头睡得迷迷瞪瞪的，口水牵着线儿掉进了江里。那船确实已经几个月没有动过舵了，舵再不动船就要开始朽了，就像水不动要臭一样，于是他就跟着魏碧山一同去了四川。

半路上的时候，船主人问魏碧山过去是做什么的？魏碧山回答是押犯人的。船主人说，老兄，你真会开玩笑。魏碧山说，我没有开玩笑，我从不说假话。听完这句话，船主人差点没被吓得晕死过去，他本身是个做事精明的人，但在途中的几晚上却连着做噩梦，想这回是太鲁莽了，居然信了个陌生人。这时，他又悄悄地打量起对方来。那个人一直站在船桅边，也不知道他在盘算什么，细细一看，他那张黑黢黢的脸上真的还能看到些刀剑伤痕呢。

船主人都忘了当初此人到底给他说了些什么，又是怎么说服他的了，反正他噩梦连连，常常从噩梦中惊得一身大汗。

但一到桥镇，船主人就被震住了，林立的井架多得让他数都数不过来。他的噩梦也不见了，魏碧山告诉他每个井架下就是一口井，最小的井一年也得产它十几船盐，那些井架密密麻麻、远远近近地矗立在桥镇上，就像一片海一样。船主人兴奋得感到了饥饿，是的，他想起了他给魏碧山的那块馒头，当时魏碧山两口就把它吞进了肚子里。可能是人在兴奋的时候就会饥饿，这种感觉太奇怪了，饥饿让他更加兴奋，而兴奋与饥饿交加摧毁了他的成见。他又望了望那片井架，终于感到了川盐不可低估，他相信那确确实实是一只巨乳！

这时怀荣三也来到了码头上，魏碧山指着那条同他一起回到桥镇的船说：

"这就是专门运淮盐的盐吊子，以后就用来运川盐了！"

在过去，以夔门为界，上下的船是大不一样的。那条船一到桥镇就鹤立鸡群，显示出了不小的气派，两桅两帆，帆布一白一蓝煞是壮观。后设五六人的摇桨，船舷两侧还装有披水板，快速稳当，装一千担盐不在话下，比桥镇的沙船强不知多少倍。

怀荣山感叹了一声："好船！"

"怀老爷，用我的船运你的盐如何？"船主人贴着他的耳边说。

怀荣三连连点头。

"我还有三桅三帆的盐吊子，一次可载二千担盐。"

怀荣三不禁大吃一惊，自家的船跟人家相比简直是自惭形秽。

船主人叫黄振纶，过去在下江专门给淮商运盐，船到湖北卸货，如今淮盐上不来，他正愁找不到生意。但到了桥镇后，他马上意识到今后运盐的生意已经不在淮扬，而在四川了。当下怀荣三就同黄振纶定了协约，决定将怀家去湖北的盐由他来办运。事情一定，怀荣三仿佛看到了遥远的湖北近在咫尺，而黄

振纶也相信最早喝到的奶是最香的了。

四

花盐兴起之后,桥镇上的盐商纷纷开始把盐灶作了调整,办起了大大小小生产花盐的盐提,湖北人喜欢吃花盐,他们就专门对付湖北人的嘴——谁愿意把每年几百万担盐的生意丢了?不仅如此,为了运销便利,盐商在临河的地方开设花盐盐仓,在河坎上修建花盐码头,产供销都集中到了沿河一带,几年之后,这一带逐渐变成了一条街。

越来越多的盐商挤到这条街上来经营,坐商和运商都争先恐后地在街上落脚。渐渐地房屋开始夹道,四五丈宽的街道上人声鼎沸,车水马龙,一片繁荣景象。几年之后,街道越变越长,东到东岳庙,西到梅子坝,中间还弯了几道拐,在地图上看,像根盲肠似的在山与河的皱褶里弯弯曲曲,到了一二里多地的光景,当地人便把这条街叫作花盐街。

从那时起,花盐街上有了评议公所,有了行商会,进出的人都是吃盐巴饭的。当然各地的会馆也建在了这条街上,像陕西会馆、湖广会馆、江西会馆里出入的都是生意人,行商的、屯货的、跑帮的、下力的都在这条街上混饭。花盐街一兴起,对岸的宝庆街也露出了雏形,隔一条茫溪河,两岸的黄葛树遮天蔽日,都快蓬在了一起。十年之间,房屋全建了起来,瓦浪就连成了一片,大户人家都在这风水宝地修房建宅,那些有名有姓的商号、钱庄、货栈也集中在了这里。据说每天从这里来去的盐上万担,川流不息,望都要把人的眼睛望花,就有了"百猪千羊万担米,当不了桥镇一早起"的说法。当然,酒肆、青楼、烟馆、戏台也随之而来,桥镇周边纵横数百里,没有哪个地方能跟它比热闹繁华。

怀荣三大兴土木也是在花盐街刚刚繁盛的时候。

怀荣三在花盐街上买了一块好地,看了风水,又请来了能工巧匠,准备像模像样地盖个大宅。

这天,天气晴好,桃花开得灿灿烂烂,入春后的小风儿吹得人酥酥痒痒的,桃花瓣儿不时落下几片,正好落在树下的八仙桌上。怀荣三摆上九大碗,请来了几位手艺高超的工匠,场面热热闹闹,时有桃花惊鸿一瞥,让这顿宴席丰盛而艳丽。其实这是怀荣三的精心准备,他知道今天的事情得有一点特殊的气氛才行,因为他要修二十四个天井的大院子了。

为什么要修二十四个天井的大院子呢?这是怀荣三心中不可言说的秘密,虽然他富了,但还是经常会想起在他山西老家的那个发了财的乡邻来,那个小财主四个天井就把他心爱的秀兰抢走了,所以他的心里埋藏着轻蔑和不屑,但可惜这样的比较毫无意义,这多少让他有些懊恼。不过强盛的男人是不会因为时过境迁而忘记耻辱的,按财富来比,他就应该修它二十四个天井,这个数字是四个天井的六倍,他的财产比那个小财主多六倍,可能还远远不止。他其实是想让人们记得他怀荣三也有今天,今天的他早已不是过去的那个他了。

就为这事他就要好好请工匠们喝酒。

是的,喝饱,喝足,然后好好地给他盖上大院子,盖上他心中的雕梁画栋!

但是那些工匠只是些凡人,他们不是天上的工匠,他们甚至还是第一次听过要修那么多的天井的大院。这下可难住了他们,于是暗自嘀咕,二十四个天井,还要每个天井不一样,其实就是要围着天井的厅、堂、楼、阁、池、榭、亭、廊都要不一样,精雕细琢,只有皇家的排场才会如此显赫,可那得动多大的脑

筋？如此规模的庄园在四川恐怕还没有遇到过呢。

喝了半天,工匠们都闷着头。这时怀荣三趴下身子,侧着脸,一口气把落在桌上的桃花吹了下去。他的动作让工匠们有些迷惑,不知道他要表示什么,难道这桩大生意就吹了？实际上那些工匠虽然没有造过那么大的建筑,但他们一辈子都想尝试尝试,那毕竟也是一件荣耀的事情啊,其实他们是在闷着头琢磨这件事情呢。这时,就听见其中一个工匠嘟哝道：

"既然这样,工钱要比平时多一倍,少一个子儿都不行,要是答应,我们三天之内把人叫齐动家伙。"

"哈哈,那就定了,但口说无凭,得立据合约。"这时,怀荣三轻松地笑了起来,"还有,三年后桃树上结果的时候我要大办乔迁之喜,工期一天都不能耽误。"

酒变得像泉水一样,越喝越甜,桃花飘到他们的脸上、肩上、头顶上,仿佛那时光也成粉红的了。其实,怀荣三一掷千金,是他想起了咸草坡上那口即将开凿的盐井,他知道那眼井要是打出来,就是修几个这样的大院子又有何难？

瞎子王贵说,咸草坡上的井不是一般的井,要找最好的工匠,把井直直地打下去,直到打出黑卤。

在王贵看来,这口井是他遇到的最大的一口井,下面的咸泉如大海在翻涌,所以他一说到即将要打的这口井就会滔滔不绝,谁让他是盐巴老爷呢。过去,桥镇的井虽多,但多是竹筒小井,每日所产黄卤不过百十来担,量小质次。但黑卤可是难得的好东西,海盐、池盐、河滩盐都难以相比,因为黑卤在千米的地下埋藏了几万年,都能闻得出一股光阴的味道呢。王贵说,黑卤之浓可以跟油比,粘在手上起丝,是天然的药方,涂在疮疖上一敷就好。王贵还说,一碗黑卤能熬出三两上品的盐,咸头足、色泽好不说，就是炒出的熬锅肉都要香脆些，要是卖到云南宣威，还能够腌出最好的火腿……一句话，咸草坡上的就是深藏在三百丈下的黑卤大井。

怀荣三还从来没有见过三百丈深的井呢，三百丈是个什么概念他还想象不出来。昔时，桥镇最深的井有两百丈深，灶主把那口井爱护得像小老婆似的，外人连望都不准望一眼。但他相信王贵，深井之下必有浓卤旺火，盐都藏在最深的岩层里，井深一丈，黄金一寸。但他也知道，要打一口上千米的井，也是堆着银子在扔，扔到万丈悬崖下，听不到一点回声。所以，打大井必须要找到一个最好的凿办，而只有一个人端得起这只碗，此人叫赵旺，方圆几百里找不到第二个。

这是王贵说的。

怀荣三一听这名字就吉利，赵旺，兴旺富贵，多好的名字。他的井就是要兴旺富贵，一听名字就是他需要的好匠人，真是怪了，老天连工匠的名字都取好了。

但赵旺早就不见了。这也是王贵说的。没有人知道他在哪里，王贵说的就是过去的一个影子，跟没有说过一样。

赵旺是个聋子，但他听得见井下的声音。

桥镇的人都听过他的传说，说赵旺打出的井又直又深，像条线一样，太阳都落得到底！当然最神奇的还不是这个，而是从前他同一个工匠打赌的故事。那是在赵旺的耳朵还没有聋以前，他还是个年轻气盛的小伙子，因为手艺好，老板每月就常常要多给他几吊钱，还悄悄请他打牙祭、喝烧酒。有个叫范老幺的胖子，撞见过几回赵旺喝酒，脸红得像关公，身上飘出的酒气让他嫉妒。他就想，自己的力气比赵旺大，流的汗水不比赵旺少，凭什么你赵旺要吃香的喝辣的而就没我的份儿？所以范老幺就要同他赌一把,当然,具体的起因已经没有人记得起了。人们记得且津津乐道的,一般都是从这里开始的——

范老幺说:"我把一块铜板扔进盐井里,如果你赵旺把它捡得起来,我叫你声老汉!"

其他匠人们想,龟儿子的,这不是给人家赵旺下烂药?

赵旺面不改色,把辫子一甩:"你给老子等着!"

两个人在争气斗狠,眼里发着绿光。匠人们围在一边,有的抱着手臂,有的咬着手指,有的搓着手掌,神情亢奋。

"通"的一声,铜板落进了井里,连个水泡都没有翻。周围的人想,要落到盐井底可能要半个时辰才行,在卤水里,薄薄的铜板轻得像根草。当然,那么小的一块铜板要从碗口大的盐井底捡起来,连阎王老爷都不信。但是,半个时辰后,吸筒咕噜咕噜地从井底冒了出来,那些匠人们都把脑袋伸得长长的,他们看到铜板神奇般地放在了赵旺的手上,盐水浸泡后的铜板,新鲜光亮。

"没错,就是它,乾隆爷的铜板,老子刚才偷偷咬了个牙印。"有个匠人站了出来。

范老幺脸红筋涨,羞愧得想要杀人,但他没有胆子杀人,所以在被窝里蒙了一夜便改了行,碓匠是干不成了,他知道打井这碗饭不该他吃,但因为有身力气,就去当了杀猪匠。

这件事情让赵旺名声大震。其实,赵旺也是个凡人,一年三百六十五天,赵旺都守在井口上,一直是个老实本分的工匠。但好的碓匠干的不仅是力气活,也是脑子活,他得听着井下的一切动静,随着井深的下降跟着下降,他得在黑暗中聆听盐卤的流动。到了这一步,碓匠就把井弄明白了,弄明白了就可以当井上的凿办,凿办就是工匠之首。接下来他就要掌握井下的一切情况,凿得越深,技术要求越高,井在下了几百米后,里面的任何细微动静都是要靠精明的工匠来把脉。但锉机声震如雷,年复一年,日复一日,日子长了,赵旺渐渐就听不清声音了。

赵旺的耳朵里只容得下一口井。

怀荣三说,一定要把赵旺找到,这口井只能让他来开,非他莫属!

这也是王贵说的。

但赵旺在哪里呢?问遍了盐场的匠人,都说不知道,连丁点儿线索都没有,对赵旺有些印象的人总是语焉不详,眼神恍惚,好像是在说很久很久以前的事。怀荣三便吩咐到富荣、蓬射、云阳一带去找,那些地方也是四川的大盐场,盐架林立,工匠如云。但派去的人回来说挨着一口井一口井地找遍了,说起来也有几千口井,但没有任何消息。半年下来,寻找的人打着短褂出去,回来时都穿厚厚的棉袄了。

这时,魏碧山就对怀荣三说:"县官要打屁股,难道还缺板子?湖北那边火得都快抢盐了,机不可失啊!"

这句话正说到了怀荣三的心窝窝里。

怀荣三是相信魏碧山的话的,他的话跟王贵的话都是要听的,但如今到底听谁的话呢?但他寻思,人不能吊死在一棵树上,湖北市场是他怀荣三最大的买卖,他不去别人就会去,别人去了就没有他的份儿了。怀荣三闷着头把房门关上,他不准任何人进去,丫鬟也只能在门外侍候。

是的,他要好好想一想。

三天三夜就过去了。第四天,人们看到怀荣三的房门打开了,他站在门口伸展了一下腰身,啐了口痰,就说了:

"大家听着,从今天起,打着灯笼火把去找,找一个比赵旺更好的回来。"

他好像想出一个简单的真理，其实真理本来就是简单的，而这样的事情好像并不需要三天天夜。

魏碧山在旁边又补充了一句："都懂了吗？"

众人纷纷点头。其实这一放话，意味着过去找的不过是个子虚乌有的影子。大家都心照不宣，暗暗称快。

怀荣三没有把这个决定告诉瞎子王贵，他清楚要是王贵知道了一定会火冒三丈，因为他说过这口井非赵旺莫属，在没有得到赵旺确切的消息前，绝不会同意擅自请人凿井，所以只有等生米煮成熟饭后再告诉他不迟，只要井成功打出来了，管他赵旺李旺呢。怀荣三又郑重其事地对众人说："你们找的凿办一定要是最好的，当然我给的条件也是桥镇最优厚的，每月大米三担，二十两银子，井凿成后，一月中还有两天的盐卤分账。"

当然怀荣三在说出这句话后，又意味深长地吩咐道："王贵老爷也不能闲着，我看还得给王贵老爷请个说书的，得是会讲水浒、三国全本的才行。"

怀荣三寻找凿办的事情就在桥镇传开了，而重赏之下，必有勇夫。一时间，怀家大院门庭若市，找来的、听来的、推荐的、自告奋勇的工匠们纷纷聚集在怀家大宅的门外，他们都想着那诱人的待遇，这可是桥镇从来没有遇到过的事。从那以后，那些自认为有两下的匠人都把胸口拍得咚咚响。花盐街的小酒馆里聚满了血液贲张的汉子，他们议论着、谈笑着，直到深夜。在桥镇，没有比怀家招凿办还要刺激的事了。据说那一年中国的军舰在海上吃了败仗，赔了款，割了地，但就像这样的大事也没有几个人关心，他们觉得咱们中国太大了，随便掉点渣渣都能喂饱那些洋狗，所以他们只关心眼前的事，当然，很多人都在等着去赶怀家的这场大考。

怀家每天都会摆上一道丰盛的流水席，这样一来，前来怀家的人也就越来越多了。一到午时,家役便把大瓮摆在桌旁,要喝酒尽管用竹提从瓮里舀,厨子切上腊肉香肠,把熬锅肉炒得香喷喷的,那些要命的香气在空气中恣肆地飘散,使劲往人鼻子里钻,勾着人流口水。闻到肉香,每一个来的工匠都觉得自己好像从来没有吃过肉一样,他们太想给怀家做事了,连怀家的酒肉都这么香,还有什么比得上在怀家做工更好的呢?

但怀家的酒肉不好吃,来的人都被一个问题难住了。

那是个简单得不能再简单的问题,就一句话:你凿过三百丈深的盐井吗?但就这么个简单的问题没有人能够回答,因为没有人凿过,也没有人见过。三百丈深的盐井在地质上处于什么位置?桥镇的人没有谁能想象得出来。一般来讲,普通的碓匠能够把井打到百丈内的红岩层就告成功,好一点的工匠能够打到瓦灰岩层,更好一点能到黄姜岩层,最好的可以看见白沙岩就已经到底了,这已经能够汲出很咸的盐卤了。

要打三百丈深的盐井不仅要用专门的器具,也要有特殊的技术。凡是当过碓匠的人都知道,钻头到了下面百丈后,每进一尺都是在仰望峰仞之巅,不可轻易冒进一步,因为任何一次冒险都有可能把一口好端端的井给废了。所以只要一问这个问题,很多人就退了回去,连那盘香喷喷的熬锅肉也不敢吃了。

这时,大家越来越觉得怀家是不是在故弄玄虚,有一高一矮的两个工匠就很不服气,便来到了怀家大院。

还是像往常一样,主管应试的人照例问:

"你凿过三百丈深的盐井吗?"

其中一个工匠皱了皱鼻头,哼了一声:

"有三百丈深的盐井吗?我想瞧瞧。"

"哦,凿下去你就会看到。"又说,"现在你可以留下来吃酒了。"

高的工匠红着脸走了。

矮的工匠也进去应试,遇到的还是那个问题:

"你凿过三百丈深的盐井吗?"

工匠闷声闷气地回答:

"没有,但我想见识见识到底谁凿过三百丈深的盐井?"

"哦,我们要找的就是能凿出三百丈深盐井的人,现在你也可以留下来吃酒了。"

矮的工匠黑着脸走了。

怀家大院一如既往地摆上了桌子,酒坛打开,一股醇香在空气中要命地飘,直直地往人鼻子里钻。那种钻心钻肺的香气四溢,但就没有个人留下来,他们都流着口水走了,肚子里饥肠辘辘。

一天,刚蒙蒙亮,怀家大院门口就来了个人,对直就跨进了那个高高的门槛。

守门的人忙拦住他:"且慢!你是何人?"

"我就是怀家要找的人。"来人理直气壮。

莫非是赵旺?但他一想,不对呀,赵旺是聋子,便冷笑一声说:

"你姓赵?"

"赵?没听说过。"

"哈哈,不会是扯谎坝儿上来的吧?"

"你是给怀家看门,还是给赵家看门?"一口痰飞了出来。

守门人勃然大怒,上去就扭打撕扯起来,你一言我一语,声音越来越大。就在这时,他们的吵闹声惊动了怀家的人,先是魏碧山出来了,问是怎么回事?守门人便把原委讲了一遍,听完,魏碧山上下打量了一下这个不速之客,问道:

"你说你是……我们要找的……凿办?"

"当然!"那人抖了抖弄皱的衣衫。

"讲来听听。"

"本人就凿过三百丈深的盐井!"

"哦,有什么凭证吗?"

魏碧山冷冷地盯着这个矮小的男人,他们怀家已经被太多想来蹭饭的家伙搞厌了。

那人举起了一只手,但上面只有四根指头。

"这就是证明。几年前为了凿一眼三百丈深的盐井,我的手被锉机锉断了一根指头!"

魏碧山一听有人凿过三百丈深的盐井,眼里的冰瞬间溶化了,因为在这个人之前,还没有人敢说自己凿过千米深的盐井呢。在他眼里,能够说出这种话的人一定得有几股卵劲,他阅人无数,若是匪盗强人,只消瞟上两眼,一切了然于心。

魏碧山骂了几句守门人,马上吩咐下人泡上了壶好茶,让他在客堂里等候怀荣三。这天,怀荣三一觉醒来就听到这个消息,顿觉神清气爽,他想这事到底有眉目了。见到那个人的时候,怀荣三也像魏碧山一样问了同样的问题,那个人对答如流,并且伸出了那只缺了一根指头的手掌。怀荣三把那个人上下打量了几遍,身材瘦小,嘴上只长着几根稀疏的短须,心里打了个折扣,但那根断了的指头打消了他的顾虑,他懂得人不可貌相的道理。

"你姓啥?哪里人?"怀荣三的脸上堆起了笑容。

那人神情自若,一一道来:

"我姓关,大家都叫我九指,江湖上人称井狐,嘿嘿,反正是不喊我的真名了,老爷以后您就叫我九指吧。"

怀荣三想,既然被人称为"井狐",说明做事精明,又想到了瞎子王贵和聋子赵旺,都是些有残疾的奇人,他遇着的奇人都是有残疾的,天下的事竟然都这样怪,难道老天爷都要把所有的天才搞成残废吗?他当下断定,这个缺了一根指头的人应该就是他要找的凿办了。

怀荣三当即吩咐摆下宴席,杀鸡宰鸭,搬出好酒,他要好好款待这个久违的匠人。

第二章

一

九指的身上装着一本崭新的岩口簿,从打井的第一天起,这本像书一样厚的册子就一直跟随着他,那是他以后留下打井全过程的一本井况文字记录,也是每个凿办每日的功课。

这天,九指用毛笔在岩口簿上落下了几个字:正月十六,动土。

怀家咸草坡上的大井终于动工了。

要凿这样的井,得要五个步骤:第一是开井口,也就是确定井位,这一点瞎子王贵已经做了;第二是下石圈,也就是用石头把井口圈起来加以固定;第三是凿大口,就是搭碓架和花滚子,在石圈里挖出个四五丈宽的大坑来,这个坑也要有六七丈的深度;第四是下木竹,即吊木头,竖天车,安装井腔导管,这时井要凿到地下三四十丈的地方,可以看见红色的岩层;第五是凿小口,这时真正的凿井才算开始,而此时离井底还很远,尚有九成的深度待穿凿。一口千米深的盐井,其井孔不过碗口大小,但工匠们就是要从那么小的井孔中扎下去,一直扎下去,穿过白垩纪、侏罗纪、三叠纪等坚硬的岩层,在黑暗而深邃的地层中找到盐卤。

这天,只见九指站在山坡上,领着一帮匠人跪在预先圈定的井口上。他烧了三炷香,重重地磕了三个响头,然后转过身对那帮工匠说:"你们都听着,三百丈的井口还是碗那么大,要想吃肉喝酒就跟着我好好干!"

工地上热火朝天,众人热血沸腾,因为他们也想跟着这个大师傅学点更高深的手艺,打出了三百丈的井,以后走到哪里都有饭吃。在匠人的行道里讲究这个,打过三百丈的井才能坐到凿办这个位置上。当锉机一下一下地碓击着大地,沉闷的声音便在桥镇的山谷里回响了起来。

但凿井是个枯燥单调的事情,刮风下雨都不能停息,到井上来的男人们不仅要有好身体,还得有好手艺,要是木工就得会推、削、刨、凿的本事,要是篾匠就必须懂劈、剥、编、雕的技巧。工匠出力,主人出钱,三餐也是有讲究的,按凿井的规矩,米饭管饱,肉两天一顿,一周打次饱牙祭,杀猪炖膀,二指厚的肥肉蒸在大土碗里,大蒸笼一层十二碗,一次要蒸八层。炉灶要专门用山上的松柴猛抽,一般的干柴经不起烧,而松柴冒着松油,火势旺盛,噼里啪啦在锅底熊熊燃烧。一个时辰后,开笼后肉变得如鲜嫩的豆腐,亮晶晶地发光,夹到嘴里就化了,三碗白饭瞬间消失,汗水珠子大颗大颗地落到了碗里。

凿井是体力活,油荤不够骨头要发软,腿要打闪,所以怀荣三不吝啬,舍得给工匠解馋长力气。但或许是那些壮实的工人吃了大肉就想找话来化解那些油腻,时不时地向九指问这问那,比如这口井估计要凿多久,三年还是五年?三百丈下是啥岩层,岩土是啥颜色?九指师傅以前凿过哪些井?怀老爷是怎么选上你的……

九指不喜欢回答这样的问题,他总是黑着脸呵斥他们。过了不久,工匠们发现九指是个脾气大的家伙,他骂人的时候肋骨凸出,脖子扯得老高,露出一片红血鸡皮,工匠们在背地里骂他是"耸毛鸡公"。

渐渐地,工地上变得沉闷起来,除了九指的叱骂声,工匠们只有埋着头干活。越是沉闷,越是小心翼翼,大家都不愿惹他,不然九指的气急败坏就会让整个工地感到窒息。

一天,工地上突然传来一声:"出红土了!"

原来是扇浆的工匠在喊叫。九指过去瞄了瞄从竹筒里吸出的泥浆,扯转身又把屁股落到了木凳上,只说了句:

"把油灰和麻布准备好,下木柱!"

看到红色的岩层就意味着要进入盐卤层了,有些浅层的卤水就会渗透出来,并以此证明下面的盐卤丰歉。但下木柱是很讲究的,相当于给井精确定位,也就是把井口圈定在一个极小的孔内,这一步至关重要。但九指的脸没有任何表情,他好像觉得这根本不算回事儿。

天上的云飘来飘去,他们再没有听到任何动静,正是夏日炎炎,九指喝着大叶子凉茶,摇着芭蕉扇,漫不经心的样子。按照日进三尺的进度,半月后,井又落下去了几丈。一天,扇浆的工匠又大声喊了起来:

"井里冒水了!井里冒水了!"

"大惊小怪!不过是草皮水。"九指到井口瞄了两眼。

"师傅,啥是草皮水?"一个学徒工很好奇。

"就是一碗水里能够烧得出四五钱盐,二百八十碗为一担,熬得出五六分银子。"

"现在就出盐了?"学徒一阵兴奋。

"那算尿盐!要出盐,赚大钱,得到二百五十丈以下,打出的卤水一碗可以熬出二三两盐,火旺的时候,可以同时烧上百口锅,那才叫阵仗。"

又过了几天,井里的水还在冒,止不住,水泡在向外翻。工匠们开始担心,急切地问:"师傅,赶紧停下来吧,不然井腔要被凿坏!"

"呸,猪!"九指把茶盅重重一磕。

众人不敢再出声,九指一毛就变成了"耸毛鸡公"。

九指一抬脚回到工棚里,慢慢打开了他的一个大木箱,并把头埋了进去。那是一个巨大的箱子,很快,九指就把身体也埋了大半截进去,屁股翘得老高。大伙都不知道他在找什么,只看见他在那巨大的箱子里翻腾了半天,找出了一个很奇怪的东西来。这时,九指的脸上总算露出点沾沾自喜来,他对着那个锈巴巴的铁家伙说:

"把它接到钻头上,看老子露一手!"

工匠们照他说的操作,果然奏效,很快把浆水吸出来了。众人顿时觉得九指还是有些名堂,没有金刚钻不揽瓷器活嘛,"耸毛鸡公"也能跳一丈高。而他那个大木箱就更加神奇了,工匠们一停歇的时候就朝它瞄,觉得里面装了不知有多少稀奇古怪的东西。

沉闷的声音在桥镇的山谷里回响,锉机一下一下地碓击着大地,凿井工程缓慢地进行着。

在凿井的过程中,有种用木头做的工具叫"泥孩儿",是专门用来测量井的深浅、干湿、咸淡的,形状呈长柱形,上下小,中间粗,中间的那部分就是用来取井水和屑泥的,只要把它往井中一放,拉上来后,就能够知道井下的情况。每天太阳快要下山的时候,工匠们就要把"泥孩儿"放入井中,对一天的活路进行评判,并把凿井的进展传回怀家大院,九指则按日在岩口簿上留下这样的记录——

二月二日，行井三尺；

二月三日，行井贰尺；

……

二月共行井九丈五尺。

三月七日，行井四尺；

三月十五日，行井贰尺……

九指每天独来独往，每天傍晚息工，他就会到盐码头上找酒喝，喝到飘飘欲仙才回到工棚里，倒头便睡。所以，工匠们除了听到他的鼾声，和半夜里几句断断续续的梦话外，对他几乎一无所知。当然，九指的鼾声和梦话在一群下力男人的酣睡中，早已被此起彼伏的雄壮合唱淹没了，蚊子嗡嗡地围着工棚转，它们急切地在空气中抖动着羽翼，让这个闷热的夜变得混沌而胶着。

有一天，一个工匠突然在半夜里醒来，自言自语地说："咦，老子好像掉了啥东西。"

他起来喝了半碗冷水，坐在床板上想了想，没有掉啊。他又摸了摸他的裤腰带上的钱袋，把铜板拿出来一个一个地数，一个不少。但为什么总觉得掉了什么呢？他想不通，越想却越想不通，觉就睡不着了。

除了蚊虫的鼓噪，旁边的工匠是一如既往的鼾声。他听着听着，突然发现怎么没有听到九指的鼾声呢？翻身一看，呀，九指的床板是空空的！他知道他为什么睡不着的原因了，原来是他没有听到九指的鼾声。

知道了这个原因，他就安心地睡着了。

九指最爱去的是盐码头上的一家小酒馆，酒馆有七八张桌椅,帘棚高张,专门为桥镇江上来往的船夫和过客开的,因为门前挂了幅红色的幌子,就常常被人喊作红幌子。

红幌子的主人叫金兰香,她的丈夫以前是桥镇上的恶人,一年前邀人到贵州走沙子,就一直没有回来。同去的人说他回不来了,在那边闯了大祸,被缉私盐的官兵打死了。但金兰香颇有几分姿色,自然招了不少风言风语,她只要一过花盐街,就让老少婆姨骂烂了嘴巴,骂她骚眉骚眼的,把男人的眼珠子都勾了出来。自然,金兰香让女人们最嫉妒的是那双三寸金莲,把她们的四寸银莲或五寸铁莲比得无地自容,但她的万种风情就在那一摇一摆中,像要溢出什么却又滴水不漏,旋在杯口上,丰腴而性感。

那天,九指又到红幌子酒馆,喝到快打烊的时候,九指仍没走,把腿翘在凳子上:

"今天高兴,再来一杆酒。"

金兰香打量了一下眼前这个瘦小的男人,稀疏的几根胡须,还没有他死去的男人威武,想他可能喝多了,便在一旁数落:

"回家就不怕老婆揪耳朵?"

"嘿嘿,有钱怕啥?"说完,九指就从身上摸出一大把钱来,啪地拍在桌上。

她一见钱,喜形于色,马上给九指的杯子里斟满了酒,又给他端了碟鲊海椒。这天金兰香兴致不错,一欠身就坐在了他的对面,轻打着手中的折扇,让九指居然有些手足无措,闷着头连着干了几杯酒。这时,就在他埋头喝酒的瞬间不由自主偷偷瞟到了她的小脚,那是一双绣着荷花的鞋,小巧精致,其中一只在空中微微晃着,九指的眼睛突然就缭乱起来,便听到金兰香喊了一声:

"伙计，上门板关门！"

女人明显不快，开始下逐客令了。九指喝完酒，心里酸溜溜的，像只没能爬上皂角树的野猫，丧着脸往回走。回到工棚里，工匠们早已是鼾声如雷，九指却睡不着，辗转反侧，他的眼前仍然晃动的是金兰香的那双脚。想着想着就到了三更，这时有个工匠突然从床上起来，把短裤扒了下来，挂在床头上，空气中马上就飘来一股骚臭味，九指知道这家伙一定是在梦里跟哪个光屁股婆娘干上了。暗暗骂着的时候，九指发现自己更想金兰香的那双小脚了，要是被窝能有这双小脚暖一暖才好呢。

从那晚以后，九指一下工地便直奔红幌子去，叫上一碟干胡豆或者花生米，再唤上一壶酒，自得其乐，临走时不忘赏几文给伙计。后来连伙计都喜欢这位大方的客官，不像刚开始时在一旁偷偷地嘲笑这只守嘴的馋猫。而金兰香也在悄悄地发生变化，她慢慢也觉得这个男人其实并不十分讨厌，最少在钱上比她店里那些死皮赖脸、装疯卖傻的人要爽快大方得多。

这天，九指又到红幌子，他刚一走进门，就看见金兰香迎面而来，脸上弥漫着一股香粉气。

"客来啰！"金兰香朝伙计喊道，声音里有几丝娇柔。

九指发现金兰香的牡丹髻上多插了朵花钗，这分明是女人多出的心思。但他只是狐疑地点了点头，仍像往常一样，点了菜，要了壶酒。但在上菜的时候，九指却发现桌子上多了碟干胡豆，他的心里"咯噔"一下，像油灯里突然蹦出了几颗火星。

这时，九指"咔嚓咔嚓"地咬起胡豆，牙帮居然产生了某种快感。他又瞟了一眼金兰香，眼睛珠儿也是那样快感。其实他发现金兰香也在时不时地瞟来一眼，她瞟人的时候，那余光是飘忽的，仿佛能让时间短暂停留。九指不停地"咔嚓咔嚓"地嚼着,好像在咀嚼着那停留的时光。但突然"嘭"的一声,九指蒙住了嘴巴,一阵剧痛让他的脸都变了形。他赶紧连着还没有咬碎的胡豆吐了出来,里面居然有颗白生生的东西!他捡起来一看,原来是被胡豆硬生生磕下的半颗牙齿,上面还沾着血丝。九指突然间懊恼到了极点,他没有想到两人正在眉来眼去的时候,这颗坚硬的胡豆却坏了好事。

疼痛让九指再也没有心思喝下去,他蒙着嘴巴往外走,一出门却发现外面下起了雨,站在屋檐下懊恼不已。这时,他突然感到自己的头顶遮了什么东西,仰头一看,原来是金兰香递来一把伞,只听见她细声细气道:

"明儿记着把伞还来。"

那伞精致得好,伞纸刷过桐油,留着股奇异的味儿,一路上走着都闻得见那股子桐油味道,九指抬头望着那透着些光影的伞面,上面居然还有些浅浅的花影。九指此时已经忘了那半颗牙齿的疼痛,那一夜,九指把伞一直挂在他的床头上,那幽幽的桐香味让他居然有些失眠。

二

桥镇地处川西南,一进冬月,人们便忙着添置厚衣来抵挡那些阴冷的日子。

山上是最早感觉到寒冷来袭的,动物们开始蛰伏,而树叶波浪似的在风里攒动,松树、杉树、枫树、椴树、榉树和橘树们都在将自己身上尚存的一点色彩挤出来,涂抹在斑斓的山沟里,只是这斑斓正在由饱满走向枯败,在阵阵寒意中透出苍老。不到一月,山上已是光秃秃的一片,这时正是打柴的时候,樵夫挥动着砍刀,汗流浃背,但他们在砍树之前都要先摇一摇树身,因为树条上的冰凌落到身上会冻得人抖尿精,但充足的柴火让盐灶炉火熊熊,他们也能够挣得一年中最多的工钱。

冬天一来,正是产盐的好时节,所有的灶户都知道雨水一少,井里出来的盐卤就浓,随便一碗卤水里都能熬出二两盐。不仅如此,盐价也在涨,冬月的肉盐需要大把大把地放盐,那梁上的腌腊才飘得出香味;肉盐一过,菜盐又来了,大头菜、青菜、萝卜正是入缸的时候,再穷的人家也会在这时打上一罐盐,盐的需求猛然增加了不少,几乎所有的盐商都在盘算着扩产增收的事。

咸草坡山上的碓声还是传到了瞎子王贵的耳朵里。

但王贵一想,不对呀?怎么连他都不知道就动工了呢?他把说书人打发走了后,急匆匆来到怀家大院询问究竟:

"怀老爷,盐井开挖了没有?我怎么听到了些动静,这到底是咋回事?"

"王贵老爷呀,说书的都说到第几回了?刘备请来了诸葛亮没有……"怀荣三心里一惊,便想把话支开。

"我只想问你请来了赵旺没有?"王贵问。

怀荣三支支吾吾:"哎,水都煮沸了米还不下锅?现在的这位大师傅也是百里挑一的,不比赵旺差,您就安心听说书吧。"

"井都在凿了,我还有心听说书?"王贵满脸怨气。

"眼下我请来的凿办人称井狐,是一把好手。"怀荣三的话里不无得意。

"管他井狐还是井猫井狗,没有找到赵旺,井就不能动!"

怀荣三不再吭声,清风黑脸。

王贵叹了口气说:"哎,看来我是上房揭瓦搭不上檐啰……"

说完,王贵摸着路走了。这件事让怀荣三郁闷无比,他知道，王贵从来没有对他说过一句假话，是怀家的大恩人。但井已经打了几十丈深，难道要半途而废？但这时他的另一个大恩人魏碧山却是大力支持他的，王贵和魏碧山两人的看法截然不同。是呀，井在一日一日往下凿，并无大碍，湖北那边正供不应求，只等盐井见功后赚大钱……怀荣三把自己关在屋子里，想了三天三夜，不让任何人打扰。第四天的时候，房门打开了，他清了清嗓子，叫下人送了碗热气腾腾的豆腐脑来。这碗豆腐脑麻辣有劲，让他内心滚烫，怀荣三已经下了决心，不能停工，继续往下凿。

翻过年，怀荣三的三儿子出生了，这又是怀家一件欢天喜地的事情。按照怀家的穆字辈分，又因为生在二月早春，就取名叫怀穆春，他的两个哥哥怀穆松、怀穆霞都比他大不少，是前妻翠华所生，而怀穆春的母亲夏月娥是怀荣三的新欢，年仅十七，是远近闻名的美人。

怀荣三同月娥的相识很有些缘分。那一年正月间，桥镇的盐商共同出资举办灯杆会，热热闹闹过大年。只见江边上遍插着灯杆，灯杆之间悬挂着五颜六色的灯笼，一到晚上，灯笼齐齐地亮了起来，倒映在江里，显得格外的艳丽与喜庆。怀荣三那天在江声楼宴请亲友，喝得尽兴之时，有人建议沿江漫游，一睹江中盛景。一行人便出楼慢行，哪知路上早已是人山人海，整个桥镇的人倾巷而出，把道路挤得水泄不通。怀荣三突然远远瞥见人群中出现了一个熟悉的身影，他脑门一热，惊了一跳，那不是家乡的秀兰吗？怀荣三看得出神，不禁有些恍惚，难道真是秀兰？但他明白这是绝不可能的事，但她到底是谁家的女子呢？怀荣三不由自主地跟了过去，眼看就要追到了，他的鞋却突然被人踩了一下，他赶紧低下头去找鞋，等他再抬起头来，已经不见人的踪影了，虽然又在人群中挤了半天，但哪里还找得到人。这时怀荣三满头大汗，酒意全无，心里怅然若失。

没有见到灯杆会上的那个女子，怀荣三像得了一场大病。这件事让他自己都觉得奇怪，那么多年过去了，他还是没有忘记秀兰，解不了那个心结。按说依他现在的财富，三妻四妾又算啥呢？但他只娶了阚氏一房，却没有再娶，明里暗里给他撮合的人多了去，但他一直没有考虑，他成天想的就是盐井。当然，怀荣三对女人的理解并不只局限于翠华，他还有秀兰，翠华是块实实在在的地，而秀兰是天上的云，这是无法改变的，但他常常想的就是天上的云，自从见到了龙舟会上的身影，他仿佛看到那朵云又从他的脑袋里飘了出来。

咸丰八年五月，桥镇大旱，有个叫夏长清的灶户熄了灶，把井上的雇工都放了，就等着把井盘出去还债。夏长清遇到这种事情也是迫不得已，天干河断，炭不得进，盐不得出，盐灶支撑不下去，只好把井盘出去渡过危机。但对怀荣三而言正是扩张的好时机，他要利用这个机会把一些盐井收到名下，壮大自己的实力。

那天，怀荣三就到了夏家接洽盐井一事。一番讨价还价后，正要书写契约的时候，夏长清的女儿月娥陪她母亲从门外走了进来，怀荣三望着她居然走了神。他突然就想起了当年的秀兰来，她们怎么如此相似？身材、皮肤、眼睛，连神态都像水塘里两个叠在一起的影儿。怀荣三恍然大悟，年初龙舟会上见到的那个女子，此刻就在眼前。

怀荣三马上就改变了主意，对夏长清说："夏掌柜，我琢磨来琢磨去，其实我们也可以换一种方式，这井由我们共同来合推，让井继续运转，只需分几口锅给我推煎即可，大头仍是你的，而井上所需的各项费用都由我来承担，获利之后再分摊。"

夏长清自然感激不尽,他想到的只是井,没有想到敢于吃亏的人盯上了自己的女儿。当然,怀荣三这样狡黠了一回,心里早有了打米碗。

一年后,夏长清的井开始好转,到该分红利的时候,到夏家的不是怀荣三,而是穿得花枝招展、巧舌如簧的媒婆,她没有带任何金银首饰绫罗绸缎,只挎着满满一篮子熟透的红樱桃就去了,夏家的人吃着红樱桃,仿佛在吃着今后日子的甜蜜,事情也就水到渠成了,一月后月娥便嫁到了怀家。

再过第二年,到了龙舟会的时候。

那日怀荣三突然来了兴致,带着月娥登上了一艘大船,那是条三桅三帆的盐吊子,威风凛凛,在桥镇没有船能够比得过它。这船停在岸边本来是收着帆的,但怀荣三专门让人将它升起,像鸟翼一样展开,船瞬间就有种要飞起来的感觉。怀荣三的心情畅快到了极点,其实他是想让夏月娥看看他怀家的气派。此时,月轮如钩,沿河灯火闪烁,远近井架林立,江中倒映着流光溢彩、似真似幻的美景,让人流连忘返。怀荣三扶着月娥站在船头,给她指指点点,这桥镇的变迁他是再熟悉不过的了,他不无自豪地对月娥说:

"这条船明天就要去湖北了,我怀家的盐断运三天,恐怕有些地方就吃不上盐啰!"

正说着,月娥突然觉得船晃动了起来,喊了声:"船摇得好厉害!"

怀荣三茫然地望着她,自己并没有感觉到什么动静,心想是出了什么怪事。

"摇得好凶!"这时,月娥又惊慌失措地叫道。

旁边的丫鬟悄悄拉了拉怀荣三的衣服:"恭喜老爷,不是船摇,是夫人有孕了!"

怀荣三恍然大悟。

怀穆春一生下来,正是春意盎然的时节,咸草坡上的井正在开凿,怀家大院已经落成,张灯结彩,热热闹闹,怀荣三把一大家子人搬进了二十四个天井里,他在桃花树下大宴宾客,那时的他自觉人生已经没有什么遗憾了。

九指再到红幌子是几天后的一个晚上。

其实,九指在肚子里盘算了无数回,并没有急着去还伞,等过了四五天后,他才姗姗出现。这天,四望关验口休市,盐码头上便有些冷清,来红幌子的人不多,那些人匆匆吃完便走了,店里显得有些空荡荡,只有几只苍蝇在没头没脑地飞着。金兰香的情绪有些失落,疏疏落落地拨打起算盘珠儿来,静静的屋子里只听见踢踢踏踏的算珠声。

过了一阵,九指偷偷连瞟了几眼金兰香,便拍了拍身上掉落的花生皮:"还没算清?"

金兰香正懊恼:"哎,不知哪个缺德鬼少给了两个铜子!"

原来是这个原因,九指一笑道:"嘿,那点钱,就算到我头上吧!"

他又喳了口酒,但他喝后并没有把酒碗放下,而是把酒碗放在了半空中。这个动作来得突兀,却像是有巨大的吸引力,金兰香的腿便不由自主地跨出了柜台的挡板,像阵轻风似地坐在了九指的面前。顷刻间,九指就闻到了金兰香身上扑面而来的香粉气息,这让他有些喘不过气来。此时,四周只有些蟋蟀单调的鼓噪,让屋子显得更是静悄悄的,金兰香的薄绸短衫、头发、额头、鼻翼、嘴唇仿佛都在蒸腾着一种无法抗拒的光影,细细密密地散发到浓艳的空气中,让昏黄的屋子里愈发暧昧和密不透风。

九指抓起碗猛喝了口酒,听得见喉管里生生地"咕隆"了一声。

夜色已迷迷糊糊地升起,有层如纱一般的透明,头更的敲锣声传了过来,引来了远远近近几声狗吠,街上又断断续续传来吱嘎吱嘎的关门声,这些声音是那样空落,暮气沉沉,而九指的胆子突然大了起来,突然伸手向金兰香的手摸去,哪知手还没有摸拢,她的手马上就收了回去。金兰香想,这个男人算不得气宇轩昂,脑勺后的那根辫子细得像根筷子。

正在这时,从门缝里闯了个人来,大声武气地嚷嚷道:

"香妹,我来了,上酒上酒!"

来人正是杀猪匠范老幺,他手里提着一副猪腰,正要用这副东西炒菜下酒呢。这时便听见金兰香把腰一叉,挡住他说:

"是范哥子嗦,对不起,关门了,明天请早。"

"咂,香妹,耍我嗦?今天我偏要在你的店里喝酒呢……"范老幺嬉皮笑脸。

"谁?"九指听见动静,走了出来。

"你又是谁?"范老幺一听店里还有人,两只老拳就握紧了。

"我嘛,就是个打盐井的。"

"哦,原来是臭打井的,算尿,在桥镇踩到堆狗屎都是打井的。"

"老弟你也不问问是哪家的?咸草坡上那口三百丈的井听说过吗?"

"难道你是……怀家的?"

"正是。"

一听是跟盐有关的人,而且还是怀家请的人,范老幺自觉矮了三分,当年他就是输给赵旺而转行当了杀猪匠,而打怀家咸草坡上那口三百丈井的人肯定是厉害角色,他毕竟在凿盐行当里待过,早就听人把这口井吹得神乎其神的。范老幺不敢再往下问,气咻咻地走了。他一走,金兰香突然觉得九指果真了得,连范老幺这样的横人几句话就给震住了,心里不由得一阵得意。

三

湖北的市场大得像没有吃饱的肚皮,盐船如箭,十万火急!

桥镇上又来了很多外地人,他们都是来开盐井的,这凿井跟赌博也有些相似,盐藏在山的骨头里,吸卤水就像吸骨头里的骨髓一样,需要鬼斧神工和千锤百炼,开出来了,穿金戴银;没有开出来,砸锅卖铁。桥镇在咸丰年间的时候,到处可见凿井的场面,连官府衙门都在连连上报开井增课的文书,天天忙得个不亦乐乎,但动静最大的还是要数怀家咸草坡上的那口井。

这天,王贵又听到锥声在山谷响起,因为他梦见那个令他朝思暮想的赵旺了。一大早,瞎子王贵顺着碓机的声音摸到了山谷里。但走得越近,声音越大,但这声音让他有些生疑,这不像是赵旺凿井的声音,打井是否顺畅听声音就能感觉得到。他越来越迷惑,越来越坚信这样的碓法不太顺耳,让他的心里一阵迷乱,直奔怀家大院而去。

那天,怀荣三正在院子里接待几个洽谈竹竿和拉牛的商人,相谈甚欢之际,不料王贵跌跌撞撞、气鼓气胀地闯了进来,第一句话便问:

"东家,我要的人呢?"

怀荣三知道他的来意,看见有外人在,便想把话支开:

"哦,是王贵老爷来了,这次说书的讲到第几回了?到草船借箭了吧？"

"人呢？"王贵站着不动。

怀荣三嘿嘿干笑了两声，连忙把王贵往一边扶。

"把咸草坡上的井马上停下来，等找到赵旺再说。"王贵一点也没有客气。

"那……那些工匠咋办？"

"打发掉！"

"难道要砍了树子赶鸟走？"

"怀荣三，我告诉你，你这是木船下烂滩，到时候鬼门关上见吧！"王贵一急，使劲挝着竹杖骂。

说完，王贵就走了，怎么劝也拦不住他。王贵的话也激怒了怀荣三，当着众人的面，他觉得王贵说话太狠，他也太不给情面了，红不说白不说，凭什么就说别人打的井不行呢？什么木船下烂滩鬼门关的，不就是在咒他没有好下场吗？他就是要让王贵看看，不靠什么鸟赵旺，他一样能够把井打出来，因为怀家具备这样的实力。

两个人都是倔脾气，倔得像两块坚硬的石头。

这年，怀荣三的三儿子怀穆春已满三岁，开始满地上乱跑。一天，怀荣三带着怀穆春去了工地上。

工地上是一片壮观的景象，山坡小路上是源源不断运送泥土的人，他们赤裸着上身，被阳光暴晒过的躯体黝黑光亮，汗水沿着他们的脑门、下颌、肩胛窝、肚脐上的那一块块肌肉顺流而下，滴答滴答地落到干涸的地上，像雨点一样溅起尘花来。而另一边，一些妇女正在烧锅煮饭，她们一大早就会去桥镇割肉买菜，然后推着几辆满满当当的鸡公车回到山坡上。此时，几口大锅下柴火熊熊，锅里香味四溢，那些味道混杂而刺激，让山里清新的空气都变得有些浮躁和饥饿。但一过午时,等吃饱了饭,工匠们便横七竖八地倒在山坡上休息,臭汗和呼噜搅动着蜜蜂和黄花的欢唱,让原野呈现出生机勃勃。突然,就听到那粗粗的一嗓子"上工了",不一会儿,山道上又来回跑挑土的队列,扁担在肩上一闪一闪,嘴里哼着长得出邪劲来的小调……

怀荣三带着儿子行走在路上。远远望去,高高的桩架已经搭起,在蓝天下显得格外醒目刺眼,碓声震彻山谷。怀荣三的心情不错,但突然怀穆春拉着他的衣角说:

"爹,山里打雷了!"

"不是打雷,是工匠们在打井。"

他们父子俩慢慢走到工地上的时候,只见工匠们正忙得热火朝天,他们已经为凿这口深井干了快三年了。

不一会儿,他们就来到工地旁,九指看见怀老爷来了,便殷勤地上去迎接。怀荣三背着手,东望望,西瞧瞧,而九指唯唯诺诺,怀荣三问什么,他就回答什么,让怀老爷满意舒心。他告诉怀荣三,这口井如果按这样的进度,也就指日可待了。怀荣三大悦,他喜欢听的就是这样的话,花了那么多的银子,当然要把事情办成。他便在心里暗暗思忖,王贵啊王贵,您的猜疑纯粹是多余,到时候一定要让你看看我怀荣三的选择是对的。

回去的路上,儿子怀穆春又拉父亲的衣角,他总有问不完的问题。

"爹,那个人咋缺了根指头呢?"怀穆春又问。

"你才眼睛尖呢,那是人家过去打井的时候把一根指头弄断了,但他可是百里挑一的好匠人呢。"

"好匠人怎么会把手指弄断呢?"怀穆春把小脑袋翘得高高的。

怀荣三看着儿子,不知道怎么回答。其实这个问题,在他最初选九指的时候就曾经产生过,是呀,好匠人咋个会把手弄断呢?但九指就是用那少了一根的指头来证明自己的。他又摸了摸儿子的头,说:

"我们还是去街上看看热闹吧。"

是的,这个问题让他心里有些烦,烦得他不太愿意去再想。

他们很快就到了街上,街上真是热闹非常。这天,桥镇上新开了家叫福源祥的洋布庄,很多人都涌到店里去看热闹,怀荣三也带着怀穆春一起去瞧这新奇的东西。店里的布匹花花绿绿的,印花是那样清晰光泽,不像蜡染的粗糙,质地也细腻,摸在手上简直就像是细沙一样润滑。这时,只见伙计用竹尺在布上量,然后剪子沿着粉笔留下的痕迹处轻轻剪下个口子,把洋布使劲一扬,布在空中迅速撒开,只听见"哧"的一声,就变成了两截。一截一截的布到了女人们的手里,她们摸着光滑的洋布,脸上露出喜气。

怀荣三给怀穆春买了巴郎鼓,又给他买了姜糖,吃的有玩的,他们好像已经忘了山上的事情。

四

不知不觉中,又一年的春节就到来了。

怀家照例把所有的没有回家的工匠和滞留在桥镇的外地客商请到怀家大院里过除夕,杀猪炖鸡,摆上九大碗,开几坛好酒。吃完宴席,怀家又把岷江一带有名的川戏班子请了来,锣鼓一敲,幕布一拉,名角们粉墨登场,看得人眼花缭乱。在唱得咿咿呀呀之时,间或有爆竹的声音噼噼啪啪不时传来,纸屑在飞舞,那种透着一点喜庆的硝味在空气中弥漫。

戏连演了两出,演的是《夫妻桥》和《花子骂相》,都是人们爱看的热闹戏。看戏的过程中掌声笑声不断,由于亢奋,每个人的脸上像涂了层彩。快到午夜时,怀家用大锅送来红心汤圆,又端来几笼鲜肉大包,热气腾腾的香味直直往人们的鼻子里钻,一时间欢笑满堂,怀家大院的大年喜气洋洋。

但在春节的气氛中,没有人注意到怀荣三的心情并不如节日一样喜庆,他的内心中正埋着深深的焦虑。

这主要是近来湖北的市场发生了一些变化,而这样的变化让人忧心忡忡。由于楚岸过去一直是淮盐的引地,失去后一直是耿耿于怀,想的就是要如何把它收回来。不过想想也是,如今川盐得了势,这就如空房的媳妇被人占了便宜不说,还想捞个明媒正娶的名声。但话又说回来,川盐盐质好,咸头足,湖北人后来吃惯了川盐,就感到井里的盐要香些,而海盐有腥味,就不怎么喜欢吃淮盐了。

不过,吃盐的事情也不是平民老百姓说了算,那是关乎到一地税赋的大事,所以淮商便利用皇帝身边的人来影响局面,像李鸿章那样的重臣也开始替淮盐说话,他们不断上奏,想给皇帝施加压力,不久,事情果真出现了变化,皇帝便下旨对川盐增收楚厘,每百斤盐抽厘七文。这还不算,咸丰十一年,从湖北又传来了坏消息,不仅在宜昌设局抽厘,又在沙市设卡,只要盐船下行,就要再抽厘二文,而且还要随银价的涨跌,盐商必须交足色纹银二厘。川盐的成本大为增加,价格优势尽失,销量便开始出现回落,淮盐在武昌、汉阳一带又重新占据了上风。

刚过完大年,才刚刚露出点儿春气,人们就已经闲不住了,就都想着做些事了。

这天怀荣三出门坐在轿子上,走过花盐街的时候就听到前面噼里啪啦的一阵爆竹声,老人小孩都在往那边涌。怀荣三有些纳闷,年刚过,难道谁家还没有把鞭炮放完?他便拉住一个人问是发生了什么事情,那人回答是一口新井打了出来,主人在报喜呢。

怀荣三来了兴趣,让轿夫也跟了去,原来一个叫肖富成的人家摆上了坝坝宴,准备庆贺凿井见功。怀荣三站在远远的地方看了一阵,心里突然有些感慨。这个肖富成过去也就在街上开棺材铺,经营点香蜡钱纸,却想起凿井求泉,东拼西凑借了些钱开井。但井哪里是想开就开的,开张不利,要债的人天天追着他,不还钱走不脱路,而每当这时他的偏头痛就发了,只好躺在棺材里装死,这在桥镇都成了好大的笑话。后来肖富成实在是被逼得不行了,便把工匠叫到一起准备吃散伙饭,那些工匠看他可怜,就说吃完饭后再凿一把,算是还他个人情,但就在这时,井像鸡蛋壳一样轻轻一敲就开了,井居然开了,这世上的事你说怪不怪。

别人倒是熬出来了,而咸草坡上的井却一点动静都没有,怀荣三突然感到一阵心烦意乱,进而又变得十分沮丧。他突然想起了九指,这个男人到底行不行他如今是一点底都没有,不仅如此,他又想起了九指的那根断手指来,是的,那是根可疑的手指。怀荣三算了一下时间,寒来暑往,都好几个年头了,望着那深得无边无际的井,他又想起了那个不曾谋面的赵旺来。自然,怀荣三也想起了瞎子王贵,他已经很久没有见过王贵了。于是,他吩咐人备下了一篮酒菜,送到了王贵的屋里。

怀荣三一进屋子就满脸堆笑,想缓解气氛:

"王贵老爷,闻到香了没有?"

可王贵神情漠然,仄了仄身子。

怀荣三一屁股就坐了下来,便往桌子上放酒菜,一会儿就摆弄了满满的一桌,他的嘴上始终没有停:

"今天专门给您砍了白宰鸡,据说这道菜也讲究得很呢。煮鸡时火候要掌握得到位,少煮一分带血,多煮一分则老,人家老师傅用筷子一戳就知道熟没熟,嫩不嫩。这还不说,汤料更是功夫,花椒要汉源山里面的,朝天椒在碓窝舂成粉面,再用新出的菜籽油一过,那是香得一条街都闻得到……"

王贵不说话,吧嗒着叶子烟。怀荣三又说:

"老爷子,我还专门叫人到什邡去给您捎回了些叶子烟,都给你裹好了,想抽就抽,巴口化渣得很。"

王贵把身子往一旁挪了挪,烟铜嘴在桌角上磕了磕,又吧嗒了几口,这个动作熟练得完全不像个瞎子。这时怀荣三端起了酒杯,想敬一下王贵,但王贵一点动静都没有,这才想起他是个瞎子,便把酒杯放了下来:

"今天带来的酒是小灶酒,比那些街上吹嘘的什么仿绍酒之类的好到不知道哪里去了!来,咱们好好喝它几杯。"

王贵直接把递到他手上的酒杯推到一边,又抖了抖烟灰。怀荣三觉得说了那么多话都白说了,便叹了口气:

"唉,老爷子,您是还在怄气哟……"

"怄个屁!"

这时,王贵敲了敲铜烟嘴,口沫终于溅了出来。王贵就像疯狗一样骂了起来。怀荣三赶紧跑了,清风黑脸地回到怀家大院。一进门,看家的黄狗摇着尾巴上来亲热,但他心里正烦,狠劲踢了一脚,黄狗汪汪汪地跑了。

正好这天怀家大院里来了个从川东过来的客商,既然九指是川东一带的人,怀荣三就起心想问问那边的情况。客商是怀家的大客户,一年来桥镇办两次货,他对川东的盐场了如指掌。川东那边有个风俗,穷人的家里一般把满了十一二岁的孩子就送去当学徒,但川东的盐源不如川南丰沛,很多匠人有了手艺

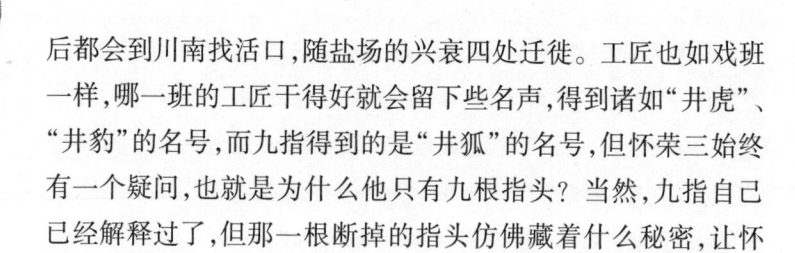

后都会到川南找活口，随盐场的兴衰四处迁徙。工匠也如戏班一样，哪一班的工匠干得好就会留下些名声，得到诸如"井虎"、"井豹"的名号，而九指得到的是"井狐"的名号，但怀荣三始终有一个疑问，也就是为什么他只有九根指头？当然，九指自己已经解释过了，但那一根断掉的指头仿佛藏着什么秘密，让怀荣三觉得舒心。

其实，还有更重要的原因在影响着怀荣三，他已得到消息，说朝廷要重征川盐，因为川盐每年有七百多万斤卖到了湖北，硬生生把淮盐三百多万斤的正供抢走了。如今不仅要缴过去的楚厘，又在三峡的夔门关加设了关卡，增收夔厘，过往的盐船每百斤盐抽厘一钱三分。怀荣三想，这些还是正税，加上杂税名目繁多，如果井再不早些凿出来，真不知道盐税还要加到什么程度。

怀荣三的心底有种灰暗的感觉。

第三章

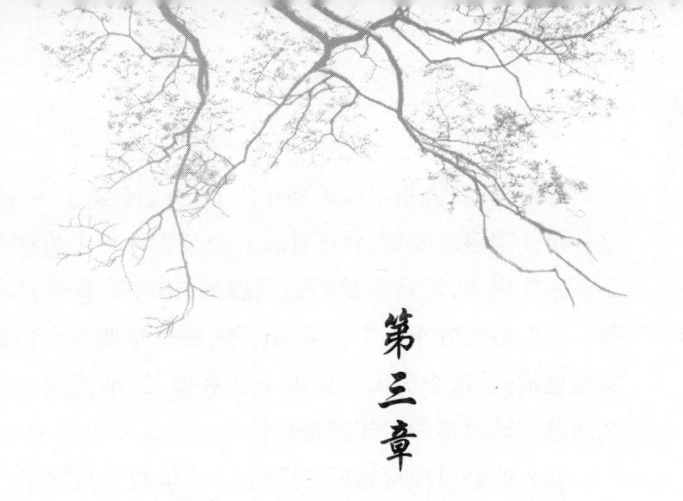

一

盐井凿到了二百丈以下，也就穿过了地面上的土石层和水浸层，这个阶段意味着盐井已经打到了坚硬的岩层上，而打井最怕的是遇见绵岩，碓匠一遇见这样的岩石层，就要烧香拜佛。绵岩一丈，可凿一年，这是老工匠们传下来的古训。

九指估摸着井下的情况，这些天来也有些寝食不安，因为"泥孩儿"放进井里后，提起来一看几乎没有任何变化，他口袋里的岩口簿已经好些天没有动一个字了。工匠们都觉得奇怪，怎么井下不见一点动静？每天都在使劲钻锉，但就是钻不动，锉不进，钻锉换了好多把，就像钻到了坚硬无比的铁石上一样。

一定是遇到绵岩了。

过去，盐商听到打到了绵岩上，就等于倒了大霉，把家里的钱财盘算盘算，看到底能支撑多久，但没有几家人的家底比绵岩厚实，所以多数都只有前功尽弃，不是转给别人续凿，就是封掉井口。但如果能打穿绵岩，等于离大富大贵的日子不远了，当然，要凿破绵岩，就要看工匠的十八般能耐了。

那天夜里,九指呆呆地躺在床上,想如何得到一把银锭锉,这件事让他寝不安席、食不甘味。金兰香在一旁想这个鬼男人到底是咋回事,之前总是心急火燎的,但今天竟然没有丝毫动静。金兰香看九指心事重重的样子,就早早侧在一边睡了。其实她也纳闷,这个男人一定遇上什么事了,难道那口井出了什么问题?难道得罪了盐巴菩萨?

女人的心思浅得如田塘里的水,只够放几只鸭子。

三更时分,九指突然翻身下了床,他从水缸里舀了瓢凉水喝,然后又钻进被窝里,伸手把金兰香抱在怀里。金兰香正睡得香,被他闹醒有些烦,说了声"讨厌"又想侧过身睡去,哪知九指粗鲁地一下把大腿跨在了她的两腿间,整个身体也随之覆了过去,很快金兰香就发出了低低的呻吟。金玉香有些纳闷,这个男人好像比平日里更饥饿,声音大得快要把屋顶掀翻。床角蜷缩着的黑猫跳下了床,站在一根木凳上焦躁不安地走来走去,黑暗中闪着两颗蓝幽幽的玻璃球。

早上起来,金兰香打了几个喷嚏,有些受凉。九指则是神清气爽,他已经想出了自己的办法,走在去咸草坡的路上,他隐隐约约地感觉到男人的那个东西还有些轻微的灼痛,而这种灼痛让他想起了那把在深井里猛烈撞击的银锭锉!

银锭锉长九尺、重百斤,它每一次从几十米的高度落下去,都会重重地砸在坚硬的岩石上,并在大地的深处撞击出炫目的火花。当然,没有人看得到这个场景,只是通过想象去描绘井底的惊心动魄。岩石被粉碎后,变成了碎渣,然后采用一种叫泥筒子的工具把它们吸上来,井锉便继续往下凿,重重地落下去,提起来,又落下去,循环往复,昼夜不停。

银锭锉的锉面并不像刀刃一样尖锐,它看起来更像放大了的银元宝,这就是被称为银锭锉的缘由。但就是这个看似笨头笨脑的锉头,却是韧性十足、锐利无比,一点一点地削蚀着那些不可撼动的岩石。其实银锭锉就包含着个朴素的道理:尖锐的东西易折,真正厉害的东西往往看起来敦厚、笨拙。

在那段时间,九指就像消失了一样,工匠们突然就看不到他的身影。

就在这时,在桥镇边上的一个小石屋里,巨大的金属声传了出来。过去这是个废弃的破漏的石头屋,孤零零地立在山坡上,大概是些乞丐、流浪汉住的地方,一般人都不会到那里去。但自从有了这奇异的声音后,桥镇上就有不少的传闻,更多的人不知道这个屋子到底发生了什么事情,以为在闹鬼。好奇的人便悄悄靠近这个屋子,想找个缝隙往里面瞧,但人们只看到屋子里红红的光在闪,眼睛一下就模糊了,使劲揉揉再看,依然是红的,扑闪扑闪的一大片更加模糊,而其余的便什么也看不清了。

耳朵里传来的是一声比一声巨大的金属声,当、当、当的声音大得像要把耳朵埋掉,巨大的声音刺穿耳膜,如一根钉子扎进了后脑!调皮的小孩跑了,长舌的妇人也跑了,好奇的闲汉都跑了,没有人敢再去靠近那个神秘的小石屋。不仅如此,他们对那个小屋讳莫如深,仿佛一说,耳朵就要痛,就像孙悟空被唐僧念了紧箍咒一样。

桥镇边的空旷地上有个孤独的小石屋,屋子里不断地传出当、当、当的声音。

井上的活停滞了下来。少了耸毛鸡公的咸草坡,也没了鸡毛的扑腾,又恢复了很久以前的宁静。

对工匠而言,这样的宁静是难得的,没有了小心翼翼和要

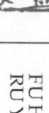

命的窒息,也没有了大声叱骂和气急败坏,宁静中有种恬淡和舒适,所以他们希望井就这样停着,一直停着。他们甚至在心里暗暗下咒,九指已经踩到块滚石落到山沟里去了,摔成了半身不遂。没有了九指,工匠们轻松地聚在一堆抽烟、划拳、扳腕子、下石子棋,长期压抑下的自由一瞬间都释放了出来。

这样的日子连续过了好几天,那些天的天气出奇地好,太阳照在人的身上暖洋洋的,他们甚至相信这是老天爷专门安排好了的,要让他们安安逸逸、舒舒服服享受寻常日子里的美妙。在这样的日子,所有的人自然都忘记了九指,好像这是应该的,也是必须的。

但就在有一天,有人从山脚下传来了消息,他不仅见到了九指,还见到了另外一个从来没有见过的人。

匠人们围坐在空地里,神情沮丧,再懒得说一句话。

这时,蚊子在他们的头顶嗡嗡地叫着,不断地袭击着他们的脸和光着的膀子、大腿,啪啪啪的声音便不断响起,他们的手上是一片蚊子血。但他们再懒得说一句话,只想打蚊子,打得血肉横飞,都闻到了一股股血腥味儿。他们越打越起劲,越打越想打,啪啪啪的,被打到的蚊子像轻轻爆开的谷壳,蚊子的疼痛缓解了他们刚才的沮丧。

这时,他们的背后突然出现了两个人,九指和另外一个从来没有见过的人正冷冷地看着他们。

工匠们全都站了起来,伸出的手还举在空中,这时才发现手居然有些痛,可能是打得太狠的原因。等他们慢慢回到了自己的位置上,几天来的轻松便结束了,他们也才相信九指是真实地存在的。但还没有等匠人们回过神来,九指已经带着那个陌生人,穿过他们中间走了。那个陌生人一副黑脸膛,虎背熊腰,他是九指请来的第二个掌钳师,据说之前的那个掌钳师已被震得口吐鲜血,九指认为大为不吉,毫不留情地把那个人赶走了。

很多天后,桥镇的那间石头房子里的巨大声音突然就停息了下来,很多人都觉得纳闷,把脖子伸得长长的,四处寻找那消失的声音,他们发现,没有了那个声音的桥镇,静得就像没有存在过一样。

但这时,九指出现在了花盐街上,这个瘦瘦的男人光着膀子,浑身黝黑发亮,稀疏的短须居然有些上翘,把他的嘴角勾得得意扬扬,不可一世。他的身后跟着那个黑脸膛的陌生人,再在后面是四个壮汉抬着一个长长的铁家伙,正吃劲地往前走。到了怀家大院,怀荣三已经走了出来站在门口,九指马上迎上去:

"老爷,银锭锉打好了!"

怀荣三上去推了推,纹丝不动。

"老爷,咸草坡的井就靠它了。"九指拍了拍胸口,"不出一月,井要落下去十丈。"

"真的?"

"嘿,别看它笨头笨样,在井下它比杀人的刀还快!"

怀荣三一惊,没有想到他会用刀来比喻银锭锉,银锭锉并没有锋刃。怀荣三不喜欢血腥的东西,对杀人这样的字眼更忌讳,当年他曾跟一堆杀人犯睡在一起,因为他当时已经死了,但活过来的他有了今天,那段往事却不敢再去想,如果想起,那一定是在噩梦中。所以他便说:

"太好了,诸位辛苦了,今天我要杀猪来好好犒劳大家!"

晚上的时候,咸草坡井上的工匠们都来到了怀家大院,他们好久没有这样开怀地喝酒吃肉了。月亮挂在空中,空气里透着莲子的清香,难得七月的天气也有凉爽的时候,那个晚上天公也作美,早早便收了凉,风轻柔得好像是一层薄薄的东西,贴着人的脸和皮肤上舔呀舔,舔得人想挠,但不知道怎么就挠着了人的心,悠悠的、飘飘的,看不见,摸不着。很多人喝着喝着就醉了,还有些工匠喝着喝着就哭起来了,那些莫名其妙、支离破碎的东西就从心里围堵了过来。

井从开凿到眼下已有四个年头,工匠们早就想见功了,见功后他们不仅可以分到一笔可观的银两,也可以同家人团聚了,他们想的是,赶快完吧,让那狗日的卤水快些冒出来吧!要是再不回去,老婆就要偷人,娃儿就要叫别人当老汉了!

一般而言,一口井就是一个周期,井早凿完就早回家,顺利的两三年便见功,但如果运气差,遇到个倒霉的井,干上十年八年也说不准。怀家的大井凿得太久了,工匠们心里开始烦躁苦闷起来,这个晚上,烧酒一冲,全都原形毕露。工匠们的牢骚让九指大为不满,骂那些大男人是猪,猪有资格发牢骚吗?但有个已经喝醉的工匠再无顾忌:

"师傅你倒安逸,有酒喝,有花枕头困,每月的银子一厘都不少,当然不焦不愁,流臭汗下苦力的还不是我们这些人……"

"呸,少废话,你狗日不想等分银子回去哄婆娘?"

他这句话还真管用,就像颗软糖一样,哭的人就不哭了,醉了的人也不闹酒了。但所有的人都没有注意到那个黑脸膛的掌钳师,他自始至终都没有说话,闷头喝酒;当大家还沉浸在猜酒划拳的兴致中时,他已经消失不见了。

二

第二天,银锭锉就送到了井口,工匠们把用粗粗的篾绳牢牢地拴住,然后缓慢地把它放到井底。接下来就是看银锭锉展现神功的时候了。工匠们把篾绳绞起来,绞到几十米高的地方,然后一放,只听见辘轳呼呼风生,井底闷闷的一声巨响,银锭锉重重地砸到了坚硬的岩石上!几个工匠明显感到手心一麻,牙帮也震得一咬,生生作痛,没有人想到那股下锉力反传到了地面后有如此大的威力。

如此往复,不一会儿,工匠便发现绳子变长了,天黑时用"泥孩儿"一量,居然长了三尺,这不是九指说的日进三尺吗?这银锭锉简直就是在摧枯拉朽。工匠们群情激奋,他们觉得很长一段时间没有动静的井,终于又向下凿了。这个消息也传到了怀荣三的耳朵里,他心里不由得松了口气,他没有想到这个九指果然有招数,一把银锭锉就让井况大变样。

从这天之后,怀荣三心情好了不少,心里的那张膏药一扯掉,过去的不痛快好像突然消失了。他想,每天井的进度说明了一切,只要井在不断下挫,这比什么都重要,事实胜于雄辩嘛。

又过了三天,井深下了将近一丈,一月下来,井足足下了十多丈!

所有的人都亢奋了起来,觉得这井真的是很快就要凿穿了,怀家大院里传递出了一种节日的喜悦。

这天,九指得了怀荣三的赏,回到了红幌子,他一进门就从口袋摸出个两个黄灿灿的金耳圈来递给金兰香。

金兰香喜不自禁,像吃了刚打过霜的柿子,甜到了心尖尖上。不一会儿,金兰香从大瓮里提了两杆用桑葚泡的酒,切了盘鲊肉和盐蛋,又抓出一把花生,让九指在内屋里喝着。忙活完,金兰香又在外屋的柜台里招呼忙碌着,两个大金耳圈晃来晃去,酥酥地摩擦着她的白白的脸颊。此时,河上的风沿着盐码头爬了上来，那些在码头上爬行的人好像一抬头就能瞥见她耳朵上的那点富贵。

九指的心情就像那浓酽的紫茵茵的桑葚酒。他连连啜了几口，声音也就透过内外屋子的门帘传了出来：

"香妹，山上的井已经快凿穿了，舒气的日子就要来了！你想想看，每月有两天的卤水归我，这口井可不是一般的井，那是口黑卤大井，一天少说也有七八百担，一担值银三钱，到时就怕你的算盘珠子拨不过来……"

金兰香掀开一截门帘，把脸伸了进去：

"隔墙有耳，花盐街上那些婆娘的嘴巴比茅坑里的石头还臭！"

"怕啥？以后老子不仅要开井，还要好好为你办一回呢……"

金兰香一欢喜就整个身子都钻进了内屋，一屁股坐在了九指的大腿上，很快两人都被撩拨得忘乎所以。这时九指把她抱在了怀中，在她一起一伏的胸口上乱摸，摸得金兰香的乳房像块发泡的馒头。

正在兴起，只听见外面有人"咣当"一声就把碗摔到了地上，气咻咻地走了。金兰香来不及扣上耷拉在一边的襟扣，就冲出去看个究竟，急问摔碗的是谁。伙计回答是杀猪匠范老幺。这家伙今天是专门提了块猪头肉来下酒的，没想到撞上了人家的好事，豆腐没有吃到，还打翻了醋瓶。

过了三月，盐井的进度确实了得，居然下了五十丈，井已经到了二百八十多丈的地方。

工匠们发现，从吸上来的岩浆来看，眼下已经发生了很大的变化，开始是红土色，后是瓦灰色，然后是黄酱色，再是麻枯色，现在已经变成了黑煤色。九指说,已经凿到煤层上了,这些煤浆可以燃火,烧出来的烟像下细雨。几个工匠真的试了试,果然如此,煤星在浓浓的烟雾中跳跃,还发出轻微的噼噼啪啪的声音。

所有工匠们都知道,坚硬无比的绵岩已经凿穿,但就在人们的心情都迫切见功的时候,却发生了一件事。

一日大早,换班的工匠刚一上工,银锭锉重重地落下去,通的一声,就没有拉上来,工匠们着了急,忙叫九指来看。九指因为昨夜酒喝得不少,此时还在金兰香的被窝里睡觉,被敲门的人一叫醒,心中甚是不快,揉着浮肿的眼圈想把来人一阵乱骂。但一听井里出了状况,九指当头一颤,来不及穿齐衣服就往井上赶。但他到井上一看,心里稳住了,他马上叫人把篾绳全部卷上来一看,原来是篾绳断了。断篾绳是井里常遇到的情况,但来得突然,"咕咚"一声,把人吓得脸青面黑。一般遇到这种事情,都是采用一种叫偏肩的工具把大锉打捞上来。九指马上吩咐道:

"把木箱抬来!"

工匠们很快把木箱抬了过来,那是个齐胸高的大木箱,九指把铜锁打开,人的半截身子便翻进了箱子里,一会儿后,九指气喘吁吁地搬出一个外形奇特的东西来,工匠们纷纷围着这个铁家伙,又望望那个神秘的大木箱,想看看他有多少五花八门的名堂。

这时,就听见九指发令:"叫篾匠来,把它接在篾绳上,把落底的银锭锉勾起来!"

篾匠的活也不简单,篾绳是用南竹做的,先是把南竹用专门的弯刀划成片,再用尖刀把竹片划成麻,然后把竹麻裹成一股,一根篾绳由三股麻绳像编小姑娘的辫子一样编起来。这种结实耐用的篾绳是井下的重要工具,篾匠从凿井之日开始一直到落成,再到这口井被吸干、废弃,篾匠自始至终都是必不可少的,他们必须随时随地守在井边。此时大家你望望我,我看看你。

"篾匠死哪里去了?"

九指气急败坏,肩胛骨高凸,颈上子冒出一圈血色鸡皮。

人们在山坡上找遍了也没有找到篾匠,快到下中午的时候,失踪的篾匠回到了井上,九指上去就是一耳光,"啪"的一声让所有人都停了下来,接着便听见九指大骂:

"还晓得从阎王那里回来?"

"……师傅,昨天娃儿生病,折腾了一宿……"篾匠哭丧着脸。

"滚,坏老子的大事!"九指又要伸手,被其他工匠拦住了。

篾匠赶紧蒙着脸躲在了一边,他的嘴角溢出了血,牙齿里全是血丝。

"求求师傅,发发善心,以后再也不敢了……"

"少废话,这月扣你两斗米!"

篾匠的眼泪立刻涌了出来,喉咙哽了好几下,这才从嘴里吐出一泡血痰。

那些天,王贵一直觉得心里闷得慌,在屋子里转来转去。

其实,自从咸草坡上的盐井开凿以来,他就没有放心过一天,但怀荣三的固执又让他插不上手。王贵一直以为,像这样深的一口井,找不到个信得过的人是绝对不能开凿的。依他的经验,井不仅要看地气,也要讲人事,地有衰旺,人有否泰,把千米大井交给一个不明底细的人绝对是危险的,差在毫厘失之千里这句话用在凿井上一点也不为过。但四年过来,井已经凿到了如此深的地方,王贵又觉得自己是不是太谨慎,说不定怀荣三确实是找了个像赵旺一样的好匠人呢。当然,这是他最愿意看到的事情,他相了无数的井,就这口井让他魂牵梦绕,因为他知道,像这样的井在桥镇几乎是绝无仅有的。

那几天,天上下着连绵的小雨,王贵在屋子里转来转去,吸几口烟就停下来,上不了心。他突然就不想以前的事了,便想起以后的事来。他想,自从大骂了怀荣三后,好久都没有听到他的音讯了,难道这个倔强的怀荣三真的生气了?王贵突然想去怀家大院看看,他知道,怀荣三是不会真正嫉恨他的,他只是不服气而已,再聪明的人也难免糊涂。果然,王贵一到怀家大院,怀荣三好像早就知道他要去一样,又叫下人摆上好酒好菜,准备与王贵喝上几盅。这两个人也怪,都不提井上的事了,只是摆些老话,叨些家常。

"老爷子呀,您还记得道光年间的事吗?"

"哦,咋就像讲三国一样远啊……"

两个人都平和谦逊了很多,不觉间就喝了一壶,话也说了不少。王贵又叭了两口烟,灰色的烟雾在他们中间弥漫。

"等新井开出来,我给您热热闹闹做个大寿。"怀荣三又说。

"可是井比做寿重要呢。"

"都重要,井已快凿成了,这两件事一起办。"

"哎,我是不是喝多了,怎么就老是惦记着那个赵旺?"

"您呀您,如果一直找不到赵旺,这井还不是块荒地?"

回去的路上,王贵想起了怀荣三的话,如果一直找不到赵旺,我们的井还不就是一块荒地吗?可能真是我王贵错了!又走了一段路,小风一吹,王贵的酒有些醒了,他又想起了赵旺,哎,为什么老是想起他呢?王贵在心底暗暗骂道,狗日的赵旺,你娃头是没有这个命呀!

三

桥镇有不少烟馆,那天,挨了九指一耳光的篾匠快快地路过那里，便看到里面的伙计殷勤地跑上来，神秘兮兮地贴着他的耳朵："喂，不要钱先抽两盘，包解百愁！"

工匠将信将疑，他想走，却挪不动步子。那人看出了他的心思，又说："哎，老兄，抽了要啥有啥，要钱有钱，要女人有女人！"

篾匠一进去后就彻底变了，那个像鹅卵石一样顶在心头的硬东西很快就消失了。他忘记了对九指的仇恨，也忘记了自己只是个辛劳的匠人，那些轻飘飘的烟雾再也让他不能自拔。

一日，篾匠在晚上做起了噩梦，他听到了火辣辣的两记耳光打在自己的脸上，打他的人像九指，又不像九指，再一看是烟馆里养的恶狠狠的打手，可再过一会儿又变成了九指。乍醒，篾匠感到满头大汗淋漓，喘不气来，马上跑到水缸边用大瓢喝水，但他看到缸里突然冒出一串星星来，他把瓜瓢一扔便往外跑，以为遇上了鬼。抽上瘾的篾匠已经不能自拔了，他想的就是如何搞到钱，赶快到烟馆里去。但他没有办法，他唯一的办法是偷工地上的材料，比如木头、铁具、篾绳等，因为一把斧头能换到五十个铜板，一张大锯能换二两银子，要是根钻凿工具，那就更值钱了。但这仍然解决不了问题，瘾一来，人就发慌，到后来篾匠又开始打起了九指那个大木箱的主意，他想那个箱子里一定有值钱的东西，九指的那些工具从来秘不示人。

可是大木箱挂着大铜锁，钥匙在九指的身上，一刻不离。

这天，篾匠下工后就主动请九指到镇上的澡堂子里泡澡，说是来了扬州的师傅。刚开始九指还纳闷，想这个篾匠一定是在巴结自己，那次差点让他滚蛋，这回定是讨好自己的。那天，九指在泡澡的时候，他的钥匙迅速被篾匠搜出后交给了早已等在门口的人，九指泡在热水中已经忘乎所以。等九指披着褂子大摇大摆走出来，把裤腰带一勒说：

"以后在怀老爷面前,我会多给你说几句好话的。"

九指惬意到了极点,心里想,这就对了,我九指就应该是被这些人孝敬着的,我以后还要当真正的老爷呢。

走到街口拐弯处的时候,篾匠同九指分了手,而九指去了红幌子酒馆。不一会儿,他的碗里已经满上了酒,喝下一口,酒滑过喉咙流到了胃里,又从胃里传到了脑袋上,脸上像开了朵花似的,酒能让人有种绽放的感觉,轻飘飘的。可九指万万也没有想到,就在他的每个关节都被侍候得舒舒服服时,钥匙已被偷出去重新配了一把,仅仅只用了两个铜板。新配的钥匙神不知鬼不觉地落到了匠人的手里,木箱上的大铜锁形同虚设,工具从此不翼而飞,而这一切九指都被蒙在鼓里。

自从到怀荣三那里喝了酒回来后不久,王贵就病了。

他不断咳嗽、气喘、吐血,日甚一日。他躺在床榻上,奄奄一息。但王贵没有让人告诉怀荣三他生病的消息,因为他知道怀家的新井就要大功告成了,他不愿意别人担心他,为他的事情拖累而冲了人家的喜事。但他的病正在一天一天地加深,照顾他的佣人已经跟了他很多年,知道他的脾气,但在火炉旁熬着药罐子的时候,便不断摇头,他知道主人的身体已经快不行了。

怀荣三得知王贵生病也是因为一只斑鸠。

那天,他带着小儿子怀穆春到山坡上去察看盐井的情况,这段时间,他的心思全在盐井上。一到井上,他便同工匠们一起议事,但就在这时,便听到儿子喊叫的声音,他转过身,看到怀穆春手里抓着一只斑鸠跑了回来。

"爹,斑鸠!"儿子怀穆春惊喜地叫道。

怀荣三满脸疑惑,过去他带儿子到熬盐的作坊,那些盐工把鸡蛋放在滚烫的卤水里煮熟后送给他吃,工匠们都喜欢逗他,常常捉个虫子、摘个果子什么的给他。便问:"谁给你的?"

"一定是雷公公打下来的!"儿子说。

怀荣三把儿子手里的鸟放到了自己的手里,然后仔细观察了斑鸠,身上没有任何伤痕,怎么会自己掉下来呢?当年他可是因为一只斑鸠落到自己的面前,受到了神启,才在桥镇开始了凿井。其实,怀荣三想的是这个事情也可能是某种预示,他的黑卤大井就要落成了,这也许就是个好兆头呢。所以怀荣三便想到了王贵,他要亲自去问问他这件事情是否像当年一样吉利。

但到了王贵那里,怀荣三才知道他病重了,他马上把狗屎郎中请到了王贵的家里,但狗屎郎中把完脉后就出了门,连扇面都没有打开就往外走。怀荣三在一旁急切地问,郎中边走边说:

"哎,怀老爷,不是我下不了药,是《三国》都讲到五丈原了!"

当《盐口簿》记下盐井凿到二百八十丈的时候,人们已经闻到了卤水的气味,而接下来的事情是架设枧管,修建灶房,只等盐卤从井口中喷薄而出了。

怀荣三把大儿子怀穆松叫到面前,吩咐他到江安去选购上等南竹,因为那里的南竹最适合用来做枧管,质韧而耐久。又把二儿子怀穆霞叫到面前,吩咐他去叙府采购麻绳和桐油,待南竹全部运回后堆放在工棚里备用。等这一切办妥,还得隆重地拜天地,敬盐神。那天,花盐街上人群拥挤,怀家在祠堂的外面空坝上举行开砍仪式,很多人都来看热闹。

四周围满了人,只见几个拭篾匠腰上扎着根白色的布带,一把锋利的砍刀插在背上,等鞭炮一响,工匠们便摸出砍刀迅速将南竹剖成两半,将中间的竹节打通,然后用公母榫重新合在一起,通过雕扎工艺用麻绳密密缠好,用油灰把缝隙填补上,再在外面刷上一层黄亮亮的桐油,一根结实的枧管才告成功。当然,好的工匠一刀下去齐齐地变了两半,卤水走在里面不会泄漏,而差的工匠则会把一根好好的竹筒砍坏,最后变成柴火。这也是检验工匠的时候,好的留下,月酬六吊,两天一顿肉,差的就只有当挑卤工,月酬三吊,三天一顿肉。

一口盐井需要成百上千根这样的枧管,架设也要穿过凹凸不平的崎岖山路,连绵数里,然后才能够把它接到熬房,如果是一口大井,每天要供几百口盐锅熬煎,那枧管的制作、逗接、安装就更是个浩大的工程。

开砍仪式一过,怀家的上上下下都感到忙碌的日子真正开始了。一口大井的诞生,意味着又需要大量的工匠了,雇工的事情也提上了日程。怀家的管家就在花盐街上贴出了雇工启事,把八仙桌摆在了大门口,凡有技能者都会留用:掌柜三十吊,管账十五吊,帮账七吊,总灶二十吊,坐灶六吊,烧盐工四吊,挑卤工三吊,守盐仓工二吊,学徒一吊,杂工三百文……

当然,最忙的还是怀荣三,常常直到夜深,还在津津有味地查看《盐口簿》,他的心里早已如熬锅里的卤水,翻滚着层层热浪。

这天一早,怀荣三还睡意惺忪,就听见仆人来敲门,原来是盐场大使署的官吏要来参观咸草坡上的黑卤深井。

怀荣三来不及洗漱就迎了出去,陪盐场大人走了一遍。工地上热火朝天,连绵的枧架在山林中起起伏伏,而高高的井架已正在搭建,木匠在锯木,瓦匠在盖房,土匠在挑土,到处是井马上就要凿成的景象。看完井,盐场大人摸了摸山羊胡,双手作拱:"怀老爷,恭喜恭喜啊!桥盐胜雪名不虚传啊!"

这时怀荣三就对旁边的魏碧山说:"官老爷说得没错,这两天有船要去湖北,去那边瞧瞧行情。"

接待完盐场大人,怀荣三回到家中已过午时,他感到有些疲倦,想躺一会儿。当他靠在床头正要入睡时,就听见儿子怀穆春的声音,孩子正在窗外逗那只捡来的斑鸠,鸟在笼子里跳来跳去地扑腾,怀荣三突然就想起了王贵来,瞬间睡意全无。

几天后,魏碧山备好了船。临走前,怀荣三同他一起吃酒,这样的形式说不上是饯行,但也是两人之间多年来的习惯。喝酒的过程中,怀荣三谈起了盐井的未来,也谈起了眼下的忧虑,酒就在不经意间喝了不少。趁着酒兴,魏碧山突然想起打一套拳,他说好久都没有练过了,今天给怀老爷露两手。

魏碧山虽然也近六十,但眼不花耳不聋,看起来仍然是精气十足,同人试身手,那些年轻力壮的人未必能占到什么便宜,要是腿上扎上绑腿,腰上缠根布条,那是威风不减当年。这时,他把衣服一撩,就在大堂上摆开了架势,只见一阵眼花缭乱,让怀荣三又看到了当年武术高强的魏碧山。但一阵拳脚下来,魏碧山已是大汗淋漓,怀荣三把他的衣服递在他手里,说天已凉,赶紧穿上。话刚完,魏碧山突然有些感伤,便说不喝了,从湖北回来再喝。

第二天一早,魏碧山就上了船。

这次去湖北应该算是轻松,船是三帆三桅的大盐吊子,坐起来平敞舒服。船上准备了足够的酒肉蔬果,还有护卫用的枪支弹药,魏碧山只要高兴,就可以顺手在沿途中打江上飞的鸟,一路上并不寂寞,倒有些逍遥自在。

船过渝州后,路程就过了一半,但一路上的关口增多了,每个关口都要缴一道税,那些稽查的盐吏个个刁钻,就像阎王门前的小喽啰。所以关口上常常是吵吵闹闹、人声鼎沸,但也少不了蝇营狗苟的勾当,而在光天化日之下这一切又是那样自然。

这天,魏碧山缴完夔厘印盖关防章后,解绳上船,由此东下他们就出川了,他的下一个目标直指湖北。

太阳直刺刺地落到江面上,四周一片静寂,但水流的速度明显加快了,船底像装了锋利的滑轮,而两岸的岩壁越来越狭窄,各种奇怪的鸟声兽音惊悚地回荡在空中。就在这时,枪声突然响了起来,魏碧山大骇,他发现子弹是朝着他们的船飞来的!他急忙操起枪还击,但明显对方的子弹要凶狠得多,而人也隐蔽在山道丛林中。不一会儿,船队中已经有船中弹沉了下去,船上的盐瞬间消失,人也如蚂蚁一样卷入水中。魏碧山赶紧躲进了船舱,他的耳朵里传来了猛烈的枪声,子弹在船板上开了花,船激烈晃动起来,船上的盐包接连不断地飞出去,桅帆像蝴蝶的翅膀一样扑进了江中……

在长江航道上,袭击事件经常发生,他们都是对盐船下手,阻止川盐入楚早就是公开的阴谋。

魏碧山没有逃过这一劫。

四

卤水"轰"的一声巨响后冲出井口,是在傍晚时分。

当时早晚分工的工匠们已经换班,下工的工匠正在吃晚饭,而九指也回到了金兰香的红幌子酒馆,他打开酒壶,倒了杯酒慢慢啜着,碗里是黄澄澄的桂花酒。喝着喝着,九指来了兴致:

"香妹,桂花一开,井也要见功啰!"

金兰香嘴角一弯,那一弯里有说不尽的娇媚:"我先应付着店面,你慢慢喝嘛。"

九指望着金兰香的背影,想到这个脸蛋迷人的女人为自己拥有,这是盐巴菩萨送他的,就不禁有些得意,他嘴里哼起了川戏来,"……从今后,再不想在蟠桃会上去献寿,再不想腾云驾雾渡瀛洲。我只想男朋女伴常聚首,我只想男欢女爱鸾凤俦……"

唱着唱着,他又惬意地啜了两口酒。

就在这时,就听见一个小工飞奔而至,上气不接下气地闯进酒店叫道:

"师傅,快,快,卤水冲出来了!"

九指一听,身子"咚"的一声从板凳上掉在了地上,大喝一声:"出卤了?"

"黑乎乎的好大一股,冲了好高!"

"格老子,快走!"

他来不及告诉金兰香,抓住小工的手就往外冲,要跨出门的时候,他回头大喊了一嗓子:

"盐巴菩萨来了!"

金兰香正在柜台里敲着算盘,听见九指一喊,吓了一跳,忙出来看,九指早已不见了人影。

他们上气不接下气跑到井口上的时候,四周围了一大群人。

九指把人掀开,侧着身钻了进去。他看见井口上覆盖了厚厚的一层黑泥,但井并没有再喷,九指急问:"喷了好久?"

"就喷了一股就断了。"工匠满头大汗。

九指的眼里掠过一丝惊恐。

他用手抓了一把黑泥,挨着鼻子闻了闻,又在指头上用舌尖舔了舔,他知道确实是盐卤出来了,但为什么只冒了一股就停了呢?九指想,只有两种情况,一种是还没有完全凿穿,还欠点火候;一种是井道有倾斜,在盐卤喷出的时候,井壁出现了坍塌,把井给堵住了。如果是前一种情况,只需要继续下凿,今晚必定见功;要是后一种情况,就比较麻烦,需要特殊的工具来疏通,但必须尽快处理,如果井下淤结得越来越多,这口井将会出现雪花盖顶的情况,到时将前功尽弃。

九指马上叫人拿来三炷香,他点燃香,跪在井口磕了三个头,然后把香插到香炉里。

九指知道,他的命运就在这三炷香里了。如果井在香烧完之前打出来,他九指这辈子就该大富大贵了!但如果香尽井还没有凿成,他就该倒大霉了!

这时,九指大声吼道:"今晚我们就要喝庆功酒了,兄弟伙鼓起劲,再凿一把!"

工匠们听九指这样一说,精神百倍,他们把银锭锉高高地卷起来,然后猛地一放,只听见辂辘呼呼呼地响,篾绳嗖嗖嗖地往下窜,最后砸向那薄薄的岩层,然后岩层像鸡蛋壳一样嚓的一声裂开,盐卤瞬间喷涌而出!

但是,他们并没有看到这样的情形,他们听到的是银锭锉软软地落在淤泥里,像木槌碓在了糍粑上,一点动静都没有。

九指惊骇万分。他知道,井下出现的是第二种情况!这时,九指的头上冒出了一层密密的汗,牙帮咬得紧紧的,但他仍然沉住气,因为他有专门的工具对付这样的情况,他九指之所以敢端这碗饭是有道理的!

正在这时,怀荣三带着一大群人也风风火火地来到了咸草

坡上,显然,他们已经知道井上的情况。怀荣三急切地问九指:
"啥动静?"

"刚喷了一股,已经出卤了。但井下有倾斜,井壁上的淤泥可能堵住了。"

"咋办?"怀荣三头上像被泼了盆冷水。

"我有专门的工具对付!"

这时,九指转过身,大声对下面的工匠吩咐道:

"快去把木箱打开,看老子的了!"

说完,九指迅速冲进了屋子里,所有的人都眼巴巴地望着他,觉得他出来的时候也就是井要被最后凿开的时候了。

香已经下了一半,天渐渐黑了,三点香头亮得格外醒目。

然而,当九指打开他的那口大木箱时,看到的却是空空如也的箱子!他"咚"的一声坐在了地上,两眼发呆,浑身发抖。完了,那些他精心炼制的治井工具全部没了,但大锁还是好好的,难道它们化了?飞了?消失了?

不可能!九指像疯了一样敲着木箱,他想这一定是在做梦,所以他使劲敲,用最大的力气敲,他要把这梦敲破。顷刻之间,他的手被木箱坚硬的质地撞得血肉横飞!

此时,桥镇的花盐街上热闹非凡,这天并非节庆,要在往常,人们劳累了一天,也该回屋歇息了。但这时人们好像忘记了一日的劳顿,纷纷涌到街头巷尾,议论着怀家就要打出一口三百丈深的黑卤大井,这将是桥镇历史上的一件大事。

按照桥镇的规矩,每凡有人家开出了盐井这样的喜事,都会把邻里乡亲的招在一起庆祝一番,桥镇人把这叫"吃大户","吃大户"是欢天喜地的事,是有喜同享的意思。怀家是桥镇最大的大户,凿出那么大的井,要赚多少银子?不仅如此,有了那么大的井,桥镇的盐商都脸面有光,走南闯北都吹得起壳子。所以这么大的喜事,至少也得庆祝个三天三夜!要放上八十八杆震天炮,摆上九十九桌酒席,还要请戏班来唱上八台大戏,那戏班必须得是威震巴蜀的蒋家班,那花旦,那小生,把桥镇人的魂都要带走那么几天……

金兰香的红幌子酒馆里突然来了很多兴高采烈的人,他们要金兰香端出花生胡豆和烧酒来,边喝边摆龙门阵。店里的人越来越多,你一言我一语,越摆越兴奋,好像咸草坡上的那口盐井是他们家的一样。

——这井一打出来,桥镇恐怕又要冒出个盐山来。

——格老子,日出卤水上千担,要百口以上的锅同时熬,每天发三条大船下湖北!

——嘿,不得了啰!四川坝坝里头从来没有见到过呢。

——好大的阵仗!

——是啊是啊,又要喝怀家的喜酒啰!

……

这个夜晚透着些躁动,柑子花的香味在空气中弥漫着,好像有一些甜丝丝的东西在飘。

九指冲出屋子的时候,像是变了个人,眼睛里血丝暴涌,怒气毕露。

"谁动了我的木箱?谁?!"九指盯着他面前所有的工匠。没有人回答。此时要是回答了,九指一定会冲上去一锤子把他敲死!

"怎么了?"怀荣三问。

"我的东西……被偷了。"九指低下了头。

"谁偷的?站出来!"怀荣三头皮一麻,转过身对着那些工匠愤怒地吼道。

没有人回答,都低着头。

"赶紧交出来,现在我可以饶了他。"怀荣三缓了缓语气。

这时,那个把九指的工具偷去卖了的篾匠有些心虚,喉咙哽了一下,眼屎就流了出来,连忙用手去搓。但就这一搓,被怀荣三看得清清楚楚,他怀疑就是他了。

"篾匠,快把东西交出来!"怀荣三厉声道。

那个篾匠"咚"的一声跪在了地上:"老爷,不是我!真的不是我!"

篾匠的身体像筛糠一样颤抖。

"一定是你!"

"老爷,冤枉呀!师傅的东西谁敢动呀!"

香还剩下一点点,香烟缠绕,在夜色中,那余下的三点亮光格外灿烂夺目。

"这井还有没有救?"怀荣三知道再追问篾匠也无意义,便死死地盯着九指。

九指摇了摇头,他浑身已经湿透,脸上难看得像摊烂泥。怀荣三知道情况坏透了顶,已经来不及了,没有得到及时处理的淤泥会迅速喷涌,堵满井道,井就将变成废井。他听得见自己的牙齿咬得嚓嚓作响。怀荣三闭上了眼睛,苍白的脸上露出绝望的表情。他不想看到眼前的这一切,不愿意看到自己耗费多年的心血毁于一旦,他的心肺正在一丝丝地撕裂。

"走,下山!"

怀荣三有气无力地挥了挥手。刚要走,他又停了下来,怀荣三望了望那口一片狼藉的盐井,突然问道:

"九指,我一直有个疑问,今天你一定要老实告诉我,你的那根指头是咋断的?"

九指感到大势已去,点了点头,就把他过去帮人打井时,由于疏忽把井凿毁的事情讲了一遍,当时他在悔恨之下,一气把手指剁了一根！发誓以后绝不再犯那样的过错。毁了那口井也毁了一个井主的全部财产,九指用一根指头来赎罪,他如果不这样不足以证明内心的惨烈,那是很多年前的事了,久远得让他自己都忘了那宰下指头时的钻心疼痛！

九指说完,跪在了地上。怀荣三长叹了一声,头上一阵眩晕。

就在这时,只听见"嘭"的一声,井里又喷了股浓浓的黏汁出来,众人大惊,有人甚至以为是不是井重新通了。但是,就在大家有些狐疑的时候,这股黑黑的黏汁已经停息了下来,冒出的泥浆把井口牢牢地封住,空气中有股胶着的气味,四周重新陷入一片死寂。

怀荣三从咸草坡上下来,去了王贵的屋子里。

功亏一篑对他的打击太大了,但他必须到王贵那里告诉他这个残酷的事实,把痛苦的真相告诉病危中一直在等待消息的人。他的三个儿子怀穆松、怀穆霞、怀穆春都战战兢兢地跟着他来到王贵的房间里。王贵静静地躺在病床上。

怀荣三精疲力竭,声音沙哑,他就把井垮的事情给王贵说了一遍,这个过程对双方都是折磨。王贵脸色苍白,死去了一样。

突然,王贵挣扎着从喉咙里发出个声音来,让人悲痛欲绝:"赵旺呀！"

赵旺,这个名字让人一愣,怀荣三同时仰头大喊了一声:"赵旺,你个狗东西哟！"

两个声音在屋子里回荡,冰冷、悲怆。

旁边的小儿子怀穆春看到两个人绝望的神情,"哇"的一声哭了出来。突然,王贵立起了孱弱的身子,断断续续地说道:"心不正……井咋会正哦?这就是命啊!"

说完,王贵的头一侧,便再也说不出一个字,只见他呼吸急促,面容狰狞。怀荣三闭上了眼睛,他不忍心看见王贵痛苦的样子,但他在想着"心不正井咋会正,这就是命"这句话,他想对王贵说,王贵呀王贵,你不是说我命中有盐吗?这到底是怎么回事?怎么现在才告诉我这个道理啊?太迟了,太迟了!这时,大儿子怀穆松紧张地用力拉动怀荣三的胳膊:

"爹,王贵老爷他、他不行了……"

"快叫郎中来!"怀荣三大声喊道。

听见吩咐,下人转过身就往桥镇街上跑,但他刚一抬脚出门,怀荣三就看见王贵的喉咙动了一下,下颌往上翘起,花白凌乱的胡须扬在空中,充满了屈辱和桀骜。

小儿子怀穆春又"哇"的一声哭了起来,他看见王贵手里有一根细细的麻绳掉了下来,那手微微摊开,苍白得没有一丝血色。

午夜时分,九指神魂颠倒地回到金兰香红幌子酒馆,松油灯还点着,从窗子外望去,朦朦胧胧地透着一点红。

九指的身上浑身是脏泥,已经认不出人形来了,他步履蹒跚地走进堂屋,"咚"地跪到了地上。金兰香走出来,吓了一大跳,不知道发生了什么,刚才她还在想九指出门前喊的"盐巴菩萨来了"那句话呢,她的心里还是暖暖的。"到底怎么了?发生了啥事?"金兰香感到不妙,满脸焦急。九指目光呆滞,把头埋到了地上。待他重新抬起头的时候,有两行泪痕像槽子一样,粗粗地刻在了他满是泥浆的脸上。

"完啦,彻底完啦……"

"啥完了?你快说呀。"金兰香急得双脚直跳。

"井崩了……"

金兰香大吃一惊,一时间不知所措,呆呆地站在那里。

"……我们的好事情都没了?"

九指摇了摇头,苦笑了一声。他这笑里是那样的阴冷、惨烈,让金兰香不寒而栗。这时,九指慢慢地站了起来,他抓起桌上的一把刀,呼的一声砍了下去,只见一根指头脆生生地跳了起来,随着一股热血的喷涌而出,九指"哎哟"一声摔在了地上。金兰香上去抱住他,一阵大嚎:

"你这个砍脑壳的,你不是说让我等着过好日子吗?盐巴菩萨来了,盐巴菩萨在哪里嘛……"

九指在地上痛得滚来滚去,血和泪掺和在了一起,染遍了屋子。

"盐巴菩萨呀……"

此时,窗外下起了小雨,刷刷刷地落到瓦上,连成了密密的一片。

空蒙的桥镇在雨中变得无依无靠。

两个人的呼号穿过桥镇的上空,桥镇人都听到了那凄厉的哭声。

从此以后,九指的右手只剩下了三根指头,缺了两根指头就不可能干工匠活了。九指知道,这次犯下的是不可饶恕的错误,再也没有机会来弥补,那些让他风风光光的日子已经离他远去了。

第二天一大早,九指独自一人离开了桥镇。

第四章

一

不知谁发出了叹息声。只是轻轻的一声,但所有人都听见了。

这时,缪剑霜呷了口茶,才发现茶早已凉了,茶叶阴翳地沉在杯底,黑黑的一层。

"后来呢?"他问。

在座的人还沉浸在刚才的故事中,没有人回答。空气中有种潮湿得呛人的气味。讲故事的人是个白发苍苍的老者,他从椅子上站了起来,拄着拐杖往外走。没走多远,他突然转过身来说道:

"明天你就跟我去咸草坡走一趟吧。"

缪剑霜从重庆赶到桥镇,只有一个目的,那就是把西南地区的盐业生产状况摸透,因为在此之前他曾经乔装到上海去组织抢运过淮盐,但迫于日寇的封锁戒严,困难重重;虽然千辛万苦之下也抢运了一些,但那毕竟是杯水车薪,救不了内陆的盐食。其实,大家心里都知道淮盐是没有什么指望的了,只有川盐才可能真正支撑国统区的食盐供应,所以这次到桥镇盐场的考察尤为重要。当然,咸草坡是桥镇最主要的产盐区,据地质调查,那里是威西盐矿带上最出盐的几个地方之一,这个地方确实值得去看看。

第二天,缪剑霜去了咸草坡,那个老者早已经等在了那里。这时的咸草坡已不是当年的放牛羊的地方了,到处是井架,再难见到鸟的踪影。缪剑霜问:

"当年掉斑鸠的地方是这里吗?"

老者点了点头。这时缪剑霜突发异想,时空在瞬间飞跃起来,他想,这个讲故事的老者会不会就是放牛的孩子中的一个,当年他是不是也尝过那带着咸味的草?出于好奇,缪剑霜伸手从地上摘了根草,放在嘴里嚼了起来,慢慢地就感受到草里的那一丝丝遥远的咸味儿。这时候,老者就又开始讲了,故事仿佛就是从细细的咸味儿那里开始的。

此刻,缪剑霜正轻轻地嚼着,草里的咸味越来越浓烈,他的嘴里已全是盐的味道……

淮盐逐渐收复失地是在同治年间。

在长江上,又看到了从下游淮扬上行的大船队,这种船每只可载盐五百包,船桅高张,浩浩荡荡开来。而从桥镇下行的盐船以叙府为界,到叙府称为三板船,可载盐二百包,转运滇黔边岸需换半头船,载盐一百包,进入小河溪则用竹排小筏,可载盐三五十担;只有从叙府再下楚岸的盐,才换成长船,与淮盐的大船类似。但是与淮盐相比,川盐的船只明显少了很多,在江面上显得形单影只,这种景象一直延续到了光绪年间。

川盐之所以变成如此景象,跟皇帝对江南的偏爱有关,等太平天国稍一平静,朝廷就急下令,把湖北的九州一府还了一半给淮盐，只将荆州、宜昌等五府分给川盐借销，而这时的湖北人经过多年的味觉改变，已不太喜欢吃海盐了，他们觉得四川的井盐咸头足，且有股深藏后的香味。但偏爱改变不了朝廷的一纸皇旨，吃盐的事老百姓说了不算，不喜欢也得吃，淮盐是皇帝的金库，金库肯定比口感重要百倍，所以既然是借销，那就得还。不仅如此，朝廷还明文规定，淮盐引地不得销川，而川盐引地兼可销淮，到湖北的船只自然就越来越少了。

到了后来，情况更糟。不是百姓在闹，就是洋人滋事，连老天爷也不作美，十年九灾，旱涝几无间隙，等到不旱不涝的时候，蝗虫却来了，把庄稼吃得个颗粒不剩，饥馑遍野，反正奏折里听不到什么好事。那一天，有个奏折总算让慈禧太后高兴了起来，原来有人说四川之货殖最巨者为盐，在产区内盐井众多，正额之外，建议抽取厂厘，这样一来，一年能为朝廷贡献数百万银两。西太后当然高兴，于是桥镇就成了重征之地，专门设立了征厘局，对巴盐每斤加银一厘五毫，花盐每斤加银一厘的厂厘。

自从魏碧山、王贵相继死去和咸草坡上的盐井失败后，怀荣三变得心力交瘁，好像失去了所有的豪情壮志，他再也没有新凿过一眼新井。又过了十多年，他仅仅只是把名下的井灶经营好，不再有其他想法。那眼井成了怀荣三人生的一个转折点。

在怀家大院中，怀荣三又专门辟出一间来作为他的养心之室，取名叫退省庐，其寓意不言自明。他正在慢慢衰老，而他把更多的希望寄托在了三个儿子的身上，怀荣三唯一的希望就是他们都能继续担负起怀家的家业。

但自从王贵死后，年幼的怀穆春再也不去咸草坡上玩了，甚至连望望那些高高的井架的兴趣都没有，因为一看见它们，他都会想起王贵死前那张恐怖的脸。

岁月匆匆，怀家那些年倒也过得平静，怀荣三的儿女不经意间已长大成人，但怀荣三感到儿子怀穆春生性文弱，不是经商的料，只有好好读书靠科举入仕才是正途。而怀穆春的两个哥哥从小就不近纸墨，喜欢应酬，善于经营，加之要大怀穆春十多岁，所以生意上的事历来都是他们去帮助打理。那些年正好遇上洋人入侵，京畿动荡，国运不昌，年轻人都好议论国事，对功业忧心忡忡，到后来，怀穆春不仅不理家务，只顾勾连于花月山水，连金榜题名的事也早已撂到了脑后。

一日，怀荣三同黄振纶在退省庐里喝茶，这个黄振纶当年由魏碧山引到桥镇，在怀家多年的帮助下，运送川盐到湖北获利不少，如今手上已有几十条盐吊子，单三桅三帆的船也十来艘，靠在岸边也是一派景象。黄振纶是个精明的商人，他拉了二十多年怀家的盐，盐道上的事情如数家珍，所以他也喜欢把道听途说的各种传闻讲给老爷子听，让老爷子高兴。当然，说起眼下的风气变化，他讲得比其他人更加绘声绘色。

"都说盐巴钱好赚，其实捐个官当更赚钱。"黄振纶随口闲聊。

"捐官算好大的买卖？"怀荣三问。

"老爷，我有个远房亲戚花重金捐了个官，那是屁股上插了鸡毛掸子，都要飞上天了！"黄振纶说得眉飞色舞，"听说了没有？朝廷里的封疆大臣都是捐来的呢。"

"唉，世道乱啰！"

"嘿，眼下的风气就是这样的，捐官做、买马骑，傻瓜才会去坐十年冷板凳。听人说，翎子有翎子的价，顶戴有顶戴的价，只要钱出够，上可捐个三品京官，下也可捐个八品县丞呢。"

"朝廷卖官都拿那些钱干啥去了？"

"老爷您就不知道了，这钱的用处多着呢，要买大炮，要造军舰跟洋人打仗，这不都要用钱？但我看这事也是徒劳，花了钱也打不过人家，不如做些实在事有用。但这些年来灾患丛生，衙门得赈灾放粮，这且不说，养着的那些大大小小的官老爷，这可不得了，比蝗虫还凶，那才是真正的无底洞，连皇帝都没有办法。"

"原来这还真的成了个买卖，看来并非只是图个虚名。"

"当然是买卖，是货真价实的大买卖呢！"

又一日，正是中秋前夕，黄振纶专门提了几盒桂花糕上怀家大院。怀荣三正在院子里散步，看见黄振纶进来，便说，来得正巧！黄振纶心中一喜，心想难道遇到了什么好事。怀荣三边走边说，我正打算在退省庐里裱副对联，上联我已经想好了，叫"春云夏雨卤声远"。但下联想了好久都没有主意，你也帮我补补壁。第二天，黄振纶便请了几个文士喝茶聊天，喝完茶就有了下联。他又找了个书家题写，精裱之后便一路兴冲冲地来到怀家大院。当怀荣三把书卷打开，眼睛一亮，朗声念道：

"春云夏雨卤声远，虚谷浮岚梅花香。好呀，这个梅花香真有意思！我这院子里确实该多种几株梅花了！"

黄振纶完全猜到了怀荣三的心思，他想怀老爷一定也是动了捐官的心思，怀家虽富但却朝中无人，那么大的家业要稳还得在官宦上做文章，也才经得起风吹草动。几日之后，黄振纶就把金先生请到了怀家大院，此人是桥镇上有名的八字先生，他要来怀穆春的生辰八字一算，便说怀穆春是天上的文曲星，早年蹉跎，难成功名，但近期星运大动，福星高照，不出明年秋天，东南方向定有高就。

怀荣三当下大喜。

二

桥镇的人都知道怀家的三少爷是个玩家,他的身边聚集了一批闲客雅士,除了玩赏字画、精于美食、游山玩水之外,他们还喜欢上了看戏。

过去,桥镇上的戏班,来了去了也不曾让人记得,偶尔有那么一两出戏让人们津津乐道,久了也就忘了。但新近来了个福正班却不太一样,它一来就改变了桥镇人的看法,原因是人们发现这福正班里有个叫七儿的花旦,乖巧伶俐,模样比崔莺莺好看,比画在绢上的人还好看,戏场子就开始热闹了起来。

不久,福正班就接到了怀家的请帖,怀荣三要请戏班去唱上一台。

怀家大院里有个相当讲究的小戏台,这个戏台是专门用来供怀家人自己享用的。戏台叫不系舟,意即泊戏之舟,戏台建成一条船的样式,台下是个三丈见方的池塘,里面养着红鱼,四面皆环廊,看戏在池塘对面,相隔盈盈一水。这天傍晚,灯笼早已点燃,把四周映得通红喜庆,幕帘还未拉开,锣鼓就已经响起,怀家人早早地挤到这个小天地中等着看戏了。

七儿一登上怀家的不系舟,怀穆春不禁一惊,想不到世间还有这么水灵的女子。于是,怀穆春便找到了他的朋友柳子谦,此人是个戏迷,跟福正班走得最近,常常为福正班编些新词,所以柳子谦倒成了戏班里的座上宾。这样一牵线,怀穆春自然也同福正班熟了起来。

那日,七儿唱完戏后卸下装,到后院同他们一起饮茶,但天气异常闷热,坐在林荫下也免不了一通汗,怀穆春顺手就把手里的扇子递给了她,七儿接过扇子拿在手里竟然不知所措,再

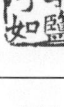

一看扇子居然发现下面还挂了块扇坠,是块汉玉,料定这东西是个贵重之物,方觉有些唐突。这时,七儿便说:

"这么大热的天,扇出的风都是热的,真想到山里去清凉清凉。"

说完,便把扇子递还了回去。不料怀穆春却说:"好啊,明日我们要去玉津山,一日来回,沿途清凉得很,跟我们一起去吧。"

班主一时为难,但转眼一想他们都是大户人家的斯文人,碍于情面只好勉强答应,只说快去快回。

第二天,柳子谦、怀穆春和七儿三人请了轿夫,很快就到了清凉的玉津山脚下。一路上,树木葱茏,凉爽宜人,潺潺的山泉小溪一路相伴,同桥镇相比简直就是两重天。但正走着的时候,突然间,天上乌云密布,很快就下起大雨来。他们马上找了个山壁躲雨,行人早被冲得七零八落。过了一阵,雨渐渐下得小了,这时,他们从远处看到一个人正在慢慢地爬山,等近一些再看,原来是庙里的老和尚,浑身早被雨水打湿了,背上背了好大一篓柴火,压得他快趴下去。一看到这种情景,怀穆春就喊道:

"去帮帮他吧!"

说完便跳下轿子,冲过去帮和尚把身上的柴卸下来,一群人冒着雨很快回到了庙里。

背柴的和尚叫寂灯师傅,耳朵不好使,是半个聋子。但寂灯师傅在这个庙里已经很多年了,除了已经去世的住持,没有人知道他的年龄,更不知道他的来历。

雨依旧下着,没有停下的意思,三人滞留在庙里,柳子谦开始发愁起来。但七儿并不忧虑,把雨当成了快乐的天地,那天她居然在庙后的树林里捡到了一篓蘑菇,让众人大快朵颐。

七儿是个苦孩子,家里贫穷才让她唱戏,但从小刻苦练功,唱戏就是为了赚钱,没有过过几天轻松日子。这天晚上,她悄悄穿上衣服,独自一个来到大殿外,看天还在下雨没有。这时正好看到怀穆春也在外面,独自一人仰头望月,一轮清辉下的他显得有些清秀,她赶紧退回到房间,这一夜七儿便有些失眠。

翌日,等天稍晴,他们便决定下山。下山前,寂灯师傅突然出现在了他们面前。他拿出几只山芋递给他们说:

"庙里也没有什么东西,山芋就带在路上吃吧。"

大家正在感动的同时,七儿却似梦游似地说道:"我还想去捡蘑菇呢,那可真有意思。"

柳子谦马上说:"赶紧回去吧,好多人等着听你的戏呢。"

桥镇一进七月,头上像顶了盆火炭,热得人巴辣辣的。

天上的云一动不动,整个镇上没有丝风,只有那些熬盐作坊的烟囱飘着些黑黑的、懒洋洋的烟。拉卤的牛有气无力地转着,尽管皮鞭打在牛臀上甩出响亮的声音,但牛还是打不起精神,转着转着,腿一歪,就跪在了地上。盐井上就传出惊颤颤的声音:

"不好了,牛中暑了!快拉去滚水!"

"滚个屁!水凼凼里都能煮鸡蛋。"

顶回来的声音气急败坏。毒辣的天气让汗水没有干过,别说干活了,就是在太阳下站着都会烤死人。但不干活,就出不了盐,灶户们张开嘴就骂,这死人的天,日他娘的天!但骂得口干舌燥,地上一滴雨也见不到!

暴热之后是暴雨的来临。其实,在怀穆春一行上山时,桥镇的天空开始乌云密布,等他们下山时看见云层中的峨山,不禁有些吃惊,因为桥镇有句俗话叫"峨山现,雨水不断线"。

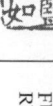

果不其然,他们走到一个渡口,才知道洪水猛涨,已经快要漫过河堤了。

怀穆春忧心忡忡:"桥镇不会被淹吧?"

七儿欣喜起来:"桥镇淹了,我们就不用回去了。"

柳子谦瞪了她一眼:"傻丫头!"

这时,就听见轿夫说,他们在山下已经听说江上看见了好多具尸体了,都是从上游漂下来的。三人一听,不寒而栗,望着湍急的河水,耳边响起了一阵奇异的风声,七儿也慢慢觉得这洪水不是什么好玩的事情,脸色也紧张起来。这时,在河边观潮的人中有个白须老者,满脸沧桑,边说边摇头:

"嗯,这样的洪水六十年没有涨过了!我看今天晚上水如果不涨了,明早起来,河水自然会下降;如果水继续涨,翻过了河堤,桥镇要遭殃啰……"

怀穆春望着疯涨的江水愁了起来,要是这样涨下去,很快就会把桥镇给淹了,那些低矮处的房屋、盐井、锅灶、枧杆全部要遭殃,他首先想到的是怀家的房屋会不会被淹,如果盐仓里的盐不抓紧转移,洪水一冲,盐就像沙子一样梭进大河里,就是座山也会瞬间化为乌有。不仅如此,怀家的盐号多开在江边,主要是便于下船,盐号里住着很多伙计,他们劳累了一天,到了晚上一定是睡得死死的……一想到这些,怀穆春就感到一阵揪心。

怀穆春远远地望着对岸,看见灯光星星点点地亮了起来,但那灯光与水平线几乎处在同一个面上,在水面上一晃一晃的,他想,如果水再涨一点,那些灯光就没有了,全部沉到水底下去了。情况看来不妙,必须得尽快渡过去,怀穆春突然跳上一个高高的石包,对着人群大喊:

"谁能渡我们过去,开个价!"

这声音真管用，人们都朝他这边望来。

"现银二两！"

这时，有个汉子直杠杠地回了一声："不是哄人？"

怀穆春看了看对方，精精壮壮，胳膊上全是肌肉疙瘩，心里便有了几分。

筏子是把六七根三丈多长的粗大圆木并在一起的，用铁钉死死地扣住，洪水要想将它浪翻也不太容易，但撑筏子的人必须是力大无比，且深谙水性，知道怎么对付水中的浪头和旋涡，才能稳稳将筏子撑到对岸，在这个过程不能有一丝闪失。

站在筏子上，七儿早已吓得脸青面黑，一个浪头打来，她紧紧地抓住怀穆春的衣袖不放，她不敢睁眼看水，水鬼会一把抓住她的腿往下拽。在这个过程中，怀穆春在她的耳边说道：

"不怕，快抱着我！"

这样一抱，七儿感到稳当多了，也就没有刚才那么害怕了，而怀穆春也感到了软玉温香。

上岸时，船夫的身上早已是汗流浃背了。临别时，船夫拿了钱，在手里掂了掂，很满足的样子，心想他在江里打一年的鱼也未必能挣这二两银子，便又说：

"怀少爷，我在江里撑了这么多年船，还没有遇到过这么大的水，桥镇可能要淹！"

怀穆春一回到家中便找到两个哥哥，说汛情危急，赶紧通知人把盐仓里的盐往高的地方搬。此时怀穆松、怀穆霞正在燕禧堂中商量增加榿桶储卤的事，他们一看三弟闯进来以为有什么事情，却听到他的一番危言耸听，先是笑了，然后摇头，不以为然。在他们眼里，这个兄弟就是个局外人，家中的事情轮不到他操心。对于洪水他们并非不关注，怀穆松还亲自到河边去看过几次，但他们认为洪水离码头还有两尺高，如果现在就搬，而水又没有涨起来,这样来回一折腾,如此兴师动众,岂不是劳民伤财?

怀穆松脸上有些不屑,分明在数落怀穆春:

"三弟,你们带戏子上山的事情,街坊都传遍了……"

"这,这……"

"哎,算了算了,流言如洪水,过两天也就过了,但你得做点正经事啊!"

怀穆春当头被泼了盆冷水,心里不是滋味,他很想争辩,但又感到语言的无力,怏怏地回了自己的屋子里。

三

涨水是在后半夜,水很快就漫过了河堤。

只听见一个声音在喊:"涨水啰!水上岸啰!"

整个桥镇顷刻之间慌乱了起来。花盐街上打更的崔矮子提着把钗,从上街敲到下街,一声比一声紧,敲得人心惶惶的。

这时,怀家的一个守盐仓的老长工也听到了这个声音,他撑起身子,刚把一只脚放到地上,便感到一阵冰凉,脚不由得一缩。

"水!"

他大叫了一声,马上意识到是洪水漫上了岸。他去找鞋,呀,怎么没有?等他把两只腿立在水中的时候,才发现水已经到了小腿肚,那鞋早不知道冲到哪里去了。他想,糟了,库房里的盐肯定泡进水里了!老长工马上便打上灯笼,光着脚,冲进了茫茫的黑夜中。

很多人都跟他是同样的遭遇,他们完全不知道水居然悄无声息地就上来了,在他们的床脚下轻轻掀动,所有该浮起来的东西都浮了起来,东西南北全部调了方向,像被磁铁吸乱了的时针。当时有个小孩习惯起夜,因胆子小怕鬼,不敢下床,大人就在床边安了个马桶,每晚只需站在床上屙尿。这夜,他又迷迷糊糊地站了起来,抓着小雀雀就开撒,但尿没有落在马桶里,他听见的是屙到水里的声音,他以为自己是在做梦,又迷迷糊糊倒头便睡,其实马桶已经漂走了。接着,小孩就听到床发出吱吱嘎嘎的声音,他突然害怕起来,用枕头把自己的头压住,不敢听这些奇怪的声音,因为一听见它们,小孩就以为是魔鬼来抓他来了。

不一会儿,一只大手突然伸进了他的被窝,拦腰一抱就往外面跑,小孩吓得哇哇乱叫。等到了一个高坡上,大人才低低地吼了一声:

"就在这里站着,不要乱跑!"

说完,大人又迅速冲回了屋子里。小孩神情恍惚地想着刚刚发生的一切,搓了一把快要流到嘴巴里的鼻涕,才知道这不是在梦里。接下来,他又看见大人回来了几次,每次都抱着各种各样的东西,堆到他的面前,堆得差点把他埋在了里面。然而最后一次冲回去的时候,小孩看见大人的脚是一瘸一拐的,每走一步都很困难,他扭了脚,但他仍然满脸是汗地往里面冲,心里丢不下落进水里的家当,因为那是他辛辛苦苦挣来的。但是,这次去后他就没有回来,房子"咔嚓"一声就散了架,将他压在了下面……

小孩坐在山坡上,天渐渐亮了,河边是一片哭声。

怀穆春听到动静的时候,翻身起床,迅速到了大堂,大哥怀穆松、二哥怀穆霞都汇聚到了屋子里,他们没有想到三弟的告诫居然成了现实,所以看他的眼神有些异样,但这样的异样只停留了分秒就过去了,因为他们仍然觉得怀穆春虽然不幸言中,但又有什么用呢,既搭不上手,也派不上任何用场。于是就吩咐他留在大院里留守,守住怀家大门,因为在混乱之际正是偷盗之时。

怀穆松、怀穆霞迅速消失在了黑暗中。

怀荣三看见家里的人都出去了,除了女眷外,只有怀穆春留在屋子里,便问:

"穆春,你为啥不去?"

"大哥让我守在家里。"

"哎,这是男丁该出力的时候,去吧,这里有我。"怀荣三叹了口气。

怀穆春还是有些不情愿,但看见父亲的脸上有种威严,便急忙出了门。

所有人都没有想到,一场凶猛的洪水来得那么突然,无声无息,甚至有些轻飘。

天亮的时候,怀家被洪水淹没的盐井,全部用木塞把碗口大的井口严严地堵上了,以免被淤堵。井架的主要部位都用绳子牢牢地绑住,以防洪水冲毁。而壮实的大山子牛全牵到了高处山坡上,它们正安然无恙地啃着草。工匠们在全力搬运盐仓里的盐,但由于洪水涨得太快,临江的盐仓还是进了水,抢救已经来不及了,工匠们要在一个时辰内把全部的盐搬走根本不可能,虽然也抢出了不少,但上千担白白的花盐须臾之间就化成了泥浆,迅速被洪水冲得干干净净。

天已大白,人们浑身是泥浆,疲惫不堪地坐在江边,望着汹涌的河水发呆。

巨大的损失让怀穆松沮丧万分,他的脸色铁青。他知道,如果当时听了三弟的一番话,这个损失就不会出现。此时,怀穆春也正站在河边,目光呆滞,长衫已经被水裹成了一团,辫子乱蓬蓬地搭在背上。怀穆松远远地看到他,想张嘴叫他,但突然打住,然后长长地叹出一口气来。他想,他的这个兄弟实在荒唐,花盐街上的人都在议论他带着戏子去风流,怀家哪里丢得了这样的脸,要不是这样,他也倒可以信他一次。

怀穆春在洪水面前有些茫然,他从来没有见过这么大的洪水,也不知道这些水是从哪里来的,更不知道它们还会带来些什么,但他已经看到人们的恐慌、惊吓、无助,仿佛世界马上就要变成一个个的孤岛,然后慢慢沉没下去。

不到三日,沿江受灾的难民突然涌到了桥镇。

怀荣三不顾家人的劝告,要亲自出去看看灾情。他一出门,就看见院子外面挤满了人,那些惊慌失措的人们看到一个富态的老爷出来,便把目光齐刷刷地盯到了他的身上,让怀荣三招架不住。那些目光也慢慢变得红了起来,湿润了起来,好像要把他淹没掉,那些人仿佛在无声地告诉他,我们的房屋没了,粮食淹了,男人死了,妻儿散了,没有吃、没有喝……怀荣三有些看不下去,想转身回去,正要挪腿,这时他的左腿突然被一双小手紧紧抱住,并传来声撕心裂肺的哭声:

"老爷,救救我们吧!"

顷刻间,人群中"哇"的一声恸哭,迅速蔓延成一片呜咽。怀荣三转回身,觉得鼻子一酸,一颗热泪掉了下来。他躬下身,把孩子扶起来,仔细看才看出是个女孩,但脸脏得完全分辨不出男女。

怀荣三问:"小姑娘,你从哪里来?"

"嘉定。"

"父母在哪里?"

小女孩哽咽起来:"不知道他们去哪里了,如今只剩姥爷了。"

人群中有人说道:"她姥爷病倒了,就女孩一人在照顾他,唉,这么小的娃儿,造孽哦……"

怀荣三马上把管家叫到身边,吩咐了几句。半个时辰后,管家带着几个伙夫模样的人走了出来,搭上棚子,摆上桌子,对人群大声喊话:

"我们家老爷说了,从今天起,要在这里开粥厂,大伙就有吃的了!"

人群中一阵骚动。不一会儿,便看见大桶的稀粥和一笼笼的馒头端了出来,那些受灾的人们便排着长长的队来取食。怀家在院子外开起了粥厂,专供难民们能吃上一口热饭。不仅如此,他家还连夜在空地上搭起了一排排草棚,以便难民们在此遮风挡雨。那些吃上了稀粥和馒头的人,都对怀家的厚道感恩戴德。这时,怀荣三又对小女孩说:

"你就留下来吧,等找到你的父母再回去。"

其实怀荣三知道,小女孩的父母肯定是被洪水冲走了,是死是活难料,而姥爷的身体看来是自身都难保,根本无力养活她,她其实就成了孤儿,但看她乖巧可怜的样子就把她收养算了。

灾民涌到桥镇后,怀穆松把主要的精力都放到了应对难民上,他每天都要安排人去附近的集镇买米,但由于受洪灾,米行涨价不说,还常常买不到米面。怀家自己过去并没有储存多少粮食,但没有想到一下子来了那么多人,无数的嘴巴都在等着吃,每日的消耗巨大,粮食成了奇缺物质。所以,怀穆松除了派人四处买粮以外,还要为一日两餐的顿头发愁。又过了一段时间,灾情一点儿都没有减轻,难民相反越来越多了,而怀穆松心里憋得慌,成天皱着眉头。在他看来,父亲的行善,也就意味着怀家将拿出大笔的银两来扔。

难民每天都把怀家大院围得水泄不通,因为他们知道只有在这样的大户人家才闻得到米香。来的人越来越多,排得绕了花盐街几圈,但稀粥好像怎么都填不了极度饥饿和深不见底的胃。半月之后,粥也变得更稀了,照得出人影,只看到点切碎的青菜叶子,那些难民们端着碗盛了粥都不想走,他们还想多舀点,师傅看见可怜的便添一点,但所有的人的脖子都伸得长长的,舀粥师傅就不断地说:

"别挤,别挤。这粥是用来吊命的,都均着点吧!"

怀穆松看着这一情景,便赶紧把脸转了回去。他恨不得马上把粥厂停下来,一想到那些难民像蝗虫一样涌过来,头皮就一阵发麻。

"衰世呀衰世……"

燕禧堂里回荡着怀穆松的叹息声,小孩子们一看见他就躲得远远的,他们觉得这个大伯的脾气近来坏到了极点,动不动就要骂人,看起来比谁都凶。不过骂归骂,怀穆松还得继续四处找米,刚开始怀家的盐还可以米盐互易,用盐去调换一些米,但后来盐也换不了米了。怀穆松像老了许多,眼圈变黑了,而头发又白了不少。

半月之后,水退了一丈,被淹过的地方重新现了出来,滞留在桥镇的难民无家可归,他们的房屋和家园早被洪水冲得片瓦不留。但桥镇盐商肖富成的偏头痛又发了,因为他觉得一直太太平平的桥镇已经不太平了。在肖富成看来,自从洪水过后,桥镇都快成小偷盗贼的窝子了,但怀家的粥厂是帮了倒忙,而如果停了粥厂,难民们就没有吃的了,自然就会流散,当然他的偏头痛才会好转。

每天肖富成走过怀家大院的时候,他都要往地上狠狠地啐一口痰。而怀穆松也没有因为行善而欢欣鼓舞,他每天从花盐街上走过的时候,都是耷拉着脑袋的,长衫里的身体日渐空荡,日光下的影子也变得又瘦又长。

这一天,怀家一大家人聚在一起吃饭,但端上来的只有腌菜和几块豆腐乳,见不到一丝油荤,而饭甑也换成了汤盆,里面装的是稀粥。一家人吃得沉默寡言,大家心里有数,连怀家这样大的家底都开始闹米荒了,外面的饥馑可想而知。吃着吃着,怀穆霞的小儿子不小心把碗掉到了地上,只听见"咣"的一声,瓷碗碎成了几瓣。大家都"刷"的一下盯着他,这个孩子从来没有受过这样强烈异样的目光,这在过去只是件平常的事情,但现在怎么全家人都盯着他,他一受惊吓,"哇"的就哭了出来。

"哭啥哭?"怀穆霞凶巴巴地吼道。

孩子哭得更凶了。

"滚出去哭!"

丫环便赶紧把孩子诓了出去,悄悄给他的口袋里塞了个煮鸡蛋。这时,怀荣三叹了口气:

"何必责备孩子,唉,要怪只能怪这天灾。"

"爹,如今拿盐去都换不到米。"怀穆松眼眶深陷,但仍然带着些歉疚,"唉,咱们家的米仓都见底了!

"也不怪你,这么大的灾荒,附近十几个县都受了灾,到处是灾民,到哪里弄粮食?大家也要准备过几天苦日子了,只是这粥厂咋办?"

"我去找米!"怀穆春突然放下碗。

全部的人都奇怪地望着他,眼睛里有种异样的光,在怀家没有人相信他能办成如此大事。

"你去?"大哥怀穆松瞟了一眼。

"对。"

"不知天高地厚!"怀穆松露出轻视的神情。

"三弟,莫逞强。"二哥怀穆霞也在一旁说。

"就让我去试试吧。"

"那么多人的肚子饿得咕咕叫,男人说话就要算数!"怀穆松的话又增加了几分蔑视。

"就我去!"怀穆春被大哥的话一激,反倒来了气,"我为什么不能去?"

怀穆松把筷子"啪"地拍到碗上,面带怒气。

桌子上的气氛有些凝滞。

"既然信誓旦旦,就让他去吧。"怀荣三说话了,他的话没有人敢违抗。

怀穆松闷闷不乐地走了,二哥怀穆霞也站了起来,拍了拍怀穆春的肩膀。

这时,怀穆春听见刚才被训斥了的孩子正在院子里嬉戏,童谣的声音传到了他的耳朵里:

天老爷,快下雨,保佑娃娃吃白米;

白米甜,白米香,今年不得饿慌慌……

怀穆春独自一人来到河边,两眼茫茫地望着河水,他想吼,把胸中的憋闷全部吼出来。此时的他完全没有主意,刚才在餐桌上他只是一时冲动,其实他的心里一点准备都没有,也难怪大哥、二哥不信任他。但是,既然已经信誓旦旦过了,现在后悔都来不及了,所以不管怎样他都得硬着头皮做这件事情,如果

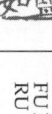

他不能办成这件事情,别人更会瞧不起他,他在怀家会永无抬头之日。但是到哪里找米去?他能够想到的地方别人早就想到了,难道他还想得出新的地方来,除非天上下米。

就在怀穆春茫然无措的时候,河面上摇来一条小篷船,当地人把它称为双飞燕,速度奇快,一眨眼的工夫就到了他的面前。船上站着一个人,怀穆春一眼就认出是上次帮他们渡河的人。

"怀少爷。"那人先热情地招呼他。

"是你,船师傅。"怀穆春有些吃惊。上回就是这个船夫劝他回去赶紧抢盐,没想到大哥没有听从他的意见,让怀家白白损失了上千担的盐,便说:"多谢上次你渡我们过河!"

"不用谢,我得谢你的银子,当时家里的娃儿正闹病,那钱管了大用。说句老实话,不为那钱我也不敢冒险渡你们过河呢。"船夫停下了桡,擦了擦汗。

这时怀穆春突然想到这些船夫成天在河里行走,说不定听说过些米粮的事情,便问:"船师傅,今天也有件事相求,你可晓得哪里能找到米?"

"米?"船夫满脸迷惑。

"对。"

"我只是个摇船的,哪晓得米在哪里?"

"米从河上运,你帮我打听打听,漕帮的那些船都到哪里去了?"

"哦,这样,你放心,我记着这事。"

"如有消息即刻告我。"说完,怀穆春从身上摸出一把碎钱给了船夫,"拿去给家里的娃儿买点吃的吧!"

隔了几天,人们已经把怀穆春说去找米的事忘得一干二净,而他也为自己的口出狂言而懊恼的时候,船夫突然来到了怀家大院。那天,守门的家役来报信的时候,说是有个船夫在门外,怀穆春大吃一惊,连忙让他进来,只见船夫穿着草鞋,背着蓑笠。

果然船夫告诉他有个米商要去叙府,准备搭他的船。怀穆春一听大喜过望,连忙问:

"太好了,那人啥时启程?"

"下午就走,我要先到西坝铺接人。"

怀穆春连忙返回屋内带上包裹,换了身行装,才郑重地说:"船师傅,若办成了事,我送你条船!"

船夫自然感激不尽,为了那条船,他拼命也要把这趟差事办好。一过午时他们就上了船,很快船就到了西坝铺,岸头正站着个中年人,方脸阔嘴,穿的是大绸长衫,套了件藏青缎面短褂,长辫上戴着瓜皮小帽,肩上挎个包袱,一看就是要出远门的商人。

看到船上多了个人,中年人有些诧异。不过之前的时候,怀穆春已对船夫说好了是远房亲戚顺路到叙府办事,中年人便不好拒绝。但就在一上船的瞬间,比中年人更诧异的是怀穆春,他双眉一皱,感到来者似曾相识,但又回忆不起在哪里见过。

中年人叫张绍宽。一路上,两人慢慢地就交谈上了,时间也打发得很快,多了个同路人倒是减少了不少寂寞,双方谈兴甚高,不知不觉就到了犍城。当晚歇在犍城,他们下船后到岸上寻得小店喝上了一壶,酒中的话也更放得开,随意中也谈起了生意上的事情来。

"先生的买卖一定不小吧?"这时怀穆春问。

"不过是倒腾些米粮。"

"好啊,眼下只有米生意赚钱快呀!"

"唉,这也是迫不得已,饥荒年间做这生意也不光生……"张绍宽有些自嘲,他的脸上饱经风霜,酒让他黝黑的肤色变成了绛红,"本人经商多年,过去在桥镇开过洋布庄,赚了些钱,但后来在江上遇了麻烦,一船洋布倒在了大水里,全部家当赔了个精光……"

他的话刚落,怀穆春突然回想起了当年桥镇上的那个福源祥洋布庄来,这个中年人不就是当年那个年轻的掌柜,他在空中撕布的动作是那样利落和优美。这是怀穆春童年时候留下的深刻印象。

"张掌柜,眼下这米生意能赚得回个福源祥吗?"怀穆春突然问。

张绍宽一惊,对方居然还知道福源祥!

那个洋布店已是十多年前的旧事了,按年龄推断,眼前的年轻人当时也不过还是个孩子,他不由得仔细打量起怀穆春来。

这时,怀穆春继续说道:"桥镇人谁还不知道福源祥呢?男女老少都争抢福源祥的布料,我小时候还穿过您店里的洋布呢!"

这句话说到了张绍宽的痛处,那时的风光已成往事。这时张绍宽端起酒杯啜了口,想掩饰自己的情绪:"唉,好汉不提当年勇,过去的事了。"

有了这段话,两人的距离就拉近了。张绍宽看怀穆春身上有几分儒雅之气,又有同路的缘分,便给他讲起了米买卖的道行。他说,眼下哪里还见得到米,到处都没有米,但只有一个地方有米,那就是官仓,但官仓的米本来只作赈灾救急之用,可官府里的老鼠多,米最终都到了商贾的号子里。怀穆春听后大为吃惊,他没有想到怀家开粥场赈灾济难,而衙门里的人却把米偷偷倒卖出去牟取暴利、中饱私囊,难道他还要去寻找门路,到官仓那里去买米来周济穷人?他的心里突然一阵难受。但他眼下迫切的事就是要找到米,其余的他还来不及多想:

"张掌柜,如不嫌弃,我拿家里那几口盐井作押,你把米卖给我,让我再去赚点散碎银子。"

就在张绍宽有些犹豫的时候,怀穆春已经端起杯子,一口把酒干掉,他被这豪气一激,便只好答应。

三天后,一船米悄悄地停在了个僻静的岸边。

张绍宽说:"船上的米就是你的了,船只需靠在岸边,晚上就有人来,不愁下家。"

但怀穆春说:"我想把米发回桥镇,可以赚更多的钱。"

米运到桥镇是在傍晚时分,沿路打着灯笼,灯火通明,搬运队伍一路延绵到怀家大院,煞是壮观。

此时围观者如云,大家的脸上洋溢着兴奋,因为他们又见到了白白的大米,这一船米最少又可以熬上三个月了。人们又看到了希望,心里在默默地感激着怀家的善举,因为买这么多米得花大钱,在方圆百里没有几户人家办得到。当然,最震惊的还是怀家的人,他们没有想到平日里无所事事的三少爷,居然能够办成这样大的事情。当这个消息传到怀穆松的耳朵里的时候,他当是在说梦话,怀家所有的人尽了最大的努力都买不到米,这小子凭啥能够买到米?难道他有三头六臂?所以怀穆松站在米船前反倒没有任何兴奋,皱着眉,心事重重。

粥厂又有米了,这对那些饿得奄奄一息的难民来说,无疑是个天大的喜讯。粥里又有米了,闻得见大米的香味了,喝了粥,人的脸上也有些颜色了,难民们的身体也才有了一丝气息。但肖富成的偏头痛更厉害了,他在花盐街上拦住怀穆松质问:

"松爷,现在倒好,穷鬼们撵都撵不走了。"

怀穆松怒斥:"滚你妈的,老子救济难民有啥错?"

肖富成阴阳怪气地说:"看来你家的簸箕比天还大,是吃不垮的啰!"

怀穆松楞了一眼他,叹了口气:"衰世啊衰世!"

四

粥厂没有断炊,怀家的喜讯也就跟着来了。

这日早晨,天才微微亮,通往桥镇的驿道上轻尘飞扬,远远地飞奔来一匹马,径直往怀家大院而去。原来是四川省赈捐总局的嘉奖文书一封,内容是对怀家筹办粥厂的表彰。怀家大院门前一阵闹热之后,差役被留下喝了一碗酒,又封了个红包,差人便说:"怀家做了这么大的善事,也要跟衙门要顶官帽戴戴呀!"

这是怀穆松从来没有想过的事情,过去桥镇也曾响起过几声鞭炮,不过是哪个人家中了秀才,但在他看来,那秀才还当不了个账房先生有用。这时,差役又说:"不瞒你说,你家花的那些钱都可以捐几个监生了。你只需拿着这个嘉奖文书,去换个收执,就可以理明正份地要个名分,做官多好呀!"

但怀穆松做梦都没有想到过要去做官,也就没怎么把这事放在心上。

过了几天,怀穆松才突然又想起这件事,等他把井灶上的情况给父亲怀荣三汇报完后,才顺口提到上次差役说的赈灾也当捐官。怀荣三一听就来了兴趣,马上吩咐人去跑这件事,不出半月,怀家三兄弟便相继得到了名位。但怀穆松拿着那张盖有官印的纸,感觉除了听起来好听或者死后刻在墓碑上之外,好像别无用处。

又过了几天,黄振纶从江上来,兴冲冲地跨进了怀家大院,一见到怀荣三便开口道喜。

原来黄振纶认识一个叫胡大江的人,此人在抚台衙门里当厨师,很为抚台大人赏识,这个抚台大人原是东北人,视吃熊掌为人生至乐,因黑熊在冬眠时爱舔手掌,津液流入掌心变成了胶脂,是美味中的奇珍异肴。但四川这个地方的厨师少有精烹熊掌的人,因为泡发熊掌要三天,其中有三难,一是扒毛,二是去骨,三是脱味,这三道程序一道做不好,天鹅就变成了土鸭,让人难以下咽。这个胡大江看似平庸,却有独特的能耐,他早年曾在山中狩猎,跟猎人学得了烹制手法,后来又改行当厨子,做出的熊掌鲜嫩肥腴,美味绝伦,让抚台大人赞不绝口。所以,有了这个绝招,胡大江便被抚台大人一直带在身边,久了也能跟抚台大人说上话,后来说话居然很灵,于是他靠为人求差得到不少的好处,这次黄振纶就是找到他牵上了这条线,而眼下贵州有个知县要丁忧守制,正要返回原籍,机会就在眼前。怀荣三一听大喜,便委托黄振纶帮忙加紧办理,至于所耗银两不在话下。

洪水完全退下去,已到了八月。

秋收是无望了,沿江两岸弥漫着绝望的气息,远远望去,广袤的土地上一片萧瑟。有几条瘦得不成形的土狗在地里到处找食,它们在那些尸骨间嗅嗅闻闻,拱出些血肉模糊的东西,招来一大群苍蝇的围攻。树枝上站着几只老鸦,时而发出几声极为难听的呱呱声,时而拍动着翅膀在空中缓慢地飞着,冷漠地看着大地上发生的一切。谁都不会想到,一场百年不遇的洪水只是灾难来临的开始。

这时的桥镇变得冷清了许多,盐井元气未复,花盐街的店铺大多紧闭着,河上的盐船也显得稀稀疏疏。有人说,今年的盐引只有亏欠了,而这已是很多年没有出现过的事了。自从川盐济楚以来,桥镇每年输出水陆盐引达数千张,供应的盐上百万斤,征收课税亦是相当丰润,但一场洪水就把那些引票冲走了大半,盐灶开不起来,倒的倒,关的关,桥镇远近只有很少的烟囱在懒懒地冒着烟,工人们在街上游荡,他们想的是等到哪家井灶一开门就蜂拥而上,只为拼上口饭吃。

很快就到了腊月间,以前正是桥镇在凛冽的寒风中透出些节日喜庆的时候,但今年彻底没有了这样的气氛。街上听不见摇巴郎鼓的了,更别说吆喝萝卜丝豆腐干糖葫芦的,除了多了些讨口要饭的外,连过去靠在码头上混生活的江湖把戏都少了许多。偶尔看到的热闹是小偷上房揭瓦,被抓了个正着,然后打得个半死,四周围了一圈人,热血沸腾地看上一阵。小偷往往是可怜巴巴地蜷缩在一个角落里,第二天就死了,好心的人随便找个板车,拉到郊外埋了。

这样的故事随时都在发生,而花盐街上只是留下了几声唏嘘,有人说,那些小偷很多以前也是井上的工匠,被老板解雇后没饭吃,才开始偷东西的。

不仅如此,盐商的日子也好不到哪里去,大多都是土地菩萨卖庙子实在是熬不住了。财力小的只好把盐井转了,凿井时欠下的巨额钱款还没有还完,这水一冲,又欠下了一屁股的债,看到要恢复正常的生产还得等些时日,实在是熬不下去,就只好低价转了远走他乡。风声鹤唳,每天都能听到坏消息,到处在传言某某盐灶又关了,某某掌柜跑了,某某灶户跳河了……

但就在这段时间里,花盐街上突然出现了两个奇怪的人,高高的鼻子、绿眼睛、黄头发。

桥镇的人从来没有见过如此奇怪的人,一大群小孩便围着他们转,当成了稀奇来看,桥镇好像已经很久没有稀奇可看了。

那两个人穿着黑色大氅,胸前挂着十字架,说自己是上帝派来的使者。桥镇的人不知道上帝是什么,毛大哥的解释是上帝就是我们头顶上的人,但是头顶上没有人啊!是的,疑问就是从这时开始的。牧师为桥镇的人带来了看病的白色药片,但人们并不知道那些东西有什么实际的用处,于是就有人说吃了那些药片后人会变小,变得可以装进那些奇形怪状的瓶子里!传言让人惊悚不已,拿到药片的人把药片扔到了土里,过了几天翻开土看,发现药片突然消失了,他们紧张地摊开双手,那些能够让人变小的药片让桥镇不安起来。

不久,洋人又在桥镇的山头上修起了一幢尖尖的房子,称为福音堂,那些房子上镶嵌得有五颜六色的玻璃,老远就能够看到它的反光,把人们的眼睛都勾到了那里。这时有人又说了,那个尖尖的房子就是大药瓶,人一进去就会恍惚、缥缈。里面唱诗的声音掀开了桥镇人的耳朵,人们再次感到了惶恐不安,他们想自己会不会变得越来越小,想桥镇会不会被那个大药瓶一样的房子收走。

除了这些,日子缓慢得如同静止了一般。

怀家拆了粥厂是在第二年开春。被洪水冲到桥镇的人渐渐散去,有的回了老家,有的去了他乡,而流落在桥镇的已经不多,个别遭灾严重的,妻离子散的,彻底变成了无依无着的乞丐。当然,也有横了心的,干脆落草为寇,干起了杀人越货的买卖。

在关掉粥厂那天,桥镇出了一件离奇的事。

那天,桥镇附近的桐麻沟里居然出现了一头豹子。这头豹子也奇怪,不在山沟里待着,却往镇上跑,翻过红豆坡后,把几个正在山坡上放牛的孩子吓得屁滚尿流,开着趟子跑。"豹子来了!豹子来了!"的叫声惊动了镇上的人。很多人都不敢相信这是真的,豹子怎么可能从山沟里跑到大街上来了呢?这时,豹子已经离街口越来越近,正在东张西望之际,就听见"嘣嘣"的两声枪响,豹子顷刻间倒了下去,几个大汉小心翼翼地靠近它,看到豹子确实断了气,才敢用脚去踢它的爪子。

大街上出豹子了,这还了得。当人们抬着豹子走在花盐街上时,街上围满了人,都在争相一睹这头毛皮漂亮的野兽。

人群经过怀家大院的时候,怀穆松从大门中出来看了半天,突然喊道:

"这头豹子我买了!"

怀家大爷的话不容对方迟疑。几个人相互对视了一番后讨价二十两银子。怀穆松也不还价,大声说:"豹皮拿来做件皮袄,豹胆用来泡酒,豹子肉我请大家吃,抬走,今天晚上江声楼见!"

当天晚上,怀穆松摆了几桌,都是用豹子肉做的各色菜肴,但这头豹子出奇的瘦,剐出来看不到多少油水。厨子说刨开豹子的胃时,里面居然没有东西,看来这头豹子是饿得不行了,才到桥镇上来寻吃的。

大家原以为可以尽兴吃一回野味,但没有想到吃的时候,众人都沉默寡言,心想如此凶猛的动物竟然落得如此下场,不觉悲上心来。怀穆松喝着酒竟然不住地摇头,感叹连豹子都要饿死,这世道都衰成了这个样子!便越想心里就越堵了起来。如此一堵,他很快就醉了,开始胡言乱语:

"喝,用斗碗喝,大块吃肉!吃呀,咱们吃的可是豹子肉……"

其实,怀穆松一块豹子肉都没动,但酒喝得太多了,他觉得就放纵一次吧,为了这头森林之王也要醉一次,它的憋屈跟他是一样的,空有一身豪气,却无用武之地。

当天夜里,所有的人都是烂醉如泥,喝成了没有骨头的蚯蚓。

这是个有些浮躁的夜,崔矮子打着二更鼓穿过花盐街时,街上都还有人在议论豹子的事;等到三更时,夜终于静了下来。直到桥镇最后一盏油灯吹熄后,那些说梦话、磨牙齿、打呼噜以及床榻摩擦之声才开始浮泛,窸窸窣窣地冒了出来。狗在原野上汪汪地叫,叫得没心没肺。猫也在墙头闪着绿眼睛,一会儿是只白的,一会儿是只黑的,"喵喵"地追,直到把夜色搅得迷乱……第二天早上,怀穆松只觉得头痛,酒劲还残留在身体里,昨天的事情已忘得一干二净。但他在怀家永远是值得信赖的长子,兢兢业业,忍辱负重,是怀家未来的一家之主。

怀穆松叫人送来一桶清水,他一头把脑袋扎进了水桶里,连扎了几次,水泡连着他的毛孔"吱吱吱"地往上翻,他在水中睁开眼,看见了那些欢快的小泡泡,心底里突然翻出无穷的思绪来。他想,这年头真的就像昨夜的那场酒一样,一醉千里,荒废得一塌糊涂!其实,他多么想赶紧清理被水泡过的盐井,重新修整码头和船只,把被中断了的盐业生产和运输恢复起来,他更愿看到的仍然是那个熟悉而忙碌的花盐街。

一切好像都在顺应着愿望的逻辑。天气渐渐躁动起来,但老中医就会说,多吃鱼腥草和芥菜,吃了好打毒,男女之事要适可而止,不要乱动阳气。可生机是掩不住的,远远近近的井灶冒着烟,拉牛在把地滚子拉得咕噜咕噜转,卤水被吸进桶里哗哗哗地流;熬房里热气腾腾,盐饼在仓里整整齐齐地码得老高,过秤记数的事归账房,他飞快地敲着算盘珠,直敲得额头上露出密密的细汗;而码头上的板车正在装卸,工人上身赤裸仍然汗流浃背；河上的船载满了盐包子，将它们运往遥远的滇黔湘楚……

也就是在这个春天里，盐商肖富成大宴宾客，他把桥镇盐码头上那张俏脸蛋娶回了家里，新娘正是红幌子的主人金兰香。

举办婚礼那天，肖富成在花盐街上摆上了七七四十九桌宴席，把福正班也请来唱了一宿，肖富成指名道姓要七儿唱一出。唱戏的时候，就听见人在下面小声议论，说这个肖灶爷色迷心窍，睡着床上的，想着台上的。但第二天一早，有人就发现肖富成宅子的门前扔了双破鞋，破鞋还在大粪里裹了一遍。当然这也可能是添油加醋的说法，反正桥镇上的一大群女子围在那里，个个兴高采烈，像是遇到了赶场天，这肯定得摆上一阵子了。

第五章

桥镇不论怎么变,河边茶馆的生意好像从来也没有变过。每天茶馆都坐满了人,人声嘈杂,唾沫横飞。道听途说在唇齿间磨动,故事在语言的升华中狂欢,又随着那泡得发白的茶水归于平常,而人们的头顶仿佛飘浮着什么无形的东西,它们在聚拢、挥发、消散。

光绪二十二年的一天,这天天气晴好,怀穆春便约柳子谦去喝茶。一进茶馆,便看见毛大哥坐在里面,依旧嘴大耳阔、脸色红润,身着一袭青衫,折扇摇得不紧不慢。有了毛大哥的茶馆,就有了热气,之前说过,那是桥镇最轻松的时光。不过这次毛大哥一改过去高谈阔论的风格,正在神神秘秘地同人窃窃私语。

喝了半晌,怀穆春突然也来了兴趣,想去听听他们究竟在说些什么,就把耳朵伸了过去,只听见毛大哥压着嗓子说:

"今年的李花虽然开得好,但大伙说怪不怪?李树的叶子发出来不像李树的叶子,而像毛竹!诸位哥子,你们倒也说说,这毛竹像啥?"

但没有人回答,所有人都瞪大了眼睛。在毛大哥看来,那些人的想象力比一只麻雀也高不了多少,所以故意要吊一下胃口,这也是他的惯用伎俩。见半天也没有人应声,他便叹了口气:

"唉,量你们猜一百次也猜不准,告诉你们吧,像刀!"

"他娘的,李叶咋会像刀呢?"下面有人被热茶烫了嘴,狗一样抖着舌头。

"这你们就不懂了,卦师说这是上天垂象,有劫运先兆呢。"毛大哥说得活灵活现,听得人有些毛骨悚然。

但怀穆春听了,并不以为然,大灾过后民间流传些稀奇古怪的传言不足为奇。

喝完茶,他同柳子谦分手回到家中。一进大院,怀穆春碰到两个从云南来桥镇办事的盐户,怀家的几个佣人正围着他们议论着什么。本来怀家大院常常有外地的客户来,迎来送往是家常便饭,但这天的气氛总有些怪怪的,怀穆春又多看了他们几眼。这天晚上他就做了个梦,居然梦到了李叶,李树上结满了冷冰冰的刀。

隔了几天,怀穆春同柳子谦两人来到了桥镇外十多里路的郊外。抬头一看,半山腰的菜花才稀稀疏疏地冒出些黄花,榆树、杨树还是光杈杈的,地里弥漫着白菜烂叶子的味道。但这并没有影响他俩的好心情。一路上,他们看见田间垄头冒出的李花格外夺目,并非那天茶馆里传闻的李树的叶子像毛竹,一切并无异常。

正走着,这时远远地看见有几个人正向他们快步走来。走近一看,来者是一群外地人,穿着草鞋,肩背上斜绑着布裹,神色慌张。

"还不快逃,曹黑头杀过来了!"那群人有人朝他们喊了一句。

"曹黑头是谁?"

"见人就杀的就是曹黑头!"

两人一听,顿时傻了眼。

原来是一群人在四川边境上造反,一路杀将过来,且来势汹汹,官军都抵挡不住,他们连续攻占了好几个县城,马上就要杀到这里来了。听说叛匪掠占一个城垣,就把官吏和富人全给杀了,城头挂着一排排人头!怀穆春突然想起了毛大哥讲的那个传言,李枝发竹叶,那个李枝说的不就是这个曹黑头吗?而那些竹子说的就是刀的隐喻,难道毛大哥真的不幸言中?他还来不及细想,感到这件事情非同寻常,很可能真有劫运发生了,忙问:

"曹黑头现在何处?"

"快杀到犍城了。"

"犍城?!"

"没有官兵抵挡吗?"

"抵挡?他们连张擦屁股的草纸都不如!"

犍城到桥镇不过几十里地,如此说来,桥镇也危在旦夕。就在他们赶回桥镇时,只是须臾工夫桥镇已传遍了这个消息,所有人家都正在关门闭户,该跑的跑,该躲的躲,街道上人心惶惶,一片慌乱。

回到怀家大院,怀穆春看到家里已经得到了消息,正在做防备的准备,怀穆松把家丁和盐井上的工匠组织起来,有一两百号人,每人发了刀枪,准备守卫怀家大院,而家眷都让人疏散到山里躲了起来。怀穆春想,曹黑头的人肯定是不计其数,连犍城都失守了,武力必然不弱。而怀家是桥镇的大户,也是最

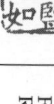

容易受到攻击的地方,那些杀红了眼的叛匪,怀家那一两百人如何能抵挡得住,这不是在螳臂当车吗?

此刻,怀穆松正在埋头磨着大刀,刀刃在砂石上发出刺耳的"杀杀杀"的声音。

怀穆春站在一旁劝说怀穆松,但怀穆松像没有听见,磨得起劲。他磨一阵,又用手轻轻试一下,直到把一柄三尺长的钢刀磨得光芒四射。怀穆松的脸渐渐红润起来,神情高昂,把刀放在面前晃来晃去比试着,连说了几个"格老子",最后把大刀放在一绺布上,轻轻一划,"刷"的一声变成了两截。这时怀穆松才放下刀,喝了一口水,漫不经心地说:"三弟,你先去躲起来吧,这里有我!"

"大哥,连官兵都抵挡不了曹黑头,快撤吧。"

"嚯,笑话!他曹黑头不过是几个草匪而已。"

"大哥,根本守不住的。"

"守不住也得守!"

"可我们不能白白送死啊……"怀穆春还想争辩。

"让我当胆小鬼?"

"那我也留下来,让其他人都走吧。"

"你?哈哈哈……"

怀穆松的嘴角都笑得抖动了起来。他把手中的大刀随手舞了一下,"呼"的一声劈下,红缨也随之在空中留下潇洒的旋子,然后用力一收,摆出个进退自如的招式,露出了他粗壮的胳膊来。

第二天,桥镇逐渐变得鸦雀无声,大清早的,街上空无一人。

井上的工匠全跑光了,往日繁忙的盐灶全部停了下来。但天还是那样的蓝,云朵晶莹剔透,空气中混合着阳光、牛粪和花粉的味道。怀穆春并没有走远,他就在附近找了个隐蔽的地方。他不愿意大哥一个人独守怀家大院。

桥镇的平静中有种末日的意味。而风声越来越紧,消息不断传来,到下午的时候,最让人不安的消息终于来了,驻扎在箭板场的两千多兵勇全军覆灭,首领是大名鼎鼎的邱振帮都司,自匪发后就奉命剿逆,他身经百战,没有想到最后是在箭板场由于寡不敌众,惨遭匪徒杀死,后又将其焚尸,异常惨烈。

箭板场离桥镇近在咫尺!

黄昏时分,桥镇听到了几声土炮的声音,短促、沉闷。

空气瞬间凝固,云霞也突然浓重起来,像一盆鸡血泼到了天上。

又有几声炮声传来,人们估计这声音不过相隔数里。怀穆春明显感到了自己的身体在微微颤抖,身上一阵阵冒鸡皮疙瘩,心脏不停地狂跳,而裤裆里一阵热,几滴尿精"刷"地飚了出来,只感到腿上湿漉漉的一片凉。但怀穆春当下决断,不能再拖了,一定要把大哥他们带走。他不顾一切地冲了出来,往怀家大院跑去。一路上,他听到了自己的跑步声,像踩在擂鼓上一样。

此时的桥镇早已是座空镇,只有几只野狗在街上形只影单地游荡。由于跑得太快,怀穆春被一块石头绊了一下,人直直地飞了出去,只听见"嘭"的一声,他被重重地摔在了地上,等他坐起身子的时候,才"哎哟哎哟"地呻唤起来。

就在这时,怀穆春看到不远处有个人影,那个人摇摇晃晃地朝他走来。怀穆春惊了一跳,街上还有人?这时他想躲已经来不及了,身上一阵酸痛。待那人走近,他才看清原来是桥镇上人人都熟悉的林疯婆子。这个女人原是个盐商的老婆,盐商破产后跳河死了,她人也突然就变得疯疯癫癫,披头散发地在桥镇人上乱串,她嘴角流着口水,念念有词。据说林疯婆子疯的时候才二十多岁,如今过了多少年谁也不知道,但在怀穆春的记忆里,顽皮的孩子们常常追着她吐她口水、扔她石子,然后一轰而散。

花盐街上房门紧闭,黑压压一片,只有林疯婆子还疯疯癫癫地在街上串,她什么都不知道。但她知道饿,她肯定是在找吃的东西呢,如今的她只有跟那几条野狗抢吃了。怀穆春又感到一阵疼痛,他的手被磨破了,脸上血色模糊,啐出一口全是血。

当他站在大哥面前的时候,怀穆松被吓了一跳,急问:"三弟,咋成这样?"

"哎,刚摔了一跤。"

"你来干啥?这不是多事?"怀穆松有些恼怒。

"大哥,赶紧撤吧!邱振帮都司的两千多人全部遭啰。"

"两千多人?"怀穆松一震。

"对呀,堡垒都被土炮轰垮了,匪徒全冲进去了,一个不留,邱都司都被剁成了肉酱!"

怀穆松喉咙里"咕"的一声,心里顷刻波涛翻滚,脸上因为震撼而变得扭曲。

"撤吧,大哥,守不住了。"怀穆春急切地说。

"这,这么大的家业就不要了?"

"保命比啥都重要!"

怀穆松的嘴唇紧咬着,面色铁青,还是站着不动,他心里想的是桥镇这些年连续遭灾,本想好好把盐井搞好,把损失夺回来,但叛匪又来了,这一劫连着一劫,到底何时是尽头?怀穆松表情痛苦,叹了口气,将手中握得紧紧的大刀落了下来。

一大群人撤出桥镇的时候,花盐街上响起了急促的跑步声。怀穆春夹在里面,但他看到了惊骇万状的林疯婆子,他心中一颤,马上叫上了两个壮汉,把她双手夹住,飞也似的将她带出了桥镇。

桥镇彻底变成了个死城。

二

曹黑头的队伍冲进桥镇的时候,天已经黑了,他们打着火把,把桥镇照了个通明。

黑暗中,一个矮壮的男人骑在马上,头上包着白帕,神情严峻,警惕地观望着四周。过了会儿,他把手中的长剑一挥,大声命令道:

"撤,上玉津山!"

顷刻间,大队人马旋风似地撤出了桥镇,刚才人马喧嚣的场景,瞬间又回复了之前的死寂。

玉津山距桥镇不过三四十里,是一道天然的屏障,易守难攻,他们弃桥镇而转投玉津山,是因为桥镇的地形容易遭受攻击,从军事上看是个不太安全的地方。但桥镇的人们并不知道其中的原因,只当是叛匪借道而过,眼下已经脱离了险境。第二天,有人就悄悄地回到了桥镇,他们一看,桥镇完好无损,并没有被烧杀抢劫,好像什么也没有发生一样,只是在很多房屋上、墙上刷了标语,上面写着"不交租""不纳粮""打富济贫"的字样。看到这些字样的人都大惊了一跳,他们不敢把那几句话大声念出来,说出来是要掉脑袋的,但在心底里,人们早已是波澜起伏。

又过了两天,慌乱四逃的人们陆陆续续回到了桥镇,他们

隐隐约约觉得,曹黑头的人马并不会杀穷人,他们杀的人是贪官和富豪,和穷人并不相干,一些人心底里暗暗松了口气。此时,桥镇的团练又迅速出现在了桥镇,他们拿着刀枪,在街上巡逻。街上的反标很快就被清水彻底清洗了一遍,只留下隐隐约约的痕迹,但人们心里的记忆并没有抹去。有人悄悄议论,说这样的反标只有陈胜、吴广那个时候才有,如今又出现了,这个兆头不妙啊,天下会不会要大变了?

但那些蛊惑人心的口号除掉后,桥镇又像往常一样,重新恢复了平静。很快就有消息传来,说曹黑头的人马已经往川南一带去了,官兵一路尾追,伺机剿灭他们。

乌云翻滚的天空只下了几颗雨,连灰尘都没有打湿。生活仿佛瞬间又回到了过去的模样,该是什么样还是什么样,但桥镇的井灶上又听到了民谣,声音在井架的上方低回——

圆筒筒,帮帮响;烧盐匠,转灶房。
两脚拖双板板鞋,麻布勒在屁股上……

又一次看到街上贴满了反标的是打更的崔矮子。

那时事隔曹黑头到桥镇已经一个多月,所有的人都认为他们再也不会来了,因为曹黑头起义要的是天下,而不是小小的桥镇,所以他们肯定是向北,一直向北,往京城方向去了,那里才是皇帝住的地方。

崔矮子在敲二更的时候,街上还什么都没有,夜色正在围拢桥镇,并变得越来越浓重。他敲着更,远处惊起几处狗吠,这是习以为常的情况,只有极少人家的门缝里还有几丝光,大街小巷的墙缝里只有些昆虫的叫声,偶尔会出现迅速躲进黑暗中的人影,崔矮子并不惧怕梁上君子。一般的情况他会咳嗽几声,给自己壮壮胆,也吓吓小偷,小偷一般都缩在黑暗角落里藏身,而崔矮子也习惯了装聋卖傻。

这天夜里,崔矮子照例在更点之间打个盹,看到灯芯又燃了一截,就披上衣裳出门了。他走到花盐街准备敲三更的时候,突然发现不对劲,四处白花花的一片,大街小巷都贴满了标语:"不交租""不纳粮""打富济贫"……像雪花一样在飞舞。这一吓不得了,崔矮子手中的鼓"咚"的一声落到了地上,他连捡的力气都没有了,一趟子跑回了家,紧闭房门,钻进被窝里出了一通冷汗。

第二天一大早,到处都堆满了人,叽叽咕咕地在议论,那些盐井上的工人也不干活了,三三两两地议论昨夜发生的事情,他们神情亢奋,好像天下就要变了,而那些反标已经在他们的血液燃烧起来。毫无疑问,又是曹黑头的人干的!难道他们真的要回来了吗?这样的想法让有些人兴奋,激动万分,却让有些人沮丧,如丧考妣。

怀穆松的情绪低落到了极点,他把一家人叫到了燕禧堂商量对策,他们要讨论的就是如果曹黑头重新回来了怎么办。从古至今,凡举事的人都是靠劫富济贫来鼓动人心,像怀家这样富甲巴蜀的大户必然是曹黑头的人马洗劫的目标。但是,没有人拿得出主意来应对叛匪的到来,半日下来,所有人都沉默寡言,没有想得出任何办法,其实他们知道,要是叛匪真的来了,还是一个无奈的选择:逃。

又过了些时日,桥镇并无什么动静,而消息也称朝廷派来了六千湘军入川,与此同时,周边的官兵也在汇集,他们正在四面围追堵截叛匪,叛匪可能已经逃到川北一带去了。怀穆松的心情好了不少,他想一个大清王朝养着那么多的军队,军备完整,训练有素,难道还对付不了几个毛贼?桥镇就像搅动的池水,又最终要还原成一张镜面,把本来的面貌照得一清二白。

很快就进入了初夏,河岸边开满了白色的水葫芦花,一片一片煞是好看。女人们用手拨开那些缠绕的水草,把脚伸进水里去浣衣汲水,她们的脚丫被小鱼亲着、咬着,清亮的河水中晃动着鱼儿顽皮的影子。

行船两岸是一路好风光。坐在船上的正是从省城到桥镇给怀家带来好消息的黄振纶。他满脸春风,因为他已通过厨子胡大江从抚台大人那里为怀穆春捐来了候补知县,官府的奏折已经核准,即日就要启程到贵州去署缺。

怀穆春要做官了!这个消息一下就传遍了桥镇。

那一天,怀家大院宾朋满堂、群贤毕集,一百张八仙桌把院子挤得满满当当的。厨房在头天就开始准备了,杀猪的杀猪,洗菜的洗菜,打酒的打酒,院子里灯火通明地忙活了一宿,第二天上午才算有了头绪。当然,这宴席一定是要搞得隆重和热闹的,怀家不是一般人家,那宴席也不是普通人家的宴席,鸡鱼鸭鹅、海参鱼翅、干果什锦应有尽有,厨子也是桥镇有名的,大家都明白,没有几道拿手菜是掌不了怀家勺子的。怀荣三对这次宴请异常重视,他盼咐下人不得有一丝马虎,菜谱得反复念给他听听,冷碟几盘,蒸菜有几道,大菜有哪些花色,汤有几盆,怎么个上法,都要一一道来,如此讲究,怀家才能不失礼数。

宴席开始的时候,怀家大门外放起了鞭炮,几十杆大鞭炮,"噼里啪啦"地响了半天,引得很多小孩在地上抢,搅得乌烟瘴气,个个脸上像猫抓花了一样,衣服被炸出了铜钱眼,棉花朵朵绽放。当然,大人们的心也被挠得痒痒的了,因为怀家在过年过节时,都会请上戏班来助兴,今天也不例外,喝喜酒,看大戏,喜气洋洋。

怀荣三穿了件红绸袍子,银须闪烁,显得格外精神焕发。怀穆松、怀穆霞都在忙着应酬赴宴的各色人等,他们在人群中显得得心应手、游刃有余。只有怀穆春还在不知所措,因为他还没有想清楚是怎么回事,就要告别他过去的生活,到一个从来没有听说过的地方去做官了。所以,他的心底多少有一点荒唐和茫然的感觉。

宴席上,你来我去都在围着敬他,怀穆春很快就喝得晕晕乎乎的,喝着喝着,话也开始不利落了。但他还有一丝清醒,他想他得赶紧逃出去,不然等会儿闹出笑话煞了众人的风景。借着夜幕来临,人们兴致高涨,福正班正在紧张化妆的时候,怀穆春一个人悄悄地溜出了大门,想到街上去透口气。

走在街上,凉丝丝的风迎面吹来,吹得他眼睛发虚,腿发软,他头一歪,把喝的酒吐得个干干净净。吐了后,他感到好过了一些,便又往前走,步子踉踉跄跄像踩在橡皮上,走着走着,怀穆春"咚"地倒在了一个角落里呼呼大睡起来。

等他醒来后,不知道过了多久,只感到头里灌了铅。怀穆春看了看四周,街上已无行人,夜应该很深了。但他听到窸窸窣窣的声音,便感到旁边有人,这样想的时候就真的感到了一股身体的热气。他睁眼望了望,想仔细端详,但酒劲还在,眼睛仍然缭乱,这人是谁呢?他把头侧过去,居然有些面熟。他努力站起来,试了两下,有些力不从心。怀穆春估计旁边的人刚才可能帮助过他,让他靠在一个平坦的地方睡觉。嘿,这个人他在什么地方见过呢,他使劲拍了拍脑袋,但仍然是一点都想不出来。

怀穆春想,不会也是个醉鬼吧?他突然感到好笑,两个醉鬼碰到了一起!

但旁边的人并不像是醉鬼,醉鬼是一摊烂泥。他可能是睡着了,那就是乞丐或者流浪汉了。他更想笑了,居然跟乞丐混到了一起,三天后还要去当官呢。怀穆春的腿仍然软,但他还是站了起来,但那个人仍靠在那里,好像根本没有听见他的任何动静。怀穆春想这样走了也不够意思,毕竟同处了那么两三个时辰,所以怀穆春用手去掀一下那个人,算是打个招呼。但他的手还没有伸拢,对方已先冒出个声音来吓了他一跳:

"施主。"

怀穆春定眼一看,有些吃惊:"寂灯师傅,你怎么在这里?"

寂灯摇了摇头,有些哽咽。

怀穆春重新坐回了原地,与他并坐在一起聊起话来。原来,玉津山被曹黑头的人马占了后,寂灯所在的庙子被他们据为营地,菩萨塑像被统统砸烂,和尚全跑了。鸟兽散后,谁也顾不得谁了,只管逃命,寂灯就独自流落到了桥镇,因为他过去曾在这里的盐井上做过工。但他出家多年,已无亲可投,实际上变成了个流落街头的乞丐。

怀穆春听完他的故事,不禁有些唏嘘。他想,能够在此相遇,也是个缘分,寂灯到了这般年龄,耳朵又聋,孤苦伶仃的,既然过去在盐井上做过工,不如就在自家的盐井上当个看守人,勉强混口饭吃,也比流落街头好,等将来叛匪平定了,庙子修复了,再送他回去不迟。这样想着,他便把寂灯扶了起来,两个人摇摇晃晃地往回走。

怀穆春把寂灯领回怀家大院的时候,戏已经散了,凳子、椅子还没有来得及收拾,四处凌乱不堪。本来他是想趁今夜再看看福正班的戏,无奈酒醉他处。怀穆春想,七儿今天是演的哪出?她的唱腔还是不是那般妖妖娆娆?她的眼神还是不是那样水灵灵……

三

怀家择了黄道吉日,三天之后,怀穆春便启程去了遥远的贵州。

就在那几天中,怀穆春同他过去的好友一一告别,同柳子谦唱和,相互赠送了几首诗。这时他又想起了七儿,那个水灵灵的女子一唱戏就会让他涌动起什么,但现在怀穆春心里更多的是些不是滋味——他想那些逍遥的日子就一去不再了。那天,七儿正在院子里练嗓,咿咿呀呀地唱着,怀穆春走到墙外就停住了,他听了半天,眼里不自觉掉下颗眼泪来,拭了拭衣角,转身走了。

寂灯成了怀家盐井上的看守人,他不用再睡在街上了,算是有了口饭吃。怀家看他年纪已高,不堪重活,所以就只安排他每天在盐井上做些简单的杂活。刚开始的时候,怀穆松对这个来历不明的和尚有些反感,眼下正兵荒马乱,要出点什么事情还不是怀家遭殃。所以,他又吩咐人多留意寂灯,生怕出了什么纰漏。

但过了不多久,人们发现这个聋子和尚其实对盐井非常懂,对采卤、输卤、治井、熬煎常有高明之招,让怀家的盐井获益不少,比如过去产卤不旺的井,让寂灯出出主意,在经过一番打捞、掏补、调换之后,井况大变,咸泉大畅。虽然寂灯耳背,不善交流,但人们还是纷纷向他请教,以求学得一技。

但怀穆松仍然迷惑,一个好好的匠人怎么会去当和尚呢?像寂灯这等手艺,完全可以不愁吃不愁穿,盐灶上的掌柜们都会把他当菩萨供起来,但他却选择了青灯寒窗相伴,太不可思议了。越疑问,便越想探个究竟,但聋子和尚从不讲自己的身世,守口如瓶,让人觉得是个谜。后来,桥镇就有了个传言,说怀家请了个和尚,是专门来给他家的盐井念经的。

当然,怀穆松是一笑了之。

过了几日,怀穆松到井上巡视,又看到了寂灯,当时正有几个工匠围在他的身边,这个聋子好像也不聋了,正给那些人讲解什么。怀穆松心想,其中一定有什么隐情,所以他就悄悄地站在背后听寂灯到底在说些什么。这时有个工匠正在问:

"寂灯师傅,咱们桥镇凿得出多深的井来?"

寂灯伸出了三根指头。

"三百丈?好厉害!谁凿得出那么深的井啊?"

寂灯没有回答,只说了句:"上工去吧。"

怀穆松心里波澜迭起,他坚信这个和尚肯定不是个凡俗之辈,因为他每次瞄井的方式都是与众不同的,那眼光不是普通匠人的眼光。当天晚上吃晚饭的时候,怀穆松一直心事重重,吃着吃着,他莫名其妙地说了一句:

"爹,咱家咸草坡上的井还能重凿吗?"

怀荣三好像被什么刺了一下,疑惑地看了他一眼:

"咋想起这件事了?"

"哦,我只是随便问问。"

"都过去好多年了,唉……"怀荣三不愿再提伤心事。

"爹,井废在山坡上好可惜呀!"怀穆松感叹了一句。

"是呀,但又有什么办法呢?"

"我看可以让那个和尚来重凿!"

"和尚?江湖上的骗子多如牛毛。我告诉你,那口井当然可以重凿,但只有一个人能凿,他叫赵旺,除此之外没有任何人值得信任!"

怀穆松顿时哑口无言。怀荣三也有些神情激烈,嘴皮在微微翕动,他再也吃不进一口饭,放下筷子,拄着拐棍出了门。当天夜里,怀荣三失眠了,他的心口在隐隐作痛,他知道那道旧年的血迹还积藏在记忆里,永远也无法消尽。

怀穆春在途中走了一个多月,终于到了柳城。

当他站在山坳上,远远地望见整个县城的时候,心都凉了半截。说是县城,其实不过是夹在大山皱褶中的一个人烟稀疏的小镇而已。待进了城里,他才知道这个县城只有一条孤零零的街,顺着山沟有点人烟,街道窄小,两面临着陡峭的山壁,完全是一幅穷乡僻壤的景象。更让他吃惊的是,他一到县衙,现任知县并没有离任,人家依然稳坐在大堂上。原来当时说现任知县已经回原籍去了确是事实,但此官回去办丧的途中又接到快信,说其父得了回天之药,病已好转并无大碍,只需好好调理即可,所以又打道回府了。这些天据说知县大人心情颇佳,正在外出赏花的途中。

怀穆春站在县衙里,只看见几个杂役在门口打瞌睡,县衙大堂里冷冷清清,他想,这个县衙平日里一定是政务稀松,想必此地民生凋敝。

走出县衙正是黄昏时分,他同随行的侍仆走在柳城的街上,两个孤单的影子显得异常落寞。怀穆春想找家客栈落脚,找了半天才找到家叫青云客栈的旅店。但进去一看就发现房屋破陋,蚊虫飞舞,怀穆春便准备走,但客栈掌柜突然喊道:

"客官留步,冒昧问一句,你是来做官的吧?"

怀穆春有些吃惊,站在原处不知如何回答。

"你知道我们为啥叫青云客栈?"掌柜继续说。

怀穆春摇了摇头。

"唉,现在的官啊,也不瞒你说,多得跟烂红薯似的。"掌柜

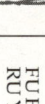

的话里带着讥讽，但不时瞟着对方的表情，"你想想看，咱们这穷山沟，物产不丰，不通舟楫，不做官做甚？不瞒你说，有的人就在这里等了好几年，前几日才刚刚上任了县丞，就赶紧给老家报了喜，你看多吉利，青云直上嘛！"

怀穆春叹了口气，只好把行李放进了青云客栈。

那些天，天公也不作美，天上不时飘下一阵雨，怀穆春的心情也跟那路上的稀泥一样烂洼洼的。他虽然知道是白来了，但他是风风光光来的，难道要灰头土脸地回到桥镇？怀家丢得下这个脸？所以，他一琢磨，就只好在这里待上一段时间再说，反正山高路远，桥镇的人也不知道他这个体面的官是任何做的。思绪甫定，怀穆春便给桥镇发了一封信，信中说已经顺利抵达柳城，此地山清水秀，禾壤肥腴，民风淳朴云云。

柳城城阙不大，人口稀少，除了赶场天，平日街上冷冷清清的，怀穆春每日都在街上闲逛，跟他一样闲的大概是街上跑着的几条野狗。久而久之，他也就对当地的情况逐渐熟悉。怀穆春发现这个县城里有家小盐铺，便上去搭讪。一问，才知道那家盐铺卖的居然就是他老家桥镇的盐，盐是用大船从桥镇运到叙府，再用小船转运到川黔交界的茅台镇，盐铺的主人从那里接盐，然后翻山越岭贩到柳城来卖，这中间已经连倒了几道手，但贵州不产盐，百姓常有淡食之苦，盐也算是不错的买卖。

盐铺主人叫杜长贵，是个热心人。过去他在乡下靠种粮食难以为生，便到城里佃了房屋在此开店，柳城吃的是桥镇的盐引，所以杜长贵卖的就是桥镇的盐，但他从来就没有去过桥镇，得知怀穆春是桥镇盐场来的人之后，就把他当作了朋友。从此以后，怀穆春便经常到杜长贵那里喝酒，三杯两盏，减少了些寂寞，多了些乐趣。一日，杜长贵又让人买来些卤菜和酒，两人在青云客栈喝了起来，摆的都是些不要紧的闲话。又过了些时日,杜长贵又买了些西瓜和梨来看怀穆春,两人谈兴正欢时,杜长贵就对怀穆春说他家虽寒碜,但有一间闲房,住在客栈也不方便,如不嫌弃干脆搬来暂住一段时间。怀穆春本想推辞,但看到杜长贵如此殷勤好客就只好答应。

杜家除了个杂工以外就只有他的女儿一人,店铺后院是个小天井,收拾得干干净净,还种着几株梅花。小工住在耳房,怀穆春住进了厢房,正好与杜长贵女儿的房间相对。杜长贵的女儿叫小琴,十六七岁,清清秀秀,就像天井里的一株梅花。平日里也难见小琴言语,她常常帮着铺子里做些杂事,闲下来就在屋子里织绣,而怀穆春常常在房内摆弄文墨,只是偶尔听见对面的门"吱嘎"一声打开或是关上了,他才会抬起头来一望,只见她的一抹衣衫倏地消失,如梅花般慢慢地晕染开来。

四

两个洋牧师从桥镇逃走是在光绪二十三年入冬前的一个夜里。

原因是头天有几个来路不明的人跑到教堂去闹事,他们来势汹汹地手握着铁棍和钢刀破门而入,然后一切变得一片狼藉,十字架被踩在了脚下,五颜六色的玻璃窗被捅得开了花,翻涌而入的阳光裹挟着暴虐的能量。

教堂变得奄奄一息,牧师们不知去向,桥镇已经不安稳了,他们再待下去可能连命都保不住。教堂的墙上被刷上了杀气十足的标语——"不交租"、"不纳粮"、"打富济贫",这些汉字就像一个个蹲在墙上的野兽,凶神恶煞地盯着人们,让人们隐隐约约地感到一种恐惧和血腥正在到来。

洋牧师的出逃,让桥镇人也预感到了什么。大街上议论纷纷,盐场里的工匠也开始懒散起来,他们三五成群地聚在一起,嘴里使劲地喷着烟雾,酒精让亢奋的脸扭曲,他们大声武气地说话,日妈倒娘,好像天下就要变了一样。但就这样,盐商不敢少给他们一个子儿,因为平时那些可以随意叱骂的工匠眼里都冲着血,眼神里闪着寒光。

"曹黑头要回来了!"

这个消息在工匠中传递着,像平地上刮起的阵阵旋风。曹黑头的人马一直都没有出川,就在四川腹地忽东忽西、忽南忽北地奔突,所过之地犹入无人之境,官军拿他们一点办法都没有。不仅如此,曹黑头的人马越聚越多,据说现在已经有好几万人马了,号称顺天军,大有不可阻挡之势,他们专杀官府和富人,抢了粮食和金银财宝都分给穷人,如今穷人翻了身,一样有酒喝有肉吃了。

风声越来越紧,怀穆松开始坐立不安,他被各种各样的消息困扰着。劫富济贫,如果曹黑头真的回到桥镇,怀家不是要成最遭殃的对象吗?怀穆松有点不敢想。但他就想不明白,朝廷养着那么多精壮的兵马,难道就制不住一股小匪,怀家每年上缴的盐厘有成千上万两银子,难道都打了水漂?

怀穆松吸取了上次的教训,他迅速吩咐人把家里贵重的财产全部转移到了乡下最偏远的地方,把家眷全部疏散到了乡下,要是曹黑头真的来了也好有个准备。但他还是不放心,因为那上百口的盐井是搬不动的,那才是怀家最大的财产。所以他尽量不让盐仓里存放过多的盐,盐船尽量放出去,不停靠在岸口,以便到时遭到不测时能够顺江逃走。等做到万无一失了,怀穆松才稍稍放下了点心。

这天早上,怀穆松准备到井上去巡视一番,刚要出门,就听见有人来报,说恒泰井的工匠一个不剩全跑了!

怀穆松大吃一惊,恒泰井是口旺井,日产盐卤几百担,工人的伙食并不差,薪酬也可观,他们怎么会跑了呢?更让怀穆松吃惊的是,工匠都投奔顺天军去了!怀穆松连忙往恒泰井赶,他想去看看究竟发生了些什么。正走在路中,又有人来报信,说富安井的工匠也跑了!但噩耗还在一个接着一个传来——

咸海井的工匠也跑了大半。

济生井的工匠就剩几个老弱病残了。

贵源井只留下几头拉牛……

怀穆松血气上涌,差点没有站立得住。一日之间,怀家盐井上的工匠跑掉了大半,盐井几乎瘫痪了大半,留下的人也张皇失措!不仅如此,其他盐井上的工匠也一起跟着跑了,每个盐商都哭丧着脸,桥镇盐场正在遭受一场巨大的地震,工匠的大量流失让古老的盐场仿佛在霎时间全部坍塌,平日里忙忙碌碌的花盐街突然变得冷冷清清。

他们想要干什么?难道他们不想要脑袋,要跟着顺天军去劫富济贫、打天下了吗?

怀穆松百思不得其解,但他清楚这是一次有预谋的串联,那些工匠一定是有人在暗地里鼓动,他们是那些砸教堂的人吗?他们是顺天军派来的奸细吗?但问题的关键还不在这里,那些工匠去加入曹黑头的人马,就等于与朝廷为敌了,也就是与他们认为的所有的富人为敌了,而他们一旦杀回来,就不是过去顺服的工匠了,而是变成了浑身鲜血、手持大刀的兵勇武夫,刀剑随时有可能就要落到他们的头上!

怀穆松不寒而栗。他觉得过去纷乱的世界突然划分成了两大阵营:穷和富,而这次是穷要颠覆富,穷人要革富人的命!但他怀家也是由穷变富的,这富并非烧杀偷抢来的,他们也是靠勤奋才换来的财富呀,他想不通!但现在怎么办?坚守还是逃亡？怀穆松望着桥镇那些远远近近、层层叠叠的盐井架感慨万千，这可是桥镇人用了上百年的时间才建设起来的家园，难道一场兵燹就要将它夷为平地？他的心里居然产生了某种依恋。

怀穆松把怀穆霞叫到身边，吩咐他赶快把怀家的人全部带走，他知道，父亲怀荣三年事已高，家中的主心骨就只有他了，所以怀穆松就只留下自己和少数几个可靠的人守着怀家大院，把盐井上的善后事宜处理好再撤退。怀穆霞一走，怀家大院顷刻间空空荡荡。

天黑了下来，肃杀的寒风吹得树枝瑟瑟颤抖。怀穆松心里突然升起一股悲凉感。他马上吩咐留下的人把屋里的灯都点上，霎时间，二十四个天井灯火通明，连成了一片，像是要过节一样鲜艳夺目。要是在往常，桥镇如今正是准备年货过大年的前夕，挂灯笼、贴春联，一派热气腾腾的景象，但眼下人心惶惶，谁还有心思去想过年的事。

"唉，要是有出戏看就好了！"怀穆松望着那些灯，自言自语道。

"是呀，这灯多好看啊！"其中一个人感叹道。

"东家，我们来唱几段围鼓吧。"

说话的是魏碧山的三儿子魏宝，他现在已经是盐场护卫队的队长，他藏着一杆火力十足的歪把子枪，那是他一直想要为父亲报仇用的。

怀穆春一想，这兵荒马乱的哪里去找戏班，对呀，自己唱不是一样高兴吗？但他心底冒出一丝凄凉，眼角滚出一颗滚烫的热泪来。

"好！兄弟们，家中还有一缸用豹子胆泡的酒，搬来喝起！"

"老爷，唱哪出？"

"就来《空城计》吧。"

"好呀,你唱坐在城头的孔明,我们演左右琴童,但那司马懿……"魏宝说。

"……司马懿真的会来吗?"

怀穆松答非所问,但大家都听明白了他的意思。几个人就在屋子里尽兴地唱着,不一会儿,半坛酒下了肚。

这时,大门外响起了一阵敲门声,酒也醒了几分,他们想这半夜三更的,谁会来敲门呢?难道是外面的情况有变?他们到门口一看,松了口气,原来是那位聋子和尚。但怀穆松还是有些吃惊:

"寂灯师傅,您怎么回来了?"

"我老了,哪里也去不了了,就来守大院吧。"寂灯答道。

"这不行,这里有我们在,您还是赶紧躲一躲吧。"怀穆松说。

"是三老爷把我留在怀家的,我吃你家的饭,睡你家的床,不然我早饿死冻死了!眼下这么大的宅院不能没有人守呀,正是用得上这把老骨头的时候!"

"这……"

怀穆松突然觉得有些惭愧,过去对他多少有些芥蒂,但没有想到在这个时候,一个出家人能如此仗义。怀穆松心中一热,伸出双手把寂灯搀扶了进去。

戏继续唱,酒继续喝。但聋子和尚不唱也不喝,他从怀里摸出佛珠独自喃喃自语。

怀穆春住进杜长贵的家里后,起居饮食方便了不少。他每天除了读些闲书,也没别的事情,其实他心里明白,在这柳城县候缺等官不过是自欺欺人而已。但日子一久,怀穆春也待得发闷,想出去走走。一日,怀穆春问杜长贵附近可有名胜可去一游,杜长贵想了想告诉他百里之外有个永宁州,一路美景不少,只是途中多为崇山峻岭,路途劳顿必不可少。但怀穆春一听便来了兴趣,决意要去走一走。

时下正是秋高气爽季节,怀穆春暂别柳城县,独自一人前往永宁州,一路又将观感写得些诗句寄给了柳子谦。这一去,来回歇歇停停,也耽搁了半月时间。回到柳城,怀穆春突然发现身上发起了一团一团粉红的疹子,手一抠,疹子发得更多,越抠越痒。他想可能是接触了途中不干净的东西,用水洗净,一两日后自然会消失。但是,第二天一起来,怀穆春发现那些粉红的疹子并没有消失,反而变成了密密麻麻细细的水泡,他一抠水泡就破了,但破了的地方,很快又发出一大饼水泡来。怀穆春想挺一挺可能就没事了,于是便到中药铺购得些敷膏涂上,以为是蚊虫叮咬所致,只需把毒素逼出,自然会痊愈。

又过了两日,怀穆春感到那些患处越来越痒,并伴有阵阵刺痛,直搅得他坐立不安,痛苦难当。实在熬不住了,他才对杜长贵说了病情。杜长贵一听,连忙让怀穆春捞起衣衫,只见水泡已快布满腰身,甚为恐怖,大惊道:

"哎哟,这是得的缠腰瘅!"

其实杜长贵并不通医术,但他所说的缠腰瘅,就是民间说的怪病,大概是山岚瘴气所致,病情来势凶猛,如果水泡把腰缠上一圈,人必死无疑。而关键在于缠腰瘅无药可治,一般的中药只能够起延缓的作用,不可能根除病疾,七日之后,如果水泡没有连成一圈,病会自然好转;如果连成一圈,就只有听天由命了。正好杜长贵家里有种单方,对这个病非常管用。

七日之后,怀穆春身上的水泡并没有连在一起,那药确实起了效,病就应该慢慢转好了。这天,怀穆春找来一面铜镜看了看,水泡已经开始在消,他终于舒了口气。但同时,他也被镜中的景象吓了一跳,短短七八天的时间,身上肋骨凸现,人瘦了一大圈。这期间得益于杜小琴的照理,她每天都细心照料着怀穆春,每天喝的药、喝的水、吃的饮食、换洗的衣服都是小琴照理的。也是在这段时间里,怀穆春这才认认真真地看清了眼前的这个梅花一样的女孩子,心里不仅有些感激,还溢满了清香。

又过了两三日,怀穆春靠在床头读书,小琴手里端着一碗鸡汤走了进来。怀穆春放下书,喝了一口,汤很烫,一时难以喝下,便与小琴摆谈起来。

"这两日,怎么没见你父亲?"怀穆春问。

"他去茅台镇了。"

怀穆春知道茅台镇是川盐入黔的口岸,他一定是去那里进货去了,又问:"这一去要用多少时日?"

"一般六七日才能回来。"

怀穆春便想,这些天来,小琴一直照顾他,就想送个什么东西给她,但一时又想不出有什么东西可送,便对小琴说:"家中可有笔墨,我写副对子挂在店面上,图个吉利。"

小琴连忙去找来纸张,又在一边替他磨墨,磨了半天才磨好,弄得她沾了一手。磨墨的过程中,怀穆春突然想画个梅花什么的,这清雅的女子跟这墨色倒有几分相容。突然他就想起了父亲的退省庐里挂的那副对联来,便想正好贴切,不妨也贴在这里。等对子贴上门楣,小琴一阵欣喜:"先生的字好漂亮!"

门框上新贴的对联是:春云夏雨卤声远,虚谷浮岚梅花香。

第六章

马蹄声急促地响在桥镇的时候,天才刚刚亮。

那一晚,桥镇下了些雪,在屋檐墙头都挂着些白白的雪绺子。一下雪,整个桥镇都静了下来,一两声狗吠之后显得更静,静得无边无际。说来也怪,像川南这样的地方是很少下雪的,十年也难见一回,但今年不仅下了,而且还下得特别早,才刚刚进腊月,还没数九雪就下得纷纷扬扬。前些日,卖木炭的生意好了起来,桥镇人冬天爱用热烘笼,竹笼子罩着里面的小炭盆,炭盆里燃的是青冈木烧下的乌炭,红红暗暗的,在两条大腿之间送着暖意,再冷的腊月也抵挡得过去。但今年的雪下得这么早,还不知道天气要冷多久呢,更不知道山里的木炭熬不熬得过这个寒冷的季节。

突然间,下雪声中出现了一种异样的声音,由远及近。

雪中夹杂着急促的马蹄声。

"曹黑头来了!"

不知谁喊了一声,这声音大得穿过了每个人的耳朵!怀穆松"嗖"的一下翻身下床,他连忙穿上衣服,迅速跑到大门前,从门缝里往外一看,门外早已是人马攒动!但怎么一点预感都没有?之前也没有得到任何消息,那么多人突然就涌入桥镇,官兵怎么没有人来提前报信?昨天团练还说如有动静,就会马上敲钟报信,及时通知留守人员疏散。他的心中咯噔一下,心想事情不妙,逃是来不及了,藏也藏不住,怎么办?只有装扮成留守的下人,看能否侥幸逃过这一劫。他赶紧回到燕禧堂,对留下的几个人吩咐了一番,一阵忙乱后,他们换上了件粗布短袄,扮成了仆人的模样。

门是被一根粗壮的木头给撞开的,拿着各式刀枪的人轰的一下涌了进来。

来人的头上都扎着白帕,腰束布带,脚上扎着绑腿,杀气腾腾。怀穆松一伙人被围在了大堂里。

"谁是主人?"

一个高大的壮汉站了出来,络腮胡,满脸横肉,脸上有块明显的刀疤。

"主人早跑了,我们几个是留下守门的仆佣。"应话的是魏宝。

那个壮汉斜着眼睛挨个挨个地打量了他们几个一番。

"你们不跑,是在等着死?"壮汉用手抹了一下锋利的刀口。

"我们只是守门的。"魏宝缩着头,身子颤颤巍巍。

"给这些富人守门?难道你们不知道天下已经反了?反了!"

"这,这……"

"告诉你们,在顺天军里都以哥嫂相称,新来的叫新哥,早来的叫老哥!我奉劝你们杀了富人和贪官,一起打天下!"

"可我们的妻儿老小咋办……"

"他妈的,还惦记着家里的几根红苕!"

"小民就是贱,贱皮子,没出息……"

几个人都做出一副很委屈无辜的样子。

"看你几个也没啥用场,快滚吧,谨防乱刀劈死!"

刀疤上的几块肌肉在那个人的脸上颤动,瞬间黑云密布。就在几个人感恩戴德地拱手作揖后想迅速离开的时候,却突然冒出了个声音来:"慢!"

站出来的是个瘦瘦干干的男人,稀疏的短须,像是这群人中的军师。怀穆松一看,好生面熟,却又想不起在什么地方见过。

瘦个子的眼睛左右逡巡:"你们几个到底是干啥的?不说真话看老子不认黄!"

几个人诚惶诚恐地站着,不知所措。

瘦个子走到寂灯面前:"快说!"

"他是守门的。"魏宝插话。

"你呢?"瘦个子男人又走到其他几个人的面前分别审问。

他把所有人都问完了,却没有问怀穆松。怀穆松瞟了他一眼,看到瘦个子正直直地盯着他,他马上把头埋得低低的。

"……你呢?说!"

"我,我是厨子。"

"哦,厨子?把手伸出来。"

怀穆松只好把手伸了出来。

"哈哈,这样的厨子我还是第一次见到!"

怀穆松打了一个寒战。

"厨师的手上连块疤痕都没有?坟坝头撒花椒——麻鬼!"那人又说。

怀穆松一惊,抬头望了一眼瘦个子,但他的眼睛不知怎么落到了他的手上。这一看不要紧,那个人的右手只有三根指头,缺了的两根醒目地露在外面!怀穆松突然想起了多年前那个宰了两根指头的匠人来,那时他还没有担当起怀家的重任,对九指这个人也知道得不多,但关于他记忆却是深刻的,难道他是九指?他又看了一眼对方,就在他想要在那一瞥中找到答案的时候,对方的眼光也射了过来,在空中交错。

没错,就是他,他就是九指!

怀穆松感到胸中一哽,脸色大变。瘦个子好像也辨认出了什么,干咳了一声,想掩饰脸上瞬间出现的尴尬。但很快,九指刁钻的眼神里飘出得意来:

"不是冤家不聚首!如果我没有认错,你就是怀荣三的大公子怀穆松吧!"

怀穆松突然仰天大笑起来,狂放而惨烈,但他的笑声中有种撕破后的轻松。

"三十年河东,三十年河西,没想到吧?"九指说。

但九指的眼光是冷漠无情的,他用左手摸了摸右手上断了指头的骨节。怀穆松的头昂得高高的,仿佛在突然间冒出股慷慨的气概来。这时,只看见九指对那壮汉耳语了一番,壮汉脸一黑:

"绑了,先关起来!"

曹黑头的顺天军自从上次经过桥镇后,便兵分两路,一支朝川南、川东方向杀去,一支往川西、川北方向挺进。但官兵四处围剿,曹黑头始终没有找到突破口,不敢轻易北上,两支队伍刚要想合二为一,便被官军切断,于是顺天军赶紧退守到了玉津山地区,把富庶的桥镇盐场作为盘旋腾挪的根据地。

曹黑头迫于战事的转变,渐渐感到局面的不利,再回桥镇等于已经做好了拼死一搏的准备。在顺天军看来,那些直刺蓝天的高高井架,就像是上天赐给他的天然刀剑一样,他们在那里试图再度燃起熊熊的大火。

怀穆松等几人被绳索绑起来后,被扔进了柴房里,房外有兵丁把守。其余的人在怀家大院翻箱倒柜,把有用的东西该拿的拿,该搬的搬,到处一片狼藉。但九指显然对如此战绩不甚满意,他知道就在他们来之前,怀家已经把重要的财产转移了。不过他又有些庆幸,因为怀穆松落到了他的手中,九指琢磨着从他身上怎么也得搞出点东西来。当年他没有能够在怀家把井打出来,凄凉离开桥镇,从那以后他就过着人不人鬼不鬼的生活,没有想到就在他活不下去的时候,曹黑头的人马杀进了四川。那时,九指正躲在一个不为人知的地方,准备隐名埋姓了此余生,但顺天军的到来让他热血沸腾,毫不犹豫就加入了进去,因为这是他最后的机会了。造皇帝的反,砍富人的头,让九指看到了他重新风光无限的希望!

九指在燕禧堂上踱来踱去,心里百感交集。这里是怀家过去日常会客、议事的地方,入堂就看见檐下悬挂的黑漆大匾,燕禧堂三个行楷大字刚劲有力。堂门口有一扇贴金雕花的屏风,图案是喜庆的龙凤呈祥。转过屏风,东南西北是四盏琉璃罩灯,堂内四周陈设着紫檀桌椅,地面是青色大理石板,半人高的青花瓷瓶里插着梅枝,疏影婆娑,整个大厅显得雅致、气派。

同样百感交集的还有怀穆松。只是柴房里漆黑一片,看不到他内心的变化,只有门缝里有一隙光透进来,仿佛只有那一隙光还是活的。

"没有想到遇到了九指这个狗杂种!"怀穆松有些歉疚。

"唉,谁想得到会遇上这个人呀?真是恩将仇报!"魏宝边说还在边想着他藏起来的歪把子,那是他想为父亲魏碧山报仇的枪。

"那个人跟我们怀家有仇吗?"其中有个矮小的小伙计,他不知道中间的是非恩怨。

"唉,孽缘呀!"魏宝有些愤愤不平。

"是啊,要不是咸草坡上的那口井,也不会有今天的事情发生。"怀穆松说。

"东家,到底发生了什么事?"小伙计想刨根问底。

"唉,说来话长。"怀穆松叹了口气。

怀穆松就把当年开凿三百丈深大井的事情简单讲了一遍。

"要是当年找到了赵旺,哪有今天的事!但也怪我爹轻信了这个九指,他一生都在后悔呀。"魏宝感叹道。

当年九指把咸草坡的井凿坏后,最后悔的是魏碧山,他没有想到自己竟然看走了眼,把九指引进了怀家的门,所以后来他常常告诫他的儿子,要他们引以为鉴,不要再犯他犯过的错误。这时,他们在柴房里挤着,你一言我一语地低声说话,但唯有寂灯没有吭声,耷拉着头。

门缝里透过来的光渐渐变得暗弱的时候,不远处突然响起了快步走动的声音。

"吱嘎"一声,门被推开了,几个大汉冲了上来,一把抓起怀穆松就往外走。

魏宝大声吼道:"你们要干啥?"

中间一个人转身就给他一耳光,又走上去狠狠地踢了他几脚,只听见他的大腿哗嚓一折,骨头像是折断了一样。魏宝"哎哟"地猛叫了一声,倒了下去。小伙计赶紧冲上去顶着他,但无奈绳索把他绑得死死的,一点忙都帮不上。这时寂灯也冲了过来,几个人都围着魏宝,只听见他还在不断地呻吟,表情痛苦,嘴角上还淌着血。

"杀富济贫,我看他们跟山上的土匪没什么两样!"小伙计把牙关咬得咔嚓直响。

"怀家这棵大树就要倒了……"魏宝忧心忡忡。

"是呀,我们没有脸去见太老爷啊!"

就是这时,寂灯突然情绪激动,凄厉地大喊了一声:"是我害了怀家呀!"

大家转过头来望着他,想安慰他。

"我是罪人呀!"寂灯又凄厉地喊了一声。

"跟您没关系……"

寂灯长叹了口气:"唉,你们可知道我就是当年的赵旺!"

寂灯的话让所有人都惊住了,以为是不是听错了,不然就是这个聋子和尚有些癫狂了。

"赵旺?"

"对。"

"就是太老爷当年要找的那个赵旺?"

"是呀!"

"天哪,这不是做梦吧?"魏宝泪如泉涌,"赵旺老爷呀,太老爷可找了您好多年呀!"

"俗孽呀!"寂灯泪涌而出。

接下来,寂灯便把他这些年的故事讲了一遍。原来,当年他还是赵旺时,曾为一个财主凿井,后来财主的女儿喜欢上了赵旺,两人私定了终身,但财主根本不可能把女儿嫁给一个穷匠人,看到两人好上了,便想掐断这段情缘,逼她嫁入当地的一个有钱人家。但赵旺同财主的女儿是咬过手指头的,就在对方来迎娶的前一个晚上,财主的女儿跳井自杀了,而赵旺在大恸之后万念俱灰,便上山当了和尚。这一去就是二十多年,没有人知道他的去处，更没有人会想到一个好好的匠人选择了青灯寒窗的寺庙。

寂灯讲完他的故事，所有的人都沉默了。他们都知道寂灯的故事太凄惨，那时候的赵旺已经随那个无名女子一同死了，在他们面前的就是一个耳聋的和尚。

二

九指认出怀穆松来后，突然感到发大财的机会又来了。

实际上，自从曹黑头的顺天军重新回到桥镇一带的时候，九指就已经感到形势正在发生逆转，朝廷马不停蹄地调集各路官兵向桥镇周边汇集，正准备把桥镇一带围得如铁桶一般，最后来个瓮中捉鳖。眼下，曹黑头想据守玉津山，桥镇盐场是他们囊中取物的地方。但官兵已经看透了曹黑头的用兵意图，势必要切断他的粮草来路。九指对这一带地形熟悉，知道桥镇不可能是久留之地，到最后只能是拼死一战。形势逼人，而他正在焦虑是逃离还是留下的时候，怀穆松的出现让他眼前一亮，仿佛又回到了当年凿咸草坡上的井时的场景，那时只要他把井打出来，他就成为富人了，但他只因为一点疏忽，棋差一步而败走他乡，命运就是如此残酷！但现在，他翻身的机会就在眼前，真是造化弄人。

怀穆松被带到燕禧堂上的时候，九指挥了挥手，让其他人退了下去，单留他同怀穆松在屋子里。

九指在怀穆松面前踱了半天，才慢慢道：

"怀穆松，这些年你家的盐山是越堆越高了啊！"

怀穆松昂着头，没有理会他。

"当年我虽然也在怀家凿井，但这么大的院子从来没有看完过。刚才我专门把怀家大院仔仔细细转了一遍,二十四个天井果然名不虚传,我敢说,方圆五百里找不出第二家来!"

怀穆松仍然没有吭声。他心里当然清楚,怀家大院建造之初,单花草一项就耗费上万两银子,桥镇上都私下说怀家大院那是皇亲国戚才能住的地方。

"唉,百万花花银才盖得出如此气派的大院子啊!"九指的感叹意味深长,又摸了摸他那手掌上断了后凸起的骨节,"不过,天已经变啰,住在里面的可能姓王也可能姓李,但就不姓怀啰……哈哈哈……"

"凭啥不是我怀家的?"

"问得好!但这个问题你得问问外面的那些兄弟们,他们都是穷骨头,受够了富人的气,恨不得把富人千刀万剐!告诉你吧,这一路顺天军已经杀了好多富绅,刀上的血都没有干过!"

"你们想干啥?"

"哦,他们想一把火把这座院子烧了……"九指说得轻描淡写。

实际上,九指在来到桥镇之后,专门去找了当年金兰香的红幌子酒馆,那是他一辈子也忘不了的地方。但金兰香早已不知去处,好不容易抓到个没有跑掉的佣人,才知道金兰香早已嫁给了肖富成——这个肖富成他是熟悉的,当年不就是个开棺材铺的小老板吗?后来凿开了一口井后就走狗屎运了,他的女人也跟着肖富成过有钱人的日子去了。九指对肖富成充满了仇恨,但他没有抓住肖富成,只抓住一个守门的佣人。

在肖富成的宅子里,九指看到了一张雕花烫金的大床,那张床让他神魂颠倒,他仿佛又看到了那个女人的千娇百媚。但此时,他恨不得一刀把床劈成两半。但他更恨的是肖富成,他不就是打出了口井,但他们的命运就截然不同了,要是当年打出井的是他九指,那又是如何一番景象。九指突然感到一阵急火攻心,眼睛里冒出火花来,他的手又不自觉地握紧了腰上的刀,手指开始狂抖,抖得他喘不过气。此时,只见他脸色铁青,乌血胀得眼球都爆裂了出来。他梦游似的定了定神,顷刻间,肖富成的宅子燃起了熊熊大火,四处响起了噼里啪啦的倾塌声,那张雕花烫金的大床也在大火中化为乌有。

这时,怀穆松被绑得一点都不能动弹。

"……烧了,就变成了一堆灰,怀家就变成了穷人!"九指的话,仿佛还在刚才的场景中。

怀穆松青筋暴露。

"不过……怀大少爷,你既然是商人,我们就来做个交易吧。怀家如果为我顺天军做点事,情况就会好办得多,俗话说好汉不吃眼前亏……"九指眼里闪过一线狡诈。

怀穆松昂了昂头。

"其实,怀老爷当年待我不错,现在能救你的只有我!"

接下来,九指就贴近怀穆松的耳朵说了一番。听完,怀穆松沉默了半响,长长地叹了口气。

九指要让怀穆松把大笔银子主动交出来,支持顺天军的宏伟大业,这样就可以保住这个院子和他的性命。当然,如此冠冕堂皇的话鬼才相信。九指不时用眼睛的余光瞟他,又不时用左手摸摸右手那凸起的骨节,他的心里一定充满了邪恶的快感。他又想起了金兰香,那个让他念念不忘的女人,如今她已经跟着肖富成跑了。虽然烧了肖富成的宅子,但那个女人他永远也得不到了。而这一切都是因为怀家那口井,是它彻底改变了自己的命运。

九指的肚子里又冒出一股无名之火来，他开始变得凶相毕露，脸上透着一股冷酷。如果怀穆松敢说个不字，或者再犹豫一下，他会毫不犹豫把这座豪宅化为灰烬，而他要看着怀穆松在大火前痛不欲生。怀穆松当然是没有选择的，重新回到被关押的柴房的时候，他同九指的交易已经达成。在柴房里，怀穆松马上就对魏宝吩咐了一番，不一会儿，就有人来把魏宝松了绑，然后带着他出了怀家大院。魏宝一出大院，径直到了河边，早有一条小渔船等在那里。魏宝跳上船，就被人蒙上了眼睛，迅速离开了桥镇。

杜长贵一去就是七八天，按往常也应该是回来的时候了，如果不是遇到点其他事情，就是在茅台镇等货。

这几日里，柳城的天气也好了起来，仿佛云里的那条缝终于连在了一起，把雨给兜住了，开始整日地放晴。那日，怀穆春听见街上突然冒出了喧闹声，便出去看发生了什么事情。只见一大群人吹吹打打往他这边走来，这时，小琴也挤在门前看，怀穆春问发生了什么事情，小琴回答：

"要演鬼戏了。"

怀穆春从来没有听说过鬼戏，好奇地问："啥是鬼戏？"

"我们这里的风俗，热闹得很呢，晚上去看吧。"

晚上的时候，怀穆春与小琴一起来到了一个空坝上，那里已经是人山人海，人们都在盼望着看一场精彩刺激的鬼戏。除了天空一轮浅浅的弯月，四周慢慢黑了下来，空坝的中间燃起了四堆篝火，火越燃越雄，把四周映成了暗红。小琴告诉怀穆春，鬼戏每年都会演几次，是当地老祖宗流传下来的习俗，目的是为了消灾避邪，祈求平安吉祥。他俩挤在人群中间，也被这热烈而诡异的气氛所感染。不一会儿，只听见三声牛角号吹响,呜呜呜的,像从悠远的地方传来。

全场静穆下来。一个身穿法衣,头戴面具的人缓步走进了空坝的中间,他先在一个纸糊的神牌前点上了三炷香,口中念念有词,接着三叩拜,然后开始做法事。不一会儿,人们看到他用火把神牌点燃,火势"轰"的一声冲上了半空中,霎时把天空照得通亮。等做完法事,那个人脱下了法衣和头上戴的面具,人们才惊奇地看清楚,原来是个瘦瘦干干、一把银须的老法师,他的两颊凹了个大窝,牙帮都空了,整个身子骨看起来风都可以把他吹倒。人群中出现了一阵喧哗。

"要上刀梯了。"小琴扯了扯怀穆春的衣袖。

这时,有人已经搭好了一层木架,刀梯上依次架着十二把锋利的长长的砍刀。刀口向上,像要把当空的月盘当磨石。篝火被泼进了一些松油,火势瞬间腾空而起,又是一片亮,映照着人们脸上的亢奋和激动。只见老法师把上身的衣服也脱了,光着身子,银须在风中飘动。

有人在一旁悄悄说:"晓得不?这老头子有一百多岁哩。"

这时,老法师端起一碗酒,祭了天地,又猛喝了口,把它喷到那锋利的刀上,然后向四周的人抱拳行礼,便赤脚踩在了那白晃晃的刀口上。空气胶着、沉闷。老法师走得很慢,刀刃深深地扎进他的脚中,他每踩上一片刀口,一只脚便会悬在空中,而全部的重量便压在另一只脚上,人们仿佛都看到了刀刃的寒光闪动。老法师每抬一步脚,都会听见周围的一片唏嘘之声。突然,人群中传来的哇的一声,人们顿时惊恐万分,纷纷回头,原来是个小孩由于紧张把尿都给吓出来了。这一声让老法师停顿了一下,他刚要提起的脚又缩了回去,只见刀口晃动得更凶了,人的身体也随之摇摆了一下,众人大骇!但瞬间中他又找到了平衡,稳稳地站住了。这时,那个小孩后面的大人用双手紧紧地捂住了他的嘴巴,生怕他再发出一点声音来。

一片,又一片,每一片刀下都是万丈深渊!但他的脚步没有停止,当老法师最后踏上最高的那片刀口的时候,全场欢呼雀跃,掌声雷动。这时,怀穆春情不自禁地想伸手来鼓掌,却发现他的手被小琴的手紧紧地捏着,手心烫得像桴炭,冒出湿漉漉的汗水来。他想松开手,但却被小琴捏得更紧了。他低头看了看她,小琴脸色彤红,还沉浸在刚才那个惊心动魄的情景中。

回去的路上,他们谁都没有说话,但彼此都听到了对方的心跳。一进院门,小琴又牵住了怀穆春的手,两个人猛然贴在了一起。家中一片漆黑,他们站在小天井里,旁边是那几株梅花,正发出沁人心脾的清香。小琴刚想去点灯,但被怀穆春挡住了,他一把将她抱在怀里,嘴唇贴在了她的额头上,然后顺着她的眼睛、鼻子滑进了她的嘴里。小琴有些不习惯,想躲闪,但怀穆春的舌头横冲直闯,寻寻觅觅……不一会儿,两块软糖就粘在了一起,再也分不开。也不知道过了多久,两人从水缸里舀了瓢冷水咕咕咕地喝了下去,还没有顾得上歇口气,两块软糖又黏了一起,并迅速融化开来……四周的黑已经把他们融为了一体,梅花的花香在黑暗中浮动,怀穆春的思绪中跳跃着一抹花红,那是记忆中的幻象在绽放。这时,他听见了她的喘息,那种喘息在静夜中犹如一股巨大的气浪在不断地涌动着,让他激情澎湃。突然,他把手伸进了她的衣服里,一下就摸着她结实的乳房,他的手是那样饥饿,摸得她痛,但小琴从来没有被人摸过,痛里有种无辜和委屈,但她想被他摸,被那生硬的五指放肆地摸着。摸着摸着,突然她就哭了出来,"哇"的一声,把怀穆春吓了一跳:"怎么了?"

她不说话,嘤嘤地哭了起来。过了一会儿,她不哭了,将头埋进了怀穆春的怀里,他将她一把抱进房间,放在了冰凉的席面上,不一会儿,他们都同时感到了席子滚烫如火,下面淌成了一片水洼……

第二天醒来的时候,阳光已透过窗户斜斜地照在了床上,小琴已离开了他的房间。但怀穆春的脑海里仍然是塞得满满的,他靠在床上漫无目的地想着,心里裹了层绒,像没有飞散前的蒲公英,绒绒地在阳光下变得温煦起来。

过了一阵,门推开了,小琴走了进来,怀穆春看到她有些羞涩地低着头,便一把把她抱在怀里。

小琴马上将他推开,惊慌地说:"我爹回来了,他要见你,说有重要的事情。"

怀穆春一愣,不知道发生了什么事情。等他来到堂屋的时候,杜长贵早已等在那里了。在大厅里,杜长贵神色严峻,让怀穆春隐隐感到有事情发生,果然,他告诉了怀穆春一个不好的消息,说桥镇盐场被顺天军占领了!他这次进货不顺利,在茅台镇等了六七日居然没有等到一粒盐,运盐的船根本上不来,就是因为桥镇正在发生战乱。

怀穆春到柳城这几个月原以为一切都平息了,没有想到曹黑头又杀了回来。这一惊不说,他又担忧起桥镇的安危来,本来他在柳城等官早就厌倦了,要是全由着他的性子,可能早就打道回家了。可当他渐渐适应这里的生活,并刚刚得到一个女人爱抚的时候,桥镇却出大事了,怀穆春感到郁闷无比。但他眼下最关心的还是桥镇,他不知道战事接下来将如何发展。

"还有啥消息?"怀穆春急切地问。

"传言很多,说是顺天军与官军要在桥镇打大仗了!"

怀穆春的喉咙仿佛突然被绞住了,噎得慌:"我得马上回桥镇。"

"你不想坐官轿了……"

"官轿?就是皇帝的轿子也不坐了。"怀穆春说。

"唉,世道不太平,兵荒马乱的……"

怀穆春已是归心似箭,他回到房间马上就开始收拾衣衫,并吩咐随从尽快整理行李。待一切准备好,已近午时,杜长贵早已摆好了一桌丰盛的饭菜。临行前,杜长贵对怀穆春说:

"我给你准备了点路上用的药膏药丸,万一有点小病小伤的也好简单处理。"

怀穆春越发感慨万分,觉得在偏远的柳城能够遇到杜家父女真是他一生的福气。他心里还是放心不下小琴,但此时他却没有看到她的影子,他东张西望,心事重重。餐桌上,杜长贵把出黔的行路详细讲了一遍,比如,何处是店,何处渡水,何处爬山,何处打尖,都说得清清楚楚。不过怀穆春仍然心事重重,杜长贵敬了他一杯酒说:

"日头不早了,你们即刻起行,半日可行三十里地,过乌龙渡,天黑前可宿赵官屯。"

话已至此,怀穆春虽然想再见一眼小琴,但却不好久留,便只好出发。出柳城,迎头就是山坡,第一个山坡叫三望坡,也是柳城人失魂落魄的地方。刚上三望坡,怀穆春远远看见一个人站在树林下,而人影很熟悉,走近一看是小琴。怀穆春赶紧把从桥镇带来的随仆支到一边等候,独自一人迎了上去。小琴一看到怀穆春就扑进了他的怀里:

"家里不便说话,我就到这里等你了。"

怀穆春心里一阵暖流:"小琴,桥镇那边只要没事,我很快就回来。"

这时,小琴从身上摸出一张丝巾放在怀穆春的手里,他打开一看,是她绣的燕子迎春图。缠绵了片刻,杜小琴说:

"你快走吧,路途还远。"

两个人依依不舍地拍掉身上的草,怀穆春刚走出几步,就听见小琴喊道:

"穆春,这里叫三望坡,回来时我还在这里等你!"

三

魏宝一出桥镇,便直奔怀家老少藏身之处而去。就在上岸后,魏宝已经看到官军正在源源不断地向桥镇进发,他们在距离桥镇不远的地方增城凿池、积木垒石,并安置了大炮、火球、喷筒之类的攻备武器。不仅如此,通往桥镇的水路陆路也被封锁了,来往行人必须严加盘查,以切断顺天军的里外联络。

见到怀荣三,魏宝便把他们在怀家大院的遭遇讲了一遍。怀荣三听后异常震惊,他没有想到二十多年前的孽缘居然没有了结,九指的出现让怀家处在了更加危险的境地。但眼下救怀穆松要紧,他判断九指想要的就是怀家的银子,想狠狠敲诈一把怀家,然后带着钱逃跑,从此改名换姓消隐江湖。九指纵然可恶,但也无可奈何,怀荣三想的是,既然你九指要钱财,就只有成全你了,只要能躲过这一劫!

魏宝返回桥镇的时候驾着一辆拉粪的牛车,这是按照九指的计划来进行的。

通往桥镇的路设置了重重关卡,每一个关卡都会对他盘问一番,还好,前面的关卡并不太严,他蒙混一下就算过来了,但到距离桥镇十里地的地方,守卫的兵弁马上拦住了他的车。这是距离顺天军最近的地方。一个腰上挎着大刀,满脸胡楂的营官走了过来,细细地扫视着他,然后他又走过去把车上的木桶盖打开,一股屎臭涌来,呛了他一口,便赶紧捂住了鼻子。

营官是个大汉,叉着腰,魏宝站在他面前,就像站在猫面前的一只小老鼠。看了半天,营官突然就笑了起来,觉得这个男人确实不像是块打仗的料,估计连曹黑头也瞧不上这等弱小的兵。

说来也怪,这魏宝的身材不像他爹魏碧山高大威武,但就是他的矮小身材让他有惊无险地顺利通过了关卡。出了关卡,走了半里地,魏宝才用衣袖擦了把汗,他浑身都被汗水浸湿了,风一吹,打了个寒战。但他猛甩了两鞭子牛屁股,让牛加快了速度,过了蜈蚣坡,又走了五里,直奔桥镇而去。

粪车停到了一个小树林中。怀穆松同九指的交易就在这个粪车里,大粪下面藏的全是白花花的银子!

这时九指说道:"银子就算交给顺天军了,如果哪天顺天军打到了京城,这车银子的功劳就是你怀家的。"

他把银子藏在了个隐蔽的地方,便悄悄把怀穆松等几人松了绑,然后又给他们戴了腰牌,有了这个腰牌就能畅通无阻了。那天,趁着天黑,九指走在前面,有人盘问他就在前面应答,所有的暗语应答都毫无差错,很快他们就到了江边,九指说:

"江中如有船只来查,你们就跳水逃命,死了是天要收人!"

等他们一走,九指想,这笔交易就算完结了。他还想,到手的这车银子,是当年他就应该得到的。

官兵越聚越多,顺天军被迫撤离桥镇,困守玉津山。

官兵每日往山里放炮,震得人心惶惶,连林里的鸟儿都全部震飞走了,他们想的就是把曹黑头困死在山中,连一根麻雀羽毛都不能给他留下。顺天军渐渐断了粮草,把山里能吃的东西都搜来吃了,闹起了饥荒,没有吃的,人心开始动摇,产生了逃跑的念头。就在顺天军撤离的前夕,九指明显感到形势不妙,想尽快逃出桥镇。但他得带上那车白花花的银子,那是他一辈子都想要的钱,为了那些钱,他砍掉了自己两根指头,所以那些钱就是他的命。没有那些钱,他还是穷人,而且还是朝廷追剿的逆贼,所以,他准备在撤离前逃跑,孤注一掷把银子带出去。

那天,天气有些阴沉,九指摘掉了头上的白帕和身上的腰牌,这是顺天军的标志,他瞬间又变成了个普通百姓。

三转两拐,九指又去了藏车的地方,那地方真是隐蔽,没有人发现得了。他揭去了蒙在牛车上的树枝,然后架上了牛,摇了两鞭子,粪车不紧不慢地走着。这时,九指在心里盘算着各种可能出现的情况,每种情况将如何应对,但走着走着,九指的心底有种莫名的恐慌,犯起了嘀咕。他想,如果冲过这关,他九指这辈子就不愁吃喝了,但要是冲不过这关,那他会死得很惨,像抹了喉的鸡公,跳不了几下了。九指突然有些悲哀起来,这样的情景怎么想都有点像当年打咸草坡上的那口盐井,那次也就只差那么一点点,但就是那一点点出了纰漏。他娘的,难道宿命又出现了?九指心头像被针尖扎了似的,身子一怔,往牛的屁股上猛摔了一鞭子。

半个时辰就过了蜈蚣坡,过了蜈蚣坡不远就要到那个检查的关口了。这时九指看到路上多了些行人,也有推着鸡公车的,甚至还有一辆载着很多人的牛车和一辆拖着坛坛罐罐的马车走在他的前面,道路上浮泛着人声,这让他的心情好了不少。九指镇定了下来,他自有他的瞒天过海计,因为他的一只手只有三根指头,连刀都抓不稳,拿不起刀就不可能杀人,杀不了人咋能做叛匪?这是他的逻辑。他想,只要他把手掌伸出来亮在空中,就可以顺利过关,当年他就是凭四根指头骗过了怀荣三,这次他要凭三根指头骗过所有搜查的官兵。

这样想着的时候,牛车就到了关卡,九指跳下车,站在了一旁,排着队接受检查。

他蹲到了地上,斜着眼睛看前面的车是如何通过的,只见几个士兵走上去,车上的人全部跳了下来,挨个挨个排着等候士兵的搜查,这群人中有男有女,男人高高地举着手,士兵用刀背在他们身上随处拍打,只要有金属的声音就立马拿下。士兵走近女人的时候,她们则小张着手臂,防着那些士兵顺手在胸口上乱摸,但就这样也随时传来尖叫的声音,很快就会听见那些士兵的高声坏笑。

不一会儿,载着很多人的牛车便通过了关口。这时,一个士兵又朝着那辆拖着坛坛罐罐的马车走去,他东看看西瞧瞧,一会儿垫着脚,一会儿猫着腰。突然,士兵从车上抽出只土罐,猛地扔在地上,"哗"的一声散成了碎片,但里面什么也没有。车主马上哭丧着脸,冲了上去。这一惊让九指预感到不妙,这时就听见车主同士兵争吵了起来,吵着吵着,又听见一声响亮的耳光传来,士兵冲上前去伸手就给了他一下,车主捂着脸跳上了车,骂骂咧咧地赶着车过了关口。

这一幕让九指胆战心惊。但等不到他细想,他的面前已经走来了那个腰上挎着大刀的营官,营官面无表情,冷冷地问:

"从哪里来?"

"蜈蚣包。"

营官也像刚才那个士兵一样围着车东看看西瞧瞧。

"拉的是啥?"

"猪粪。"

"他妈的,这车粪拉来拉去,当拉小媳妇?"营官眼睛一楞,"砸开!"

九指的脸色刷地变得铁青,腿一软,尿从裤裆流了出来。

九指怎么也想不明白是什么地方出了差错,其实,上次魏宝侥幸过关后,是因为他们根本想不到会把一车银子拉到桥镇,打仗之地谁都避之不及,谁不是带着家财往外逃?可没有想到的是,这辆粪车居然又回来了,显然这其中必定有诈。

这时,营官走近粪车,大刀一挥,粪桶"哗"的一声裂开了个大口子,粪水臭气熏天地冲了出来,但等粪水一流完,里面就听见了骨碌碌的声音,营官用脚猛一踹,粪桶的木板顿时碎成了几块,只见白花花的银子哗哗哗地直往地上掉,所有的人看得目瞪口呆。九指的脸色从铁青变成了土灰,而这时的他已经被士兵牢牢地擒住,被一根绳索五花大绑了起来。

怀穆春一走就是大半月,当他忧心忡忡一路奔波的时候,桥镇已经被官兵收复。

桥镇街道上乱哄哄的,顺天军刚撤走,朝廷的官兵便蜂拥而入,迅速控制了这个小镇,到处是三步一岗,五步一哨,气氛肃然。整个桥镇还在惊魂不定中,很多人还不敢回家,因为他们不知道这乱世还要持续多久。又过了几天,人们听说曹黑头的人马已经完全被困进玉津山后,才陆陆续续地回到桥镇。怀家的人随着纷纷返城的人们一道回到桥镇时,时局基本已经稳定了。又过了些日子,传说曹黑头的人马已动弹不得,官兵又往前推进了几十里地,他们在玉津山周围挖深沟、垒石堡、设木栅,布下梅花桩,只等最后把顺天军困死在那座陡峭的山中。

桥镇总算暂时平静了,但整个街巷显得毫无生气、奄奄一息。要是往年,腊月的时候,一大早就听见鸡叫了,那些鸡是专门为过年养的大公鸡,红红的鸡冠,舒展的羽毛,它们的声音高亢、雄壮,声音掠过了桥镇的早晨,并让这样的早晨阳气十足。

还有那屋顶上晾晒起的簸箕,远远一看,小镜子似的,把那些四处游荡的人们都照了回来,簸箕里成块的糯米晒成了粉,白白的粉里透出一股微微的米酒香,在大街小巷弥漫……

但今年是彻底没有指望了,年关里冷冷清清。而就在除夕的前一天,桥镇上突然尘土飞扬,一队人马冲进了桥镇,人们还没有回过神来,怀穆松已被衙门里的捕吏抓走了,只留下一纸牌票,上面写着:立拿叛犯怀穆松赴审。

桥镇的人都在纳闷,怀穆松这是怎么了?怀家到底出了什么差错?

原来,九指在牢里把怀家送的那一车银子的事情全部招供,当然他的下场可想而之,最终逃不了朱笔一勾人头落地,按照大清律例,凡叛逆者均斩立决。据说在砍掉他脑袋的时候,要用一张布把两只眼睛蒙住,这样他就看不到刀斧手的面目,到了阴间便死无对证。不少人目睹了九指在刑场的全过程,后来有人讲述当时的情景时说,只听见脆生生的一下,就那么一下,跟九指当年剁掉自己的手指头没有什么区别,人头落地就像剥开了颗花生壳那样简单。

而怀穆松被捕与九指的交易有关,这也成为了逃不脱的罪名。给叛匪送钱财等于通匪,通匪的下场同九指是一样的。怀家没有想到被人讹诈后,最终还落了个不白之冤。怀穆松一抓进去,自然少不了苦头吃,通匪是罪不可赦,何况乱世用重典,不杀几个不足以震撼人心,朝廷这回是黑了心的要杀上一批。这样一来,怀穆松被押进死牢,只等秋季朝审后砍头了。

怀荣三已到了风烛残年,接二连三的灾难让他心力交瘁。他坐在夕阳的余光中,心中充满了悲哀。

坐到天将黑时,怀荣三突然吩咐把怀家所有的人叫到燕禧堂上。不一会儿,大堂里就挤满了人,大家都不敢发声,空气沉闷窒息。其实怀荣三就是想把一大家族的人都叫到面前,好好生生、挨个挨个地望着眼前的老老少少,看看他们当中到底有谁能担当大任,能够把怀家继续好好经营下去。他看了半天,不禁有些心酸,因为让他最难过的是,如果怀穆松遭遇不测,怀家这么大的家业让谁来支撑?三个儿子中,怀穆霞谨慎有余,精明不足,难当大任,而怀穆春远在贵州候官,他的前程是在仕途上……

怀荣三叹息了一声,把眼睛紧紧地闭上,他挥了挥手,让众人散去。他自始至终都没有说一句话。须臾之间,燕禧堂上变得空空荡荡。这时只有慧英在他耳边说了句:

"太爷,我给您捶捶背?"

慧英是洪灾时,怀荣三收留的那个女孩,如今已长成个懂事的大丫鬟了。怀荣三点了点头,慧英便轻轻地为他捶起背来,不一会儿,怀荣三在那就迷迷糊糊进入了梦乡。在梦里,他都没有真正的轻松,他梦见自己一直在从井里绞一桶水,他使劲转着辘轳,但桶老是绞不上来,他用了全身的力气,直到累得精疲力竭。他想过放弃,但却不敢放松绳索,因为一放,桶就会"咚"的一声落到井底,摔得稀烂。就在怀荣三渐渐陷入绝望中的时候,怀家的大门被敲响了,守门人先是一愣,然后高喊起来,声音像风一样传了出去——

"三少爷回来啦!"

怀荣三从梦中突然听见了什么,他张开眼,还以为是梦中的场景,迷迷糊糊中有些失落。他刚要闭上眼睛,却又分明听到了一个声音急火火地传了过来。没错,他没有听错,是他的儿子怀穆春回来了!

四

按照大清律例，凡是死罪犯人都要关在牢里监候，等秋审后奏请定夺，如果情实，那就在七月初一后行刑；如有矜疑，则由抚按御史再审，但死罪必须要皇帝御准后才能执行。如今怀穆松被关在大牢里，等待六月秋审，而眼下才是二月间，这中间还有四个月的时间，是死是活必须要在这段时间后见出分晓，而拯救怀穆松的事自然就落到了怀穆春的身上。

怀穆春首先想到的就是黄振纶，他同怀家的交往非同一般，眼见这样的大难不能坐视不管，自然要助一臂之力，而且他还认识那个神通广大的厨子胡大江。但事情却在这时出现了变化，原来那个抚台大人由于政运不佳，被人参了一本，回京城去了，而胡大江看势头不对也消失得无踪无影。但黄振纶在岷江水道上人缘广，便对怀穆春说：

"三少爷，案子要过督抚衙门，咱们一起到省城去想办法吧！"

那天是惊蛰，正是昆虫的萌动之时，但两岸望去，菜花还稀稀疏疏地开在田间地头，不像往年，一到二月间，菜花成片，烂漫得无边无际。怀穆春站在船头，船上装了几箱银子，把条小船都压得沉沉的，其实旁人不知道，那是他变卖了两口盐井的钱，怀家这几年不景气，亏耗得厉害，都快现底了。

空中飘着零星的雨点，丝丝寒风袭来，怀穆春不禁打了个喷嚏。

一路上，黄振纶告诉怀穆春，说这次到成都务必要去见一个马王爷，此人背景非同一般，家族渊源深厚，神通广大，督抚都要敬他三分，要想方设法让他答应帮忙，救出怀穆松就有希望。两天后,船到了锦江边,他们把船停靠在九眼桥头。下船后,怀穆春在岸上把船绳拴了个死结,对下人说如果不把人救出来,他绝不解这根缆绳。在他心里,怀穆松不救出,怀家就是条无舵之船。

第二天,怀穆春换了身干净整洁的长衫,提了一盒上佳的峨眉新茶,跟着黄振纶去了马王府。一见面,黄振纶介绍道:

"这位是我表弟,姓怀名穆春,是慕名而来见见您老的。"

怀穆春在一旁随机应变:"早就想来见见先生,我专门给您带了些家乡的茶,新鲜得很,我来为先生泡上一壶品尝。"

"两位是客,泡茶的事就让下人来做吧。"马王爷说完便马上吩咐丫鬟,等了会儿又说,"清明前请来我这里,二位可品品龙井的头茶。"

这天马王爷谈兴甚佳,同黄振纶和怀穆春谈得也很投机,马王爷甚至把他们留下吃了午饭,专门拿出一瓶仿绍酒来款待他们。走出马王府的时候,黄振纶有些兴奋,怀穆春也觉得事情有了眉目。

第二天,他就去了几家有名的古玩店,但转来转去都没有发现上品货色,后来他就直接问一家店里的掌柜:

"你家店内到底有何值钱的东西?"

"口气好大!"掌柜不以为然。

"有好货就尽管拿出来亮相,今天我给你做笔大买卖!"

掌柜上下打量了他们一番,过了一会儿才让人从里屋抱出了几幅字画来。但怀穆春看后,一幅都不上眼。

"就这些?"怀穆春瞄了一眼对方。

"难道这些都不行?"对方有些不服气。

"既然如此,我们就到下一家瞧瞧去。"怀穆春抬腿就走。

掌柜看来客眼挑,只好说:"客官留步!哎,我讲句实话,本店确实有幅名家真迹,那是镇店之宝,只是怕你……"

"怕我们买不起?好吧,讲来听听。"黄振纶接过话。

"我这里有元代赵孟𫖯的真迹《竹石图》,称得是稀有珍品。"

"出价多少?"

掌柜伸出了五根指头。

"五十两?"黄振纶问。

掌柜摇了摇头。

"五百两?"

掌柜才点了点头。这时他的傲慢才显示了出来,傲慢中有得意,也有轻视。

"啊,这么贵!"黄振纶吃了一惊,觉得对方是在故意压客。

"掌柜的,你就算遇对人了,低于这个价我还没有兴趣呢,只要是真货,我也不跟你斤斤计较,只管把画拿来过目。"怀穆春平静地说。

仔细验证后,画果然是真品。怀穆春随即盼咐人送来银两,把画一裹,夹在腋下便出了大门。掌柜没有想到眼前的人居然如此财大气粗,半天没有回过神来。

过了两天,怀穆春带着画去了马王府。当马王爷一看到《竹石图》时,顿时眼睛一亮,马上就认出这是件宝贝,他反复地辨认着画上的每一个细节,笔画、诗文、题款,爱不释手,赞口不绝。

怀穆春见机行事:"这是我家祖上留下的,马老先生如果喜欢,就留下慢慢品赏。"

但马王爷从画中抬起头,意味深长地说:"好东西谁都喜欢,我可不能夺人之好,饱饱眼福就行了。"

那天,从马王府中怏怏出来,怀穆春感到有些失落。很显然,马王爷看出中间的端倪,也可以说是世事洞明,而他并不是贪图财物之辈,做人藏得很深,怀穆春一时也想不出更好的办法来应对。在路上的时候黄振纶说:

"这些天我也在四处走动,马王爷那里实在不行的话,我们再到藩台衙门走动走动……"

"马王爷应该懂得这幅画的分量,就是他了!"怀穆春的回答让黄振纶吃了一惊。

机会出现在半月后。事情是这样的,黄振纶打听到马王爷不久要操办六十大寿的寿宴,怀穆春马上就觉得机会来了。几天后,怀穆春就摸清了情况,说马王爷幼时在京城时就喜欢听昆曲,特别对那皮黄腔留恋不已,但蓉城这地方多是川班,少有昆剧戏班,更难有名班名角,要请昆剧戏班得到苏州那边去请,这山高路远的根本就不可能。怀穆春一听,当即就有了主意,他马上吩咐魏宝等人带上包袱,星夜赶路,务必要把在苏州最有名的戏班请到成都。

人一出发,怀穆春就开始倒数着时间,他已经计算好了整个路程中所需要的时间,按照一般情况,成都到苏州就是一月也很难往返,但怀穆春将水路与旱路进行了精心的分解,水缓处就骑马急行,山陡处则放船而下,这样的话,可以在马王爷寿宴前赶到,但这中间不能有丝毫闪失。

寿宴当天,马王府张灯结彩,人声鼎沸,整条街都被马家的喜事搅得团团热气上涌。

怀穆春要把最大的、最特殊的寿礼在最关键的时候献上来,但时间一分一秒过去,从早上到下午,直到斜阳挂坡的时候都还没有见到戏班的人影,这可急坏了怀穆春,他想要是错过了这个时间,之前的一切努力全都白费。寿宴的隆重可以说倾动了蓉城的几条街,各路人等纷纷来贺,车马几无间歇,鞭炮噼里啪啦不断,闹闹嚷嚷一整天。很快就到了黄昏时分,此时的怀穆春心里好似快速弹奏的琵琶,十指翻动,五音奔突,只差琴弦"啪"的一声断成两截。

但夕阳正在一点一点落到山坡后去,怀穆春只觉一股钻心的忧愁翻江倒海地涌来。

黄振纶也是满脸憔悴,这些天的忙碌跑路,让他那两片整洁讲究的衣褶子都翘起了角,鞋上沾满了一层土灰。

就在这时,突然门前一声大喝:

"苏州集秀班前来为马王爷大寿献戏!"

怀穆春回头一看,大喜过望,是魏宝他们风尘仆仆领着戏班赶到了,二十多号人整整齐齐地进到了马王府里,好似从天而降,令众人惊讶万分。

怀穆春马上吩咐戏班抓紧化妆,又把班主招到一边,当下赏了五十两银子,说是日夜兼程的辛苦费,不在包银之内,又说要是演好了,让主人高兴了还会重重有赏。

夜幕降临的时候,戏台上幕帘拉开,马王爷一看傻了眼,《游园惊梦》里的杜丽娘和柳梦海正跃入眼帘,再一听声音,正是艳而不靡,婉而有情的昆旦玉喜,当年在京城她可是技压群芳的头牌角色呀。接连三天,精彩连连,让马王爷过足了戏瘾,不由得大喜过望,但他实在想不出是何人有此心思,做出了如此锦上添花的事。

寿宴办完后的第二天,黄振纶告诉怀穆春,说马王爷要见他。到了王府,马王爷笑道:

"怀先生,我早就看出你心里装着事,这事不小啊,说吧。"

怀穆春便把事情的前后全讲了一遍。马王爷听完,只说了句:"这个集秀班真不错,玉喜的唱腔余音绕梁啊!"

怀穆春用一把斧头将绳缆的死结砍断的时候,已经是两个月后。塬上的菜花、桃花、李花已经轰轰烈烈地开过了,两岸青郁郁的,镶嵌着些小镜子似的秧田,船在江上快行。一船白花花的银子已空空如也,但怀穆春换来了他要的结果,怀穆松的命保住了,秋审之后即可出狱。

　　这天,桥镇上一如往常的平静,风和日丽。
　　但突然不知从哪里传来了一声:"曹黑头来了!"
　　所有人都吓了一跳,惊慌失措,急忙关门闭户,只见到处人影攒动、鸡飞狗跳。难道那龟儿顺天军又回来了?这他妈的日子又要不安稳了?但过了半天也没有看见个人影,就想是不是谁发疯乱喊乱叫,于是就又打开了门,伸出了脑袋。街上渐渐热闹了起来,大家都在四下张望。过了一会儿,只见一大队官兵急匆匆地涌入了桥镇,中间夹着个囚车,里面关着个人,身材魁梧,看起来像块黑沉沉的石蹲。
　　士兵神情严峻,刀剑护道,重重围住。
　　路人在一旁指指点点、议论纷纷:
　　——喂,看清没有?那人就是曹黑头!
　　——他杀了好多人,要是在古代,他就是个大侠呢。
　　——哎,这天盖得青丝严缝的,想翻天就要遭砍头!
　　——惨哦,凌迟处死哩,当头一刀,把额头上的皮撕开搭住两眼,再慢慢剐,一刀一刀剐,刀上无血,血全渗到了地下……
　　原来,在玉津山上的顺天军被围得弹尽粮绝,在突围过程中遭到了官军的埋伏,全军覆没,曹黑头被活捉,五花大绑后正准备送往巡抚衙门,途经桥镇时人们便看到了这一幕。这时,只听见人群中有人在欢呼,有人在叹息,也有人在偷偷哭泣……
　　怀荣三听到这个消息后,颤颤巍巍撑着身子起了床,在神龛前烧了炷香。

　　这时黄葛树下的河边茶馆里正人声喧哗,毛大哥的身边聚集着一大堆人,连挎着篮子卖瓜果和苞谷粑的都听了进去,挪不动步子。毛大哥的故事没有不精彩的,他正在讲的是曹黑头有个相好,长得如花似玉,会唱戏,如果他曹黑头打胜了,这个女人就要当皇后娘娘;但她没那个命,曹黑头也没有那个命,他看到大势已去便想让女人先逃走,没想到他留给女人的金银首饰被官兵搜出,最后是女人供出了曹黑头的行踪,唉,红颜薄命哦……

　　人们听得津津有味,没有人怀疑故事的真假。

　　茶碗上热气袅袅。街上的人便慢慢地散了,花盐街上又渐渐恢复了往日的平静,只听见林疯婆子一人在街上,她还在疯疯癫癫地自言自语:"……曹黑头走了……哪个是曹黑头……曹黑头是哪个……"

　　阳光把桥镇照得白生生的。

　　一切都过去了。

　　两个洋牧师回到了桥镇,是在桥镇已经完全平静了之后。他们把被破坏的福音堂重新修葺了一番,那些五颜六色的玻璃窗又亮了起来,从窗子里又传出了那些让人缥缈恍惚的声音来,这已是光绪二十五年后的事了。

　　肖富成和金兰香的宅子重新修建了起来,对过去的损失肖富成有些不以为然,就像火飘了几根绒毛一样。他甚至对人说历代历朝的皇宫不就是烧了又建,建了又烧吗?重修后的宅子确实比过去的宅子更大更豪华了,金兰香虽然年岁不小了,但她的脸上连个皱褶儿都没有,油光水滑,让那些恨她的女人嫉妒得要命。她常常站在新宅的大门口倚着,啃着瓜子,斜着眼睛望那些过去骂过她的婆娘。她的脸上依旧轻佻傲慢,耳朵上的两只金耳环仿佛要把桥镇都晃得摇摇摆摆。

怀穆春没有回到贵州,他还要过完这个难熬的夏天,通融官府的事情全落在他的肩上,他只有等着秋审后大哥出狱,这中间不能有什么闪失。而这段日子里,他要做的就是把怀家那些关停的盐井恢复起来,并辅助二哥怀穆霞重振家业。怀穆春在空暇的时候经常会想起小琴,他想她一定也在想念着自己,但现在他是根本无法顾及那个遥远的柳城了。

到了七月,怀穆松被放了出来,但他的样子让人们大吃一惊,身体已经全垮了,一向强壮无比的怀穆松只剩下一把骨头,牙齿稀松,两颊深陷,笞仗之后丢进阴暗潮湿的大牢里,全身长满了褥疮。

狗屎郎中说:"唉,先跟着我吃三年药吧。"

怀穆松虽然保住了命,但他已不能再做任何事情了。看到大哥的状况,怀穆春忧心忡忡,以前有父亲和大哥在,他根本不用操任何心,但如今父亲已垂垂老矣,而大哥必须要长期养身,二哥做事少有大哥的魄力,很难独当一面。他感到沉重的责任正压在自己的身上,这种感觉是他过去从来没有过的。一日,怀荣三把怀穆春叫到面前,同他讲起过去的事情。

"春儿,你还记得咸草坡上的那口盐井吗?"

"当然记得。"

"这些年的不顺就是从那口井开始的啊!"怀穆春感到父亲还有话要说。果然,怀荣三等了会儿又叹了口气,"唉,井没有凿穿会得罪老天爷的,这是你王贵老爷说过的。"

"爹,人终得顺应天时地利。"

"是啊,如今赵旺也找到了,我想重新……"怀荣三的眼里放出一道光来。

"重淘那口井？"

怀荣三点了点头。

"但……"怀穆春欲言又止。

"是啊，我也很担心，但如果现在不凿，恐怕我就没有机会看到凿开的一天了！"

怀穆春沉默了半响："爹，我已想好了，贵州那边就不去了，那个官不当也罢，咱们怀家这么大的家业得有人管，我还是留下来吧。"

怀荣三百感交集。

第七章

　　川盐济楚轰轰烈烈持续了几十年,川省内大大小小的盐场林立,那是怀荣三的黄金时代。

　　但如今好景不再,盐场又倒闭了不少,只为川盐税负太重。有人算过一笔账,每一张引票,从申领到开签截验,要缴纳的种种规费有达二十余两,等盐运到湖北,各个关卡雁过拔毛,各类税费名目多如牛毛,什么义学、修路、保甲等等,又被收去五十多两,而加上正课、羡余、税厘、运足等正款,每引盐要被搜刮去近三百两银子,简直就是兔子钻进了刺笆笼,休想留张完好的皮毛。

　　山东巡抚丁宝桢升任四川总督后,他清楚如不再减轻商运中的各种苛捐杂税,盐商永无出头之日。于是他想出一法,将商运变成官运,官家在产地收盐,盐由官府统一运输,盐运到岸后再由商销,这样一来,中间的盘剥大为减轻。官运之后,那些倒闭的盐灶又开始冒烟。

　　到光绪末年,怀穆春已经把那些过去失去的盐灶又渐渐收了回来，咸草坡上的那口井也正在寂灯的带领下重新开凿，怀家上下又有了一股子生气。有一天，怀家人在一起聚餐，怀荣三看到怀穆松、怀穆霞两家的孩子小的都已十来岁了，便说：

"唉，膝下好多年没有喧闹声了！"

一家人都朝怀穆春看，他们都知道老爷子的言下之意，吃饭时只听见吞咽声，没有人说话。怀穆春的婚姻并不如意，之前与当地大户人家之女黄氏成婚，但十多年过去，黄氏居然没留下片男只女；后又娶了华阳大户人家之女林氏，但林氏体弱多病，到了怀家没过几年就去世了。怀穆春的事业蒸蒸日上，但情感上却不免有些落寞。黄氏死后，怀穆春变得懒无心肠，这事就又拖了几年。

这天，回到各自的屋里，夏月娥对怀荣三说："穆春的事说的人踏破了门槛，这两天正好有人来说起一家，女方条件不错，我看这事有几分眉目。"怀荣三问是谁家女子，夏月娥这才细细道来。原来女方家在泸州，其父乃是丁宝桢为实施官运专门在泸州设立的川省边岸事务总局总办唐炯。此人负责川盐边引的官运，膝下有一女名玉簪，能攀附得上的人不多，姑娘也不小了，可人家要的是门当户对。怀荣三听后大喜。

这年秋天，在多方撮合之下，怀穆春迎娶了新娘玉簪，两家的联姻称得上盐商界的一时之盛。

玉簪嫁到怀家的第二天就换去了凤冠霞帔，着一件蓝衣紫裙，云肩上一幅素色牡丹，显得格外雅致，而裙上缀有银铃，发出细碎的叮铃声，荡漾着一股新人之气。在这样的大家庭中，玉簪很快就适应了，一段时间后，玉簪便与怀家的管家、仆佣、厨师、园丁、杂务等熟悉起来，二十四个天井的大园子已被她了然于胸。怀家的人都有些惊奇，这个出身富贵的少奶奶好像并不娇生惯养，举止落落大方，迅速就赢得了怀家人的欢喜。他们都在背后悄悄议论,过去说他怀穆春命硬克妻,现在又说怀穆春真有福,是瓜瓢上点灯,娶了个漂亮老婆。还有人有些嫉妒地说,怀唐两家是石门对石鼓,银子万万五。

咸草坡上又聚集起了一大群工匠,热闹的场面又出现在了这个曾经荒芜的土地上。

在旧井基旁,一群木匠正在锯木钻榫,他们要把碓井的天车先立起来。而另一边,一群铁匠建起了炼钢炉,叮叮当当的打铁声响彻山谷,而所有凿井用的工具都将在那通红的铁炉中锻造出来。

寂灯对怀穆春说:"要重淘山上的这口井还得花些时日,虽然是黑卤大井,只可惜被九指搞坏了!眼下已过了这么多年,井下的情况谁也说不清,还得慢慢来。"

实际上,怀穆春对寂灯还是有些担心。毕竟人已年迈,耳朵又聋,他对井下细微的声响真的能够判断入微吗?他还是那个当年的好匠人赵旺吗?

一日,怀穆春正在咸草坡上巡视,突然,一个工匠在远处高声喊道:

"斑鸠、斑鸠!"

怀穆春一乍,快步上前。

"啥事?"

"我捡了只斑鸠。"那人有些兴奋。

"捡的?"

"对,就在前面。真怪,鸟自己就掉了下来。"

怀穆春抚摸着斑鸠的羽毛,纳闷起来。他想起了当年他在这个山坡上也捡到过斑鸠,父亲最早也是看见斑鸠落下来,才决定留在桥镇凿井,但那次王贵老爷病了,也落过斑鸠,却不是

个吉利的迹象。他把这件事告诉了寂灯,寂灯一听,却是异常兴奋:

"三老爷,是鸟闻见了地下的盐,大吉大利啊!"

"过去怎么没有听说过?"

"我师傅的师傅曾讲过,桥镇发现盐就是斑鸠引来的呢!"

"真有其事?"

"地上卤气涌动,鸟就会落下来。"

"哦,有这么怪的事……"

怀穆春有些感慨,他想起了很多年前他捡到的那只斑鸠,那是一只有肉的斑鸠;而隔着这只斑鸠,是他回不去的童年——那仿佛是很久很久以前的事了,只有岁月的伤痕仍在山风中传动,好像还听得见撕裂的声音。这时,怀穆春抬起头,碧空如洗,地里有几株没有被割倒的麦秆正在轻轻摇曳,它们行将枯萎,但小小的影子被阳光照耀着,让这个秋天充满了宁静与温暖。

到了这年冬天,咸草坡上的井又有了不少进展,在寂灯大师的努力下,淘井大见成效。怀家的盐由于有了唐炯的荫佑,产销两旺,再度威震滇黔边岸。而玉簪在怀家的地位非同一般,妯娌们虽然与她姐妹相称,但心里明白,她们哪里能与玉簪相提并论,唐家的势力让她们自输三分。但玉簪有大家闺秀风范,对人和颜善目,从来不会盛气凌人,让大家都觉得她是富丽的牡丹,而不是带刺的玫瑰。

春节到来,怀家大院张灯结彩、喜气洋洋。怀穆春与玉簪的感情也如那炽烈的春节气氛,在冬日的严寒中,两人的心里却涌动着小夫妻的甜蜜。那年的农历十月玉簪产下一女,取名怀如月。

带如月的慧英正是多年前洪灾时,怀荣三收留的那个女孩。慧英从那场洪水后就再也没有见过自己的父母。前些年姥爷也过世了，这个世上只留下她一个人，幸好怀家收留了她，她把怀家当成了自己的家。玉簪一到怀家就喜欢上了慧英，她让慧英跟在自己身边。

在怀家的媳妇中，玉簪贤惠能干，为人称道。春天来了，玉簪要人都到野外去采摘很多鱼腥草回来，熬上一大锅汤，让家里的老老少少全都喝上一碗，为的是清热解毒；夏天来了，她会安排好时令的瓜果分到每个天井中去，保证一大家人的饮食；秋天一来，玉簪又要忙着酿制桂花酒，并让小孩老人在中秋之夜品尝到她亲手做的桂花饼；快到冬天时，她就请来了弹花匠，弹花匠的绷子弹得响彻花盐街，弹得桥镇的半空中飞着亮晶晶的棉丝。

当然，玉簪颇懂相夫之道，她不到井上去，就知道井上的情况，她不认识井上的工匠，但她却说得出那些有本事的工匠的名字来。怀穆春每天从各处的井灶回来，只要眉头不展，便会把一些遇到的困难讲给玉簪听，玉簪好像也能为他想出些办法来，毕竟从小在官宦人家中长大，少闻饔飧井臼之事，耳濡目染的是诗书。有人说，怀穆春是娶了玉簪后才算终于修成了正果。玉簪成了贤内助，让怀穆春如虎添翼，在桥镇盐场，怀穆春的威望已经超出了他的两个哥哥。又过了几年，玉簪顺利生下个儿子，取名怀如茂。

怀家得子，皆大欢喜，对怀穆春来说，更是锦上添花的事情。

怀穆松在床上躺了一年，拐杖拄了两年，到第四年才勉强能够单独行走。

在这几年里，怀家的格局已经发生了很大的变化，让他想不到的是自己以前根本不看好的三弟,眼下已成为了怀家的栋梁,取代了自己过去的地位。怀穆春刚过不惑之年,而他都已经是五十多岁的人了,看上去老态龙钟。怀穆松有些徒叹命运的不公——长子为大,这是天经地义的道理,但现在一切都变了,他已变成了局外人;而怀穆春如日中天,怀家的未来已经落到了这个曾经文弱无用的三弟身上。

那几天,怀穆松去看了怀家的所有井灶,每到一处都是井井有条、热火朝天,新的工匠大都不认识,而老的工匠虽然同他打招呼,但脸上的热度是那样疲软,冷垮垮的,像杯不冷不热的开水,分明是把他当成了个废人。如今的怀穆春已非当年,经营有方,兢兢业业,不再需要他的帮助,况且眼下怀家的一切是怀穆春说了算,没有人再去找他说事。在回去的路上,怀穆松碰见了肖富成,他正带着一群工匠在街上走。

"松爷,好悠闲呀!"肖富成主动打招呼。

怀穆松有些尴尬。肖富成又说:"都说你的枪法好,上山打猎是把好手,有空也带我去山上打几枪。那次你大宴宾客,唯独没有请我,我也想尝尝豹子肉的味道呢!"

怀穆松仍然嘿嘿地笑了两声。

肖富成是话中有话,这家伙对怀家开粥厂的事还一直耿耿于怀,便又阴阳怪气地说:"哦,你怕是还惦记着那些盐井吧?唉,我这人多嘴,你还是留把骨头来享清福吧,如今你三弟会折腾得很呢,也用不着你多操心啰。"

回到屋子后,怀穆松在自己的天井里长叹了一声,脸色发黑,几天没有说一句话。

二

也就在寂灯淘了一年多时间的时候,咸草坡上的那眼井终于见功了。

事情是这样的,那天,几个正在工地上的工匠只觉得脚下一阵轻,好像地面在上浮,银锭锉怎么都扎不下去了。这几个工匠一惊,以为出了什么差错,便赶紧把寂灯叫来。寂灯一看,心里有了底,大声喊道:

"换推卤筒!"

换上推卤筒后,落下去不足三十丈就下不去了,提起来一看,卤筒里全是白色的泡沫。寂灯用手沾了点泡沫到嘴里,他的嘴巴慢慢舔了舔,就不动了,众人望着他,只见他的脸上因极度扭曲而异常难看。难道井出问题了?全部的人都望着他。寂灯突然转过身去,用衣袖拭了拭眼角。众人大骇,都难过了起来,以为井又给凿废了,才让大师傅这般伤心。

"出卤了……"寂灯啜嚅道。

声音很小,旁边的人谁也没有听清。

寂灯声音大了一些:"出卤了!"

这一声众人都听到了,但他们还是有些不敢相信自己的耳朵;因为在他们的想象中,一口黑卤大井在出卤之日必然是轰轰烈烈,但现在怎么显得如此平静,太不可思议了!

又推了几十杆,泡沫渐渐没有了,每一杆提上来的卤水都取了装在不同的碗里,长长地排了几十个碗,一碗比一碗黑,到最后,卤水已经酽得像油,黑浸浸地发亮。

黑卤,真正的黑卤!消息像风一样吹到了花盐街,整条街都沸腾了,这口前后断断续续折腾了二十多年的黑卤大井终于凿穿了。

这天晚上,怀家大院的二十四个天井全部亮起了灯笼,四下光彩夺目,这是怀家过节时才有的景象。打更的崔矮子那天也纳闷,怎么到了三更时分都还有人在那些小酒馆里喝酒,且兴致不减，让老板打不了烊，关不了门，原来这口井有几十年的故事可讲呢！

一碗卤水里有三两盐，月推卤水一万担！这就是黑卤的价值。

咸草坡上的井见功后，每天都有很多人来看，想见识一下这个桥镇第一卤井究竟是啥样。来看的人都不得不折服，庞大的车房有两架大辊车对开；牛槽里养着一百多头牛；每一推筒得有八头雄壮的大山子牛上套，鞭子打在架牛的杆上，啪啪直响，牛群小步旋转，绞绳嘎吱嘎吱地紧绷着被卷起；每一杆下去两担卤水起来，一瞧那卤水的成色就知道里面的盐分含量，卤水黑黑亮亮的。有人用指头沾了一点放在嘴里，咸得发苦，但这就是上等的好盐。

紧接着，桶子匠把卤水送进枧池，枧管哗哗地把卤水送进煎房。而那边早已是炉火熊熊，卤水在煎锅里翻滚，几十口煎锅同时开熬，热气腾腾，哪怕是寒冬腊月，熬盐工都是赤裸着上身，但依然是汗流浃背。盐锅四周渐渐泛出盐花，沸水咕噜咕噜地响，而水渐渐变成了蒸汽，盐渐渐渗出，越结越多，最后结成块足有五寸厚，宽盈四尺的大盐饼！就在将成之时，一般的盐灶都有道重要的工序，以求能卖得个好价钱，他们会往锅内掺入一些豆浆，去掉盐里的渣滓，盐也变得更白；也有往锅里放猪油的，沿着锅的四周缓缓将一勺猪油倒入，这样一来，盐不仅白，而且光鲜。当然，这都是取巧的办法，怀家的盐锅熬盐不取巧，他们善用火力，该弱煮时就减火，该强煮时即添柴，虽然费工费柴，但掌握好火候，其色自白，其味浑然天成。两三个昼夜之后，一锅盐就顺利出炉了，熬盐工用长长的铁锹将它从铁锅里整块撬下，只听见"咔嚓"一声，盐饼同黏连在一起的盐锅间裂出缝隙。一块盐饼少则四五百斤，要三四个大汉才能将盐饼翻倒出来，不出三日，盐饼已蔚为壮观，就像小山一样堆在盐房里，飘逸出一股浓烈的盐卤味，让围观的人赞叹不已……

那天，怀荣三把怀穆春叫到跟前说：

"春儿，昨天我做了个梦，梦到了山上的那口井了。"

"是吗？真吉利呀！"

"它的名字我也想好了，就叫卤元井吧，这是我怀家第一口真正的大井，从今往后我怀家也要从头开始了。"

怀穆春一阵欣喜，他知道这口井代表了怀家的所有希望和未来，这个"元"字就是盐卤的梦想。当年怀荣三一直认为在千米下的深处，一定藏着两个惊心动魄的汉字，现在他终于找到了！从那以后，怀穆春对卤元井倾注了最多的心血，他每时每刻都在提醒自己这口井来之不易，所以，这口井上的工匠是他挑了又挑的，必须是井上能手。当然，他们的待遇也与一般的盐井工匠有不小的区别，每月十斗米，日日保证足够的荤腥，不像其他盐商给工匠吃的是糙米，三日打回牙祭。不仅如此，怀穆春还专门设立了奖励，如井上无事故，每月每人奖励三斗米，每班的工匠如果多推卤就要多奖励。但唐玉簪的心更细，过去她曾经听他父亲跟川南的盐商讲过井的保护，说井跟人一样也有寿命，好井更应懂得爱惜，只有适度获取，才不会伤井。怀穆春觉得有道理，就采纳了她的意见。后来，井上的工匠们都说，三少爷是真懂井，爱井如命。

正当卤元井让怀家日进斗金的时候，寂灯突然找到怀穆春，说玉津山上的寺庙已经修复，而卤元井已运转正常，且他已经年老，也该告辞回到庙里了。怀穆春一听心里非常难过，但想到寂灯心念已定，就不好再强留。临别之日，怀穆春亲自把寂灯送到了山脚，才恋恋不舍地分手。

寂灯一走,大哥怀穆松就出现了。

看到大哥坐在燕禧堂里,怀穆春多少有些吃惊,因为他已经好几年没有见过他坐在大堂里了。既然上了燕禧堂,就一定有事情,怀家只有重要的人物才能坐在燕禧堂上议事。这天,只见怀穆松穿的是豹皮夹袄,显得威风凛凛,这件袄子是用那次桥镇打死的豹子皮做的,现在穿上,又有种不同寻常的意味。

"大家看看,我的身体多结实啊!作为家中老大,也该出来做些事情了。"怀穆松捶了捶自己的胸膛,显得自信满满。

二哥怀穆霞附和:"是啊,大哥早就该出来了,这是众望所归呀!"

怀穆春隐约感到有些忐忑不安,便说:"大哥,郎中说你的身体还应该多休息才是。"

"不做事,我这身体就成朽木了!"怀穆松不以为然。

其实是怀穆松看到之前怀穆春已经把家业做得蒸蒸日上,他自己也找不到理由再介入,但寂灯一走,他就觉得机会来了。他的要求很简单,寂灯走了正好缺人,他就只经营卤元井,其他的仍由怀穆春打理。这次会谈只有四个人,怀荣三一句话都没有说,他好像已经老了,耳朵又聋,眼睛又花,在一旁不停地咳嗽,不多关心生意上的事情,听由兄弟三人去讨论。

其实,怀穆松想的是重新找回自己在怀家乃至桥镇的地位和名望,但这件事也是他们兄弟不和的开端。

无风不起浪,有了怀穆松的重新出山计划后,兄弟各房的闲言碎语也渐渐多了起来。有人想的是,如果老爷子不在了,这怀家庞大的家业很可能落到怀穆春的手中,而在他们看来她老婆玉簪并不是仅仅满足于做个三绺梳头的女流之辈,她的心思岂是安于一室之事?于是就有人说玉簪虽然平常看起来为人和善,但实际上眼角总隐藏着一丝高傲,现在都如此,如果等时机成熟了,她难道不睥睨怀家?何况玉簪的娘家是官宦人家,到时怀家谁能够控制得住她?这样的闲话叽叽咕咕一番,就被扩散放大了出去,到后来很多人就觉得应该削弱怀穆春的势力,怀家三兄弟都应该得到相应的权势与好处。

那日,怀穆春心事重重地把事情的原委讲给妻子听了一遍,但玉簪笑着说:"既然大哥想单独经营卤元井,就让他去搞吧。"

接着,她又让丫头给他端了碗温热的鲜荠汤,"其实这样也好,这两年你也太劳累了,好好休整一下吧。"

喝完汤,怀穆春就把这件事放下了。

不再打理卤元井后,怀穆春轻松了很多,他甚至有很多时间带着一双儿女在院落里嬉戏玩耍。这几年下来,怀穆春已经熟练经营之道,并对过去的生意进行梳理,不仅在开凿疏淘煎制等技术上精益求精,在雇工账务、运销上也得心应手,在桥镇盐场中,大家都不敢小看这位怀三爷,所以,怀穆松接手卤元井不到一个月就感到棘手,这口好端端的大井好像同他作对似的,三天两头出毛病,不是井下梭东西,就是卤水不上杆,像骑上了头犟驴拉不住缰。一月下来,产卤居然少了三千担,而到第三个月,产量比过去少了三成!

这是怀穆松完全没有想到的,但产量的急剧下降让他忧心忡忡,他知道如此下去,人们对他的信任会完全失去。但他百思不得其解,为什么怀穆春经营时就是旺产,而到自己这里就是歉产呢?难道生辰八字同这口井相冲?一想到这,他就想起曾经为怀家算过八字的金先生来。

那日,金先生又出现在了怀家大院,这些年过去,他一点都没有变,仍然穿着青色长衫,戴副墨镜。但这次怀穆松是单独请他来的,所以行踪显得有些诡秘。金先生一见怀穆松大吃了一惊,当年那个气宇轩昂的壮汉仿佛变了个人,印堂发暗,头发斑白,成了个不折不扣的老头。而他早在来之前,就听说怀穆春从贵州回来后官也不做了,已经主持怀家的家务,兄弟之间的微妙变化让他感到了怀穆松请他的用意。金先生察言观色了一阵说:

"清官难断家务事,我写两个字,你来选择吧。"

当下让人拿来笔和纸,分别在两张纸片上写了字,然后折上,放在一只空杯中让怀穆松伸手去拿。怀穆松打开其中一张纸片,看到上面写有一个字:分。金先生叹息了一声,把另外一张纸片撕碎扔掉。出大门的时候,金先生回过身来意味深长地望了一眼这个偌大的院子,扬长而去。

半年一过,卤元井的产量每日只有几百担,怀家的人就开始不安起来,但怀穆松好像并不急了,相反是怀穆春急了起来。那日,三兄弟又坐在了燕禧堂里,怀荣三老态龙钟,睡眼惺忪,听由几个儿子争论。

怀穆春说:"大哥,这卤元井近来不顺啊,也得好好管管才行了。"

怀穆松白了他一眼,吸了口烟,没有吭声。

怀穆春又说:"大哥,产量下跌得这样厉害,还是请人来看看吧。"

"出卤也有旺淡季,我看冬天就会慢慢好起来的。"怀穆霞说着抖了抖长衫。

"慢慢来?拖久了就会成痼疾!"怀穆春有些急了。

怀穆松突然嚷了一句:"就你能干?"

又沉默了一阵。这段时间里,他们三兄弟都在想着自己的心事,怀穆松仍然吸着烟,只是抽得太猛,呛了一口,咳得眼泪都出来了。怀穆春摊着身子坐在椅子上望着屋顶,突然又站起来,在屋子里走来走去。怀穆霞喝了一口茶,可能是茶水已经有些凉,他把含在嘴里的水吐进了痰盂中,在抬起头的过程中他看了看怀荣三,父亲仍然是老态龙钟,睡眼惺忪的样子。

"井的丰歉谁也不敢打包票,还是从长计议吧。"怀穆霞说。

"这可是我们家的宝井,做成这样子你们就不急?"怀穆春脸都涨红了。

"你急的不是这个吧?"怀穆松哼了一声。

"……什么意思?"怀穆春只觉头上一股血在涌。

"各人肚皮里明白。我看这家干脆分了,各做各的,你也用不着为别人操心。"怀穆松说。

"不行!"怀穆春斩钉截铁地说。

"你说不行就不行?家中谁是老大?这些年我的身体衰败,还不是为了咱们怀家,但现在怕是我的话你早就不想听了。"怀穆松的眼中布满了血丝。

"大哥还不是为了大家好。"怀穆霞在圆场。

"家中的财产没有谁会多占一分,拆什么也不能把家拆了。"

这时,怀荣三听见了他们的争吵,好像清醒了过来,一阵猛烈的咳嗽,咳得快要支不住身子,但突然从椅子上站了起来,颤颤巍巍地骂道:"分家?你们都疯了?败家子!只要我还在,谁也休提分家的事!"

再也没有人说话。这时,窗外知了在树上声嘶力竭地叫,密不透风的空气里持续地传来一丝丝颤抖。

这年春节的大年初三,怀穆春带上玉簪和儿女回岳家。那天,岳婿相聚过大年,席间唐炯告诉怀穆春一个消息,说川边事

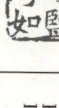

务总局要在桥镇盐厂设立官运厂局，专门负责官盐的收购，桥镇所有的盐都要经过厂局才能运销引岸，厂局官员都要由边岸事务总局提议，报请川省总督任命。

三月之后，桥镇官运厂局的总办上任，一听原来是唐炯的同科故旧陈秉明，由他来主理桥镇盐区的收购和运输。此人曾在知县任上被参，落魄之际到唐家盘桓过一阵，住在唐家，对幼时的玉簪很熟悉，经常带着她玩。有了这样的人际脉络，此事无疑是对怀家有益，所以陈秉明一到桥镇的当天，怀穆春就把陈秉明请进了怀家大院，为他接风洗尘。宴席间，陈秉明不断说起过去同唐家的来往，对唐家的感恩之情溢于言表，让在座的怀穆松和怀穆霞颇为尴尬，他们知道陈秉明一上任，怀家便是如鱼得水，但陈秉明分明会偏袒唐家，以后在桥镇谁又能同唐家抗衡呢？这样一想，他们更加忐忑不安了。

不久，怀穆春就把柳子谦请到了怀家当账房，因为他通晓文理，对账簿、文书、契约等了如指掌；又把魏宝升为管事，魏宝年龄跟怀穆春相当，从小一起长大，相互间很信任，所以忠心耿耿，尽心尽职。有了他们，怀穆春放心了不少，而上下的人都心中明白他怀三爷才是怀家真正的总掌柜，大事必须要经过他才能落槌，大老爷和二老爷自然被晾到了一边，大家都知道怀穆春正在羽毛渐丰，这个文质彬彬、面相和善的三爷，其实肚子里可以摆船。

一天，怀穆春与玉簪在家中闲聊，他们谈到了父亲怀荣三已年老，不得不考虑一些以后的事情，怀家的未来应该提前有所安排。虽然怀家不能散，但庞大的家业还是应该做出具体的分配，虽然目前短暂缓解了分家之虞，但亲兄弟明算账，不然将来会留下纠纷和后患。怀穆春问玉簪可有什么好的主意。她没有正面回答，只是说：

"春天来了,正是植树的好时节,明天让家里的人都到大院来种些树子,树多好乘凉。"

自从官运一来,运销市场也出现了不少新变化。

按照川省官运新法,盐生产出来只能在产地送交厂局统一收购,然后分散运输到规定的引岸,再由商人购销。但每地的地价和行脚不一,收购价格便有差别,而到了引岸,就有行情的涨跌,于是,在边岸口出现了很多专门吃差价的投机商,他们把这样的买卖称为望盐。

这个望盐很有意思,即一船盐在发运途中就已经买下,到岸后,由岸局发配,虽是挂牌公告,但是在核定成本后,把所有浮费加上后预先卖给了其他商家,有如西方之期货交易。而市场有淡旺季,春季有菜盐,夏季有酱盐,冬季有肉盐,每季的需求不同,价格随行就市。所以商人是在江的这头望着江的那头,判断着行情的变化,决定着每一单生意的盈亏。

桥镇的厂局设在花盐街上,临靠江边,每天这座建筑里都是盐商们在进进出出,他们要把井灶生产出来的盐送到这里等候验收,收购后的盐统一入库,再由官船运往引地。说来也怪,厂局一设,它附近的江声楼生意更好了,很多盐商经常聚在那里宴请。不久就听说这家馆子请了好厨子,人们趋之若鹜。

这件事让怀穆春很好奇,所以每次走过这家酒楼的时候,他都会让轿夫放慢脚步,往这个奇怪的店内投去几瞥。

那段时间,正是家家户户准备年货的时候,杀猪腌肉需要大量的盐,边岸供不应求,盐价走俏,等在厂局门外的人更多了。一天,怀穆春也不知道被什么触动了一下,便同柳子谦一起到了江声楼。一进去,就看见早已坐着不少人,怀穆春左右四顾,就看见了肖富成。这时,肖富成正同一帮人在闹酒,划拳行令的声音都传到了大街上。

渐渐地馆子里的人多了起来,不一会儿,怀穆春就看见那些进来的人多是候验的灶户盐商们,他们大声说着话,间杂着形形色色的表情,议论的大多是跟盐有关的事情,比如产量如何,成本涨跌,盐价多少,一壶酒下来,旁观者大致也对行情了解了七八分。

他看了看杯子里的酒,又望了望那些高谈阔论的人们。但怀穆春没有想到的是这个江声楼很快就同他有了关系。

那一日,怀家大院的燕禧堂来了个陌生人,给怀穆春捎来一张纸条,上面写的是:"即请穆春仁弟今晚到江声楼一叙,张绍宽。"

怀穆春一阵惊喜,当年的那个张绍宽居然又出现了,是他帮助自己购得了一船宝贵的米,救活了无数的难民。但这一别好多年,居然相互之间杳无音讯,彼此都不知道对方在忙碌些什么,但这次他却找到了自己,看来是缘分不浅。

傍晚时分,怀穆春来到江声楼,张绍宽早已等候在了那里。他的变化不大,依然方脸阔嘴、白白胖胖的样子,只是鬓角多了几缕白发。原来,这些年张绍宽已经不做米生意了,而是转到了盐上面,因为眼下的米价获利甚少,远不如盐。但他做盐的生意也跟一般人不同,不开一井一灶,但仍然能赚不少钱,办法很简单,就是做望盐买卖。

酒酣之际,怀穆春问:"您倒说说,望盐买卖是如何做的?"

一说起这个,张绍宽如数家珍。他说,按照官运规定,川省各厂局须按照各岸应行销的额引,并于五月、八月、腊月三个时候召开议事会,会同当地官吏及场商议定盐价,每月集中向盐商购盐两次,在盐价、运费上摊入应纳税课的正税和杂费,再交给商销。按照官核,一张盐票给商利是二十两银子,但盐有涨跌,购盐成本不一,其中的差价大有余利可赚。这两年下来,张绍宽在永岸、涪岸、仁岸等滇黔边岸安设了自己的人,两三日即可掌握四百里内的行情。

张绍宽一讲,怀穆春的兴趣就来了,又问:"相隔这么远,张先生是如何获得这些消息的?"

"老弟,这还不简单?我有耳目呀。"张绍宽低声道。

"耳目?"怀穆春有些惊诧。

"是呀,我先问你,这酒如何?"张绍宽说。

"……好酒。"怀穆春仍在云里雾里。

"这是我从贵州仁怀用盐船顺道带过来的,专门供这家酒家。"

"这又是何道理?"

"好酒才能吸引人,我只需在一边洗耳恭听,啥消息不就都汇到我的耳朵里来了?"

"那又如何把消息传递出去呢?边岸那边可是三日之内就要挂牌领引,靠船没有四五日到不了。"

"嘿嘿,我自有我的办法。我养了一批信鸽,在官购之前就把这些鸽子送到桥镇,当日放走,盐价两日内就传回去,三天后那边挂牌,已可以先手下单,神不知鬼不觉。"

怀穆春恍然大悟,他想起之前也曾想到过这江声楼同盐一定有关系,看来这一切都得到了验证。但他万万没有想到生意可以这样做,如此赚钱方式他还是第一次听说,看来这张绍宽真是个人精。

可以说,张绍宽的生意经是着着实实给怀穆春上了一课,过去倒是在古代军中有飞鸽传书的故事,但张绍宽利用信鸽来赚大钱,这是他完全没有想到过的。怀穆春想,如果用张绍宽的头脑再加上怀家的财力,不是可以成就更大的财富?这样一想，就有了新的主意，他当下决定让张绍宽当宝庆钱庄的掌柜。

其实，开设宝庆钱庄并非怀穆春一时心血来潮，这件事情在他心里酝酿了多年。

怀家的现金流水达百万银两之巨，如果以怀家的经济实力发行庄票，一定会吸引很大的汇兑资金，既有银两平色的盈余，也有借贷的中间利润，更重要的是这些钱可以让怀家的生意越做越大，就像怀家为自己修了一个大池塘，随时都可以从塘中取水抓鱼，而且只有钱生钱、钱滚钱才是最快最赚钱的生意。

宝庆钱庄开在花盐街上，临着大盐码头，这个地方一直是盐斤秤放的地方，每日人群熙来攘往，热闹非凡。钱庄是个两层宽敞楼房，青砖黑瓦，店招高悬。人一进去钱庄，只见柜台亮亮堂堂，伙计精精干干，堂面极显富贵气派。

宝庆钱庄一开业，生意红红火火，钱一流动起来，怀家的生意就更大了。那段时间怀穆春又买下了几口旺井，还办起了炭厂，怀家所有井灶的燃料供应就有了保证。怀家一时间生产规模扩大了不少，声势更加浩大，纵横岷江流域沿岸引地。

三

怀穆春自从离开贵州后这一去就是十多年，贵州对他来说，只是天上的一朵云，偶尔望望而已。他心里虽然也一直挂念着小琴，但眼下的情形已发生了翻天覆地的变化。他曾经给杜长贵写过两封信，但都石沉大海，音信全无，也不知道发生了什么事情。又过了很多年，怀穆春也渐渐对贵州的事淡漠了，同小琴的那份情缘也成为了一段久远的回忆。

其实，自从怀穆春离开柳城后不久，杜家也发生了翻天覆地的变化。当时，杜长贵仍然经营着他的盐铺，小买卖平平淡

淡。有一天,他在喝酒时突然问小琴:

"穆春先生走了多久了?"

"七十七天了。"小琴回答。

"你怎么记得这么清楚?"杜长贵吃惊地望着女儿。他清清楚楚看到女儿的眼里掉下一颗泪来。杜长贵好像感到了什么,但又不好多问,他只好闷闷地喝着酒。第二天一大早,杜长贵就带着伙计准备去进货,临走时,他看了看门上贴的那副"春云夏雨卤声远,虚谷浮岚梅花香"的对联,都有些破损退色了,又看到女儿站在门口恋恋不舍的样子,便说:

"穆春先生说他三个月内就回来,但他是回来做官的,我们是小户人家,挨不上什么边呀。前几天有人来提亲,我看对方家境不错,等我回来后就把这件事情办了。"

小琴心里一阵难过,但还是点了点头,便说:"爹,我知道了,您快去快回吧。"

但这次杜长贵就再也没有回来。原来是在途中遭遇了不测,钱财被强盗抢了精光不说,人也身负重伤,还没有抬回柳城就一命呜呼。小琴哭了三天三夜,然后把城里的盐铺打点后便回到了乡下,跟着亲戚过日子。但让她没有想到的是,她的肚子正一天一天大起来,她已经怀上了怀穆春的孩子!十个月后,小琴生下了一个男婴,她为孩子取名叫怀望,因为她曾经告诉过怀穆春要在三望坡等他。在那些年里,小琴的处境极为艰难,乡里的闲话也多,她只有低头做人,最关键是她下决心不再嫁人了,她这是为怀望着想,谁会替她收养个私生子呢?十二年后,怀望已经渐渐长大,小琴觉得应该把真相告诉孩子,也是为孩子的未来着想,于是对他说他的父亲在遥远的桥镇,现在你已经快长大了,应该自己去寻找自己的亲身父亲了。

十二年后一天,小琴把儿子送到三望坡,伤感地说:

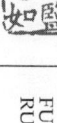

"当年我就是在这里把你父亲送走的,今天我也把你送到这里,记住孩子,你是怀家的人,应该去投奔怀家!"

母子俩抱头痛哭了一阵,怀望才依依不舍地上了路。

这一天,桥镇的街上来了一个清秀的少年,衣衫简朴,身上挎着蓝花布包。

此时的少年早已用完了所有的盘缠,靠乞讨才走到了桥镇,但他的心里充满了一丝希望。正是天黑时分,怀望找到了怀家大院,正要上前,就听见看门的家丁厉声问道:

"找谁?"

"找我爹。"

"谁是你爹?"家丁警惕地上下打量了一番他。

"怀穆春。"

"啥?三爷……呸,如果讨饭我可以赏你一碗,要是乱言乱语,谨防老子打扁你!"

"我爹就是怀穆春!"怀望又说了一遍。

"滚,滚,滚!臭叫花子!"

家丁"咚"的一下把门关了起来。

第二天一大早,怀穆春早早地起了床,他站在天井里问仆人昨夜怎么传来了隐隐约约的喧嚷声,看门的家丁回答是有个臭叫花子在外面闹腾。这么一说,怀穆春便不再在意,等用完早餐后,他便吩咐人备轿准备去盐井查看。出门的时候,他正要跨进轿子,突然看见门外大墙下倒着一个少年,他连忙上前,看到孩子正在酣睡中。家丁在一旁说:

"三爷,就是这野娃儿昨夜折腾了半宿。嘿,他还说他要找爹呢,笑死人了!"

"哦,有这等怪事……"

"我看是饿疯了,等会儿我用黄荆条子把他赶走!"

怀穆春又看了一眼那个少年,眉目深锁,突然有些怜悯说:"不要赶他,去找件衣服给他盖上,等他醒了,给他端碗白饭吃。"

怀穆春坐上轿子起了身,但走在半道上,他心里隐隐若有所动,连忙叫住轿夫往回走。等他回到大院门口的时候,却没有看见那个倚靠在照壁墙角的少年,他问家丁,家丁连眼睛珠都没有转一下,就回答说他已经走了。

其实家丁说的是假话。当时的情况是家丁怕麻烦,心想凭什么要白白送碗饭给他,要是他吃了赖上了咋办?便想把他赶走了事。当时他恶狠狠地走到照壁前,一脚把怀望踹醒,大声吼道:"快滚!"

"我要见我爹!"怀望揉了揉眼睛。

"我们老爷刚才来了,他说没你这个儿子。"家丁嘴角挂着嘲笑。

"……没我?"怀望很震惊。

"是啊,实话告诉你,我都想给咱三爷当儿子呢。"

"让我进去,我要见我爹!"

"快滚,不要脸的东西!"家丁眼睛一楞,凶相毕露。

"呸,狗奴才!"

家丁勃然大怒:"敢撒野,看老子打断你的腿!"

周围已经聚拢了好多看热闹的人,家丁怕他继续闹事,给怀家摆摊子丢脸,便找了几个人把怀望绑了起来,扔到了镇头的人市口。

这天也怪,人市口上冷冷清清,只有一个运盐的盐老板来挑搬运工,此人留着个山羊胡,蒜头鼻上密密地布满了红红的疹子,是个大酒糟鼻。他斜着眼睛挑来挑去也没有满意的,最后他走到怀望面前,把他肩上插的草圈一扯,便把他领了回去,家丁得到了二十个铜板。这时的怀望已经精疲力竭,便迷迷糊糊地跟着老板到了岸边,酒糟鼻便先给了碗饭给他吃,看他狼吞虎咽吃完,酒糟鼻才对他说:

"你把衣服脱了。"

怀望纳闷地看着他,不知道他想干什么,但还是把衣服脱了,只剩件裤衩。酒糟鼻在他的身边转了一圈,看到怀望胸上几根细细的肋骨,便狠狠地丢了一句:

"这碗饭白给你龟儿吃了!"

"我不会白吃你的饭。"怀望犟着头,把嘴角的一粒饭抹进了口中。

酒糟鼻觉得这小子还有几分较劲,便说:"好吧,我暂时把你留下,但你要听着,从明天起每天要扛三船盐才有饭吃,少扛一包都休想动老子的筷子!"

得知有人寻父寻到怀家这件事的是怀穆松。

那天墙外发生争吵事情后,几个仆佣、丫环便在院子里聊闲话。但说者无心,听者有意,怀穆松无意中居然听到了,他一想,此事甚是蹊跷,又把当时守门的家丁寻来,仔仔细细问询了一番,料定此事必有隐情。

有了寻父这件事,怀穆松突然看见了希望,当即他便与怀穆霞商量,要尽快找到这个来寻父的少年。

但在哪里去找呢?当时家丁把人往人市口一送,只当送瘟神,就再也没有管他的死活,后来是被人捡去了,还是独自离开了桥镇谁也说不清。怀穆松想,那个孩子若是离开了桥镇,要想再找到他无异于大海捞针;若是留在了桥镇,就还尚存一线希望,但桥镇的盐场工人多达数万人,要想找到一个不知道名字、相貌特征模糊的少年也非易事。他们判断,既然是千辛万苦来寻父,一时半会儿不可能离开桥镇,可能还留在此地,而只要留在此地,就还有再找到他的机会。

而此时的怀望寻父不成,孤零零地一人待在桥镇,任由命运的摆弄。

他没有想到,自己是满怀希望地来,却遭了当头一盆冰水。对一个从未出过远门的少年来说,他根本没有能力去应对冷酷无情的现实。怀望想哭,想大哭一场,因为他的心里灰凉到了极点,要是在贵州老家,他还可以靠在母亲的怀里痛哭一场,但在他完全陌生的地方,没有人同情他,也没有人理睬他,他就是一个被人抛弃的臭叫花子。

怀望的眼睛里布满了血丝,他太困了,也太饥饿了。这一千里路程他是拼着命走过来的,白天顶着毒辣的太阳,夜晚数着寒冷的星星,风餐露宿,蓝布包裹里背的干馍所剩无几,他只好省着吃,每次都只能吃一小块,揉成粉状放进嘴里,让胃还能蠕动为止;他的脚被磨出了厚厚的老茧,厚得要用刀去割,割出来的茧皮有鞋底那样厚。但怀望心里想的是母亲,他必须要给母亲一个答案,他相信母亲是为了这个答案而活着的。

在途中,怀望的心里曾有一股莫名的冲动,因为他就要揭开自己的秘密了,这是他从小至今深藏心底的强烈渴望。所以怀望想,无论如何他都要见到自己的亲生父亲,何况他母亲在三望坡上嘱咐过他,他姓怀,是怀家的人,他是回怀家来的!

但怀望一直是忐忑不安的。这么多年过去了,他的父亲到底还会不会认他这个儿子?就算即使认了,又会是什么样的结果?怀望对那个庭院深深的大院子一无所知,那是他根本无法想象的地方。他看见院墙内树木掩映着亭榭楼台,有几只鸟把翅膀在空中悠然一收,便落了进去,这难道就是他父亲住的地

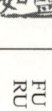

方？如此豪阔的地方难道就是他的家？这个山里长大的孩子从来没有见过这样庞大恢宏的院子，他从贵州到桥镇一路上也没有见过，他不敢相信自己同它有任何一点关系。在他很小的时候，母亲就告诉他，说他的父亲到很远的地方去了，那个地方产盐，盐堆得像雪山一样，但怀望相信连她母亲也不知道怀家有这么大的房子。如今，他千辛万苦来到了桥镇，找到了怀家，但他却进不去，里外是两重天，他如今连那些在院子上空飞翔的麻雀都不如。

空船停靠在岸边，搬盐工赤裸着上身，他们把盐包下到船上，待装满了船，下一只船又接了上来。工人没有停息，只要停息下来，酒糟鼻就会大发雷霆，在他的眼里，那些工人就是牛马，喂了草就得干活。

但让酒糟鼻想不到的是，怀望这个看起来羸弱的少年居然连干了七天都没有倒下，他那细得像根草一样的腰居然没有被压垮。他不知道那些力气是否真的是从那一把嫩骨头里冒出来的，因为这样笨重的活，连那些身高七尺的壮汉也难吃得消。

怀望从小就上山砍柴背薪，是个地道的苦孩子，年纪虽小，却要承担一个壮年男人的负担。自从当了搬盐工，他便没日没夜地拼命干活，一百斤的盐包他一天要扛上百包，才能换来饭吃，因为他只有一个信念，就是要活下来。

酒糟鼻是个吝啬鬼，最初他不相信怀望能替他卖命，他的算盘是只需半日，就让怀望自己滚蛋，正好可以抵了那碗白饭。但后来看到这孩子还有些用，便一阵窃喜，因为如此廉价的买卖实在是太划算了，他只花了二十个铜板！要是在其他老板那里，像这样好的体力，每日除了三斗碗白饭不说，还要在饭上盖一层肥肉，每月还得帮补几斗白米。那天，酒糟鼻假惺惺地对

怀望说:

"老实干,出了我这里没有人会要你!"

开饭的时候,酒糟鼻破例给他加了根咸菜。

怀望在酒糟鼻那里干了一个月,每天除了没日没夜地干活,直到累得精疲力竭倒头就睡外,他的心里空空荡荡,什么也没有,而这仅仅换来的只是没有被饿死。

他好像把寻找父亲的事情遗忘了。

日子一天一天过去,又过了一月,天气渐渐变凉,季节已入秋。那一天,怀望一如既往地赤裸着上身,跟在一队人的后面扛着盐包,轮流着把盐包码在船上。突然间,他好像闻到了一股他熟悉得不能再熟悉的东西,心里突然有些涌动,哦,是稻谷的味道!原来这条船刚刚卸了稻谷来装盐,船上还遗留着稻香。

这一刻,怀望的眼里落下了一行泪。他知道,这个时节要是在贵州的乡村,应该是收割的时候了,母亲会在地头准备一瓮水罐,这是专门为他准备的,在他挥动镰刀把大片的稻谷割倒的时候,由于剧烈的劳作会让他的四肢不听使唤,浑身酸痛,但只要喝上一口水,再苦再累仿佛也就减轻了,因为他同母亲相依为命,母亲把他养大,他也要靠自己的力气养活母亲。

怀望闻到稻谷的味道就停了下来,他的思绪已经飞到了遥远的家乡。

就在这时,酒糟鼻的骂声传了过来:"给老子滚,想偷懒!"

怀望惊醒过来,用手抹了把脸上的泪,又赶忙回到了搬运的队列中。但那一夜,怀望失眠了,他望着天上的月亮出神,月亮像个玉盘,大得让他忧伤。

他想自己已经到桥镇两个多月了,但仍然没有见到自己的父亲,如果这样下去,是死是活都不知道。而远在千里外的母

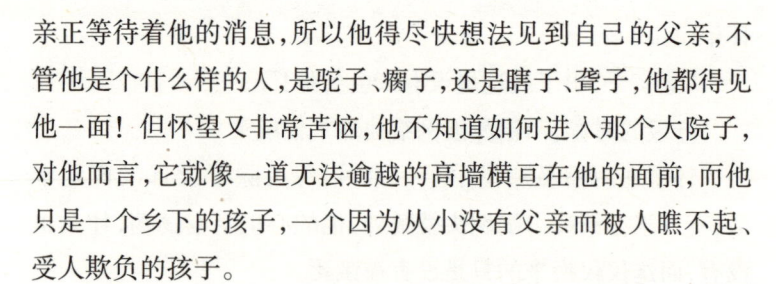

亲正等待着他的消息,所以他得尽快想法见到自己的父亲,不管他是个什么样的人,是驼子、瘸子,还是瞎子、聋子,他都得见他一面!但怀望又非常苦恼,他不知道如何进入那个大院子,对他而言,它就像一道无法逾越的高墙横亘在他的面前,而他只是一个乡下的孩子,一个因为从小没有父亲而被人瞧不起、受人欺负的孩子。

第二天一大早,酒糟鼻的吼声又开始响起,他不会让干活的工人多睡一会儿。怀望从一群男人横七竖八的大草炕中撑起身子,空气中混杂着一种臭烘烘的气味,怀望只觉得头晕脑涨,浑身乏力。所有人都出去了,他才拖着沉重的脚步出了工棚。那天,怀望扛着那一百斤重的盐包仿佛又沉重了许多,压得他喘不过气来,眼里直冒金星,只觉口干舌燥,汗水敞开在流,人快要虚脱一样。

"快扛!跟着走!"

酒糟鼻的吼声在背后追着,怀望努力告诉自己:坚持,一定要坚持!再咬一下牙就好了。但这样想着的时候,他的腿开始发软,脸色发青,完全迈不出步来。他想小步挪,但也不行,身上根本发不出力,他心里感到了一种可怕的念头。这时,他眼前突然一黑,"咚"的一声就倒了下去,怀望被背上的盐包重重地压在了地上。看到怀望摊在地上,平日里常常私下照顾他的一个老盐工马上上前,迅速把盐包移开,只见怀望抱住大腿,在地上痛苦地呻吟。

"妈的,快起来!"

酒糟鼻气急败坏地骂着,但他走近去看怀望确实伤得不轻时,背着手就走开了。

老盐工想扶起怀望,但此时的他根本站不起来,只好把他移到一棵树下躺着。怀望在痛苦地呻吟,脸色发青。老盐工看怀望的伤情非常严重,不可能继续做工了,便走到酒糟鼻的跟前去求情。酒糟鼻盯了两眼怀望,估计情况不妙,才从兜里摸出几个铜板扔在地上,不耐烦地挥了挥手,让他把怀望赶紧带走。

老盐工背上怀望往镇上走,走到了一家药铺前,老盐工以为这下有救了,但郎中一看肿得越来越大的腿,摇着头说:"伤得不轻啊!"老盐工便从身上摸出那几块铜板放在柜台上,郎中一看,露出了鄙屑的神色:

"这点钱,连一味药都买不到。"

"您就可怜可怜一下这个娃儿吧,他无亲无戚,造孽得很!"老盐工说这话的时候,两腿都差点跪了下去。

"白吃药,天底下哪有那么好的事情,药铺又不是粥厂!"郎中讥讽道。

没有法,老盐工只好把怀望背了出来,但到哪里去?他是一点主意都没有。怀望的腿已肿得一点都不能动弹,老盐工只好把他放在街边。很快,街上就围了不少人上来看热闹,但那些人看了后便摇着头离开了,留下一阵叹息。

天黑了下来,围观的人渐渐散了,老盐工看到怀望痛苦不堪的样子,也落下了眼泪。但他只有在一旁守着他,眼睁睁地看着他在疼痛中失去知觉,昏睡了过去。过了两个时辰,他摸了摸怀望的手,冰冷,好像没有一丝温度。老盐工想,要是明早他不能醒来,就用那几个铜板去镇上买一床草席,把他裹了拉到郊外,随便挖个坑埋了。

天完全黑了下来。桥镇上的人都已回到自己的家中,街上只有些昏黄的灯光。

一个老头子端了碗水放在他们旁边走了。

一个老太太一瘸一拐地送来了两块苞谷粑。

老盐工抱着怀望坐在街边上,神情悲戚,泪水涟涟。

这时,一阵更声传了过来,崔矮子提着灯笼敲着锣缓慢地走了过来。待他走到老盐工面前,才发现有个人半躺在地上,他连忙走近一看,只见怀望在昏迷中发出沉重的呼吸,表情痛苦异常,忙问:

"怎么了?"

"他快不行了!"老盐工的泪水在眼眶里转。

崔矮子忙把怀望的伤处用灯笼一照,吓了他一跳,整个大腿肿得像根树桩。

"骨头断了吧?"崔矮子问,"家里的人呢?"

"造孽哟!"

崔矮子蹲下身子又看了眼怀望,心里也涌起一阵怜悯之心,但他也没有办法,爱莫能助。崔矮子摇了摇头,站起身想摸摸身上看有什么东西没有,但摸了一阵,口袋里空空如也。他又摇了摇头,叹了口气:

"哎,苦娃儿哟,苦娃儿哟!"

崔矮子拾起灯笼,慢慢敲着锣走了。

到午夜时分,老盐工慢慢感到怀望的身体在渐渐发冷,他知道这样下去,等待这个少年的必定是死亡。但他一点办法都没有,他同怀望一样在痛苦中煎熬着,看不到任何一点希望。老盐工又呜呜地哭了好几回。

夜漆黑得像没有尽头,天上挂着几颗冰冷的星星。

就在这时,街头突然传来了马蹄声,由远及近。两匹马一前一后飞奔而过,前面的马刚刚过去却放慢了脚步,他好像看到了什么,把马绳一拉转了回来,须臾之间,就跳下两个高大的男人来。

老盐工吓了一跳,火把的强光把他映得睁不开眼。

"怎么回事?"对方问。

"这娃儿快熬不住了!"

"怎么不去看郎中?"

"郎中?哎,药铺的人连根草药都不肯给!"老盐工又是一阵悲戚。

"快,把他抬走。"声音不容置疑。

"去哪里?"老盐工有些惊愕。

"教堂。"

四

怀穆松秘密地派了几个人到处寻找怀望,但半月过去一无所获。

家丁绞尽脑汁也再想不出关于怀望的更多的特征来,他说,那就是一看便知是从山区来的少年,土巴巴的样子,在盐场里这样的童工不少。但怀穆松每次都问:"就这些了?"

家丁战战兢兢地回答:"老爷,我当时想的是尽早把他赶走了事,啥也没有记住啊。"

其实,家丁是不愿意把怀望拉到人市口卖了二十个铜板的事情说出来,如果说出来可能很快就能找到线索,找到怀望并不难,所以他每次都把口封得紧紧的。但这样的问答让怀穆松不高兴,如此重要的事情居然都没有记性,一气之下,怀穆松就把那个家丁换到后院养猪去了,他觉得这家伙只配待在猪圈里。

又过了一段时间,还是一点音讯都没有。怀穆松知道这样寻找如同瞎子寻路,不知道什么时候才能摸出点头绪。他开始

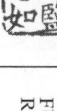

有点怀疑，这事会不会就这样无声无息地化了？这天，怀穆松正在喝闷酒，那个被下到后院养猪的家丁却突然闯了进来，怀穆松斜了他一眼，没有理会他。这个家丁可能是在猪圈里待不住了，想重新回去看守那个威风凛凛的大门，便来巴结主人，以示殷勤。

这时，家丁怏怏地站在那里，声音低低地说："老爷，我又想起了一件事。"

怀穆松瞄了他一眼，继续喝酒。

"那天，那个娃儿当时背了包，好像是个蓝花布包，咱们这里没有那样绣的包。"

"蓝花布包？啥样的？"

"绣了花。"

"啥花？"

"这个我是真记不清了……"

"好吧，你去猪圈待着吧。"怀穆松不耐烦地挥了挥手。

家丁走后，怀穆松暗忖，这蓝花布包到底是什么样的呢？怀穆松细细地回味着刚才的话。他又咂了口酒。

怀望睁开眼睛的时候，他看到的是个奇怪的面孔，头发卷黄，两撇大八字胡，但脸面光亮洁净，高高的鼻子轮廓四现，眼窝深陷，琥珀一样的眼睛深邃而宁静。那个人看着他微笑，怀望想张开嘴，那人却用手指轻轻蒙住他的嘴唇，意思是让他不要用劲。

这时的怀望已经从昏迷中苏醒，他感到了剧烈疼痛，一动就会发出钻心的撕裂感。不一会儿，就有人来为他打针喂药，他的伤口已经进行了手术清创，受伤的大腿已经被夹板和绷带缠了起来。那个人穿着白大褂，戴着口罩，这是怀望从来没有见过的,因为在他的印象中,郎中都是靠把脉问询,然后在一片发黄的纸上用毛笔写上十几味中药的名字,再用土罐熬药来治病。但现在的他静静地躺在洁白的床单上,吞下的是白色的药片,但奇怪的是这些东西到了他的肚子里,疼痛居然减轻了。那个戴口罩的人正同琥珀一样眼睛的人在说话,叽里咕噜的,他一句都听不懂。他们说了一阵,琥珀一样眼睛的人转过身用中文对怀望说道:

"孩子,你要在这里待上一段时间了。"

"我的腿怎么了?"怀望急切地问。

"情况不太好。"

怀望哇的一声哭了出来,哭得好伤心,他想的是可能走不回贵州了,也就再见不到他母亲了。

"孩子,不用着急,上帝会保佑你的。"

说完,琥珀一样眼睛的人走了出去。不一会儿,老盐工就从外面走了进来,他给怀望送来了鸡蛋、面包和牛奶。老盐工告诉怀望,昨夜救他的是教堂里的洋人,人们都叫他高牧师,当时他们是刚从外地办事后,在回桥镇的路上救了怀望,现在他就住在教堂的屋子里。怀望听过老盐工的描述,心里还是有些惊诧,因为过去他听说洋人都不是什么好东西,他们会把婴儿的心脏剥出来吃了,把人的眼睛取下来炼丹……他想他的腿会不会被洋人用来做些什么。想到这,他不由自主地哆嗦了一下。

他又感到了一阵剧烈的疼痛。

但几天以后,所有的一切都在改变着怀望。

在医治的过程中,高牧师常常来看怀望,高牧师平时也穿着中国人的装束,蓝色长衫,脚穿皂靴,只是胸前戴着个奇怪的十字架,他每次在口中喃喃自语,手也在胸前画着十字。当初

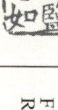

怀望还有些怕直视这个身材高大的洋人，但后来怀望心里明白高牧师并不是坏人，相反是救了他的命，是他的恩人。所以日子一长，他在听见高牧师轻轻走出去的时候，也会忍不住去看他的背影。

那段时间里，怀望有些害怕和怀疑，也有些愧疚和感恩，而这些情感交集在一起不断地游移着。

渐渐地，怀望开始亲近高牧师起来，甚至他还盼望着那双琥珀一样的眼睛，因为那里面传递出的深邃与宁静都让他感到了一种安全，这是在他翻山越岭来到桥镇的日子里，从来没有感受过的。在教堂的一个单独的房间里，怀望每天除了吃药打针，不再为食物忧虑，每天有人会把吃的东西送来，他的床单经常有人来清洗，衣服也会被换洗得干干净净，甚至闻得见新鲜的皂角的气味。只是他的腿还不能动，行动还很不方便，只能静静地半躺在床上，但半月过去，他腿上的肿痛消去了不少，人的精神也一日一日好了起来。

看到怀望的病情好转，老盐工回到酒糟鼻那里去拿怀望的蓝花布包。那天傍晚，老盐工比往常下工得稍早一些，他便想把蓝花布包给怀望送去，他知道里面有怀望非常重要的东西。但当他穿过花盐街的时候，怀穆松正好也在街上散步，这无意中的相遇，居然让怀穆松突然愣住了。

蓝花布包？

千真万确是蓝花布包！

正如那个家丁所言，这是桥镇没有的蓝花布包，桥镇的女人是绣不出那样的布包来的。直觉在告诉怀穆松，这个独特的布包来自很远的地方。但是背包的人是个老盐工，并不是他要找的那个未曾谋面的少年。可是，这样的包背在一个老头子的肩上，多少都有些突兀，因为那些美丽花纹，只有心灵手巧的女人才能绣制得出,也只配给那个眉目清秀的少年携带在身上。

怀穆松回过头来,望着那个蓝花布包不知所措,仿佛依然还在梦里。但就在他恍惚的一刹那,老盐工已经走进了拐角,消失在了桥镇的尽头。

又过了三个月,怀望已经可以拄着拐杖下床走路了,他的腿伤之所以好得如此之快,自然是高牧师的功劳。但身体在好转,怀望的内心却渐渐焦虑起来,因为他不知道腿好了后,今后该去哪里?天气渐渐寒冷了下来,季节已转入了初冬,高牧师给他送来了棉衣,怀望又想起了遥远的家乡,只有母亲才会给他缝制棉衣,她用节省的钱到集镇去买回棉花,然后密密地缝制,目的是为了让他不受冻,但自从外公杜长贵死后,家里没有其他的收入,添置这样一件棉衣不易。

这天,高牧师又走进了他的房间,他一见怀望就说:

"孩子,来洗个头,都快长虱子了!"

不一会儿就有人提来了水桶,这次是高牧师亲自动手,他把手臂一挽,就开始给怀望洗头。热水从怀望的头顶上淋下来的时候,他感到了一种从来没有的奇特感受,温暖的水顺着他的头发流过两颊,仿佛连内心都得到了熨烫。

怀望在水中偷偷地哭了。

洗完后,他坐在太阳下晒头发,怀望闻到了头发被晒酥后的那种清新气味。一阵风吹了过来,把他长长的头发扬了起来,头发在空中聚拢、交织、分散。他的思绪也随之飘得很远,这时,高牧师也坐在了他的身边,轻轻地说:"孩子,讲讲你的故事吧。"

怀望便开始讲他的故事,从他睁开眼看见这个世间开始,直到现在。但他的故事简单得不能再简单,就像其他山里的孩子一样,要是他有一个从小就见到的父亲,他的生活就完全同山里的孩子一模一样了,但他不是一般的山里孩子,他还有他不知道的故事,所以他的眼里常常充满了忧郁。

高牧师已经到中国很多年了,从神学院毕业后就来到中国,那时他还是个年轻人,如今都人到中年了,而他留在桥镇的目的只有一个,就是传递上帝的福音,他在桥镇帮助过很多人,但像怀望这样身世的孩子他还是第一次见到。当然,他说的上帝是怀望不知道的;但他告诉怀望,人就是牧场上的羊,上帝则是牧者。

一天,怀望独自一人在屋子里,他打开了那个他随身携带的蓝花布包,拿出里面的一张丝巾来,上面绣着柳叶和两只燕子,这是母亲让他要亲自交给父亲的东西,他不知道中间蕴含的意义,但他相信这里面一定有种美好的东西,怀望看了一阵又把它折好重新放到了布包中。其实这样的举动,他已经重复了无数次,他总是想从里面得到些确切的东西,但可惜每次都是无功而返。

怀望望着外面的天发愣,天空中正飘着小雨,亮晶晶的雨丝让天色更加灰暗。寒冷的冬天就要来了。就在这时,他听到了一阵歌声,他知道这是唱诗班在唱颂歌。他在教堂的这段时间里,已经听过了无数回这样的歌声,现在他开始相信,歌声中有种祥和、清澈的力量在回荡,它缥缈、神奇,就像他家乡高高山峰上的那一缕缕云霞,他只能仰望着它们,并在不经意间泪流满面……

第八章

缪剑霜点燃了一支烟,烟雾顺着他的手指弥漫了出来。

那是一支哈德门香烟,在桥镇这样的地方见不到这种烟。香烟盒摆在桌子上,面皮上是个穿旗袍、烫了波浪头发的时髦女郎,下面还有四个醒目的字:郁馥芬芳。在桥镇,人们大多是抽叶子烟,长长的烟杆足足有三尺,抽得满屋里都是烟雾,昏天黑地。这时就听见有人在咳嗽,有人在擤鼻子,有人抠着头皮或是抖着坐皱了的长衫。只有缪剑霜身着西装正襟危坐,西装的左上别有一枚孙中山先生的像章,那是公务人员的象征。

缪剑霜轻轻地吐着烟,听着那个老者讲故事。

其实缪剑霜过去也来过桥镇,当年他是陪英国人丁恩来的,那时候的他还仅仅是盐务稽核总所的一个小小秘书,而丁恩是北洋政府专门聘请的盐务稽核总所的洋会办,掌握着全中国的盐务大权,缪剑霜就在他手下做事。当时的缪剑霜年轻好学,记忆力非凡,对中国所有复杂的盐场分布、法律条款、税制设置以及盐政变迁等等都如数家珍,有他在身边,相当于是本活字典,为丁恩在中国的盐务施政提供了方便。

那时的丁恩已快六十岁了,缪剑霜陪着他几乎走遍了中国的大小盐场,当然桥镇就是他们行程中的一站。丁恩把那次考察的成果写成了一部《中国盐业改革报告书》。据说这部书影响了现代中国盐业的发展,但他的那个时代一去不返了,他早就回到英国老家安度晚年了,到如今中国的盐业真正有什么变化,缪剑霜的心里也没有多少底。

缪剑霜想着这些的时候,烟灰突然掉了一大截在地上,才发现中间思绪纷飞的时间太长,赶紧用食指点了点烟头,感叹道:"时间真是快啊!"他嗟叹的是,这段时间里发生了太多太多的事情,他已从一个青年变成了个中年人,光阴荏苒,其间更多的是无奈。

但旁边的人并不知道他在想什么,还以为他在感叹这个故事呢。这时只听见讲故事的老者接话道:

"是啊,故事还得慢慢讲啊……"

自实行官运之后,望盐生意在各地做得风生水起,作为川中大盐场的桥镇,各种各样的人都汇聚到了那里。每到官盐局收盐的那两日,花盐街上车水马龙、熙来攘往,官盐局门口更是热气腾腾,人挤得满满当当。

根据大清的盐法,卖盐必须要经过四关,也即履行"截四角法"。但凡领引的盐商要销盐出省就得先交出引票,由盐司审查票据后,加盖大印,截去平字角,此为预验;然后商家还要过验盐这关,一般是根据抽取包盐的盐质优劣,由盐局定等,分为甲乙丙丁,每等价格不一,引票由检验人员盖印截去上字角,此为二验;在运输途中,还有抽验关口,这一关主要查盐斤有无短缺，须称掣无弊才能放行，引票被截掉去字角，此为三验；盐到引岸后，还得等候当地盐局查验，查验合格才截去入字角，此为四验。一张引票要四角都盖章截角后才算完成了交易，而在这个过程中，盐讯早已经传到了彼岸，盐未到岸就要先挂牌，摘牌者领盐商销。

官运之后，商销大畅。桥镇每到收盐日都像过节一般，那些卖了盐拿到银票的盐商灶户自然欢欢喜喜地去抖馆子喝酒，或是下春院寻乐，还有一些盐商则聚众赌博，打字牌、掷骰子、搓麻将、押银宝，搅得个乌烟瘴气，反正这时的桥镇是声色犬马，市侩浮泛。

这一天，桥镇上江声楼里来了两个陌生的面孔。

来者一高一矮，矮的是个黑脸膛，胳膊粗壮，衣襟半敞，露出黑黑的胸毛来。高的穿青色长衫，马脸，耳鬓留两绺长须，但嘴上光光生生，不见一根胡子，只是嘴里嵌了大金牙，在白光下分外醒目。

一进门，店小二李五就迎了上去，他边安置桌椅边唱菜名，只听他声音洪亮，嘴里像开了花，接连不断地报出了一连串的菜名来，什么油酥花生、卤猪蹄、回锅肉、豆瓣鱼、火爆腰花……但经他抑扬顿挫地一唱，变得有些悦耳动听。两人点了几个菜，又要了壶高粱烧酒，少言寡语地喝着。正是晌午时分，来江声楼的人渐渐多了起来，那两人对每个来者都会斜着眼睛细细打量一番。过了日央之时，人们也慢慢在酒足饭饱后走出了酒楼。看酒楼里人所剩无几，那两人才唤来堂倌结账，走出了江声楼。

第二天中午，那两个一高一矮的人又出现在了江声楼里。还是同昨天一样，两人又点了几碟菜，一壶酒。这天正是桥镇厂局的购盐日，因为每月只有两次，盐商们都非常重视这个交易的日子,而卖了盐,收到了银票的灶户们都会兴高采烈地到江声楼来喝上几杯,江声楼的脆皮鱼和姜爆鸭丝堪称一绝,酒也来自有名的烧房,这里可以说是最佳的聚会点,那些财大气粗的盐商,都会在这天邀朋呼友大摆筵席,场面可能延续到深夜。

喝了一阵,矮个子黑脸膛呼了声堂倌:"小二,再来一壶。"

李五把酒送来时,大金牙摸出两个铜板塞在他的手里,问:"今天好热闹,吃哪家的大户?"

李五一看到赏钱,便有些得意:"咸源号的大掌柜肖富成呀。"

"哦,我们是做铁器买卖的,正要找这些大掌柜谈些生意。"

"他可是咱们桥镇的大户人家,有好多口盐井哩。"

李五走后,两个人点了点头,很快离开了酒楼。江声楼上觥筹交错,划拳猜令,沉浸在一派喜气洋洋的气氛里。

酒宴一直延续到了夜晚降临,过了戌时,人们已陆续散去,而肖富成酒喝得不少,到了二更亥时才走。他结完账,哼着川戏,摇摇晃晃走在街上,前面只有一个家仆给他打着灯笼。

大街上清清静静的,只有一丝儿风吹着,胡记药铺还在房檐下留着盏灯,那是为半夜里闹病的人留的,影影绰绰的仿佛承受着黑夜的全部重量。

走在半路上,肖富成突然感到尿涨,趁着黑扒开裤裆就开撒,一阵风吹来,热尿的骚味飘进了他的鼻子里,让他清醒了一丝。这才定神一看,撒尿的地方正是刘寡妇的门前,肖富成赶紧拔腿就跑,想的是如果刘寡妇知道有人在她门前放肆那还了得,全桥镇的人都知道这个婆娘横,惹上了会口吐白沫、满地打滚!但就在肖富成离开刘寡妇家门口,刚到前面百米远的地方,突然腿一软,又在裤裆里飙出了杆尿来,而酒也就醒了大半。

肖富成被劫的消息在第二天早上传遍了桥镇。

原来肖富成在喝完酒后回到家中的途中,刚要进院门,就被早埋伏在他宅子附近的蒙面大盗劫持,家中的金银财宝被洗劫一空。劫案一出,四处都在议论纷纷,江声楼的小伙计李五也去凑热闹,但一听说是肖富成出事,脸色陡变。他心里开始不安,他怀疑起昨天的那两个人来,因为那两个说是做铁器买卖的人在打听肖富成的事。但他不敢声张,趁人没有注意,把藏在兜里的两枚铜板赶紧扔进了阴沟里。

怀望的伤彻底治愈是在六个月后,他已经完全可以自由行走了,不仅如此,他的身体结实了很多,像见风就长的榆树一样青枝绿叶。这天,怀望告诉高牧师,他要去寻找自己的亲生父亲了。走出教堂的时候,高牧师摸了摸他的头,嘱咐怀望:

"去吧,上帝会保佑你的!"

怀望这次已经下定了决心,虽然高牧师曾经对他说,世间的一切都是上帝安排好了的,要学会忍受,但怀望想的是如果再见不到怀穆春,他就死了这份心回贵州,因为母亲已经快半年没有见到他了,她一定天天坐在那棵高高的梨树下等他,她的心里不知道有多焦急,那样的煎熬会让她承受不起,会让她面容枯槁。怀望在心里说,他是永远不会因为父亲而离开母亲的,如果见不到父亲,他拼命都要回到贵州去,这么多年都熬过来了,那个陌生而遥远的父亲是可以不要的。

怀望重新回到怀家大院的时候,他在墙外站了半天,心情忐忑不安。他甚至想,如果这次再遇到上次那个恶狠狠的家丁,他就死了这个心,如果再把他扔进人市口就惨了,那他真不知道将来如何办。

怀望背着那个蓝花布包在高高的围墙外走来走去。

这天，怀穆松正好从院子里出来，他准备到卤元井上去。当他跨出大门的时候，怀穆松本能地往四周望了望，他看到一个少年在不远的墙边来回走动，低着头，好像在想什么事情。怀穆松并没有在意，他跨上轿子，起身出发。刚走了半里地，怀穆松好像想起了什么，忙让轿夫停下来，只说了声"回"。轿夫快步往回走，但回去的时候，那个少年不见了。

怀穆松急问守门的家丁："刚才门前的那个少年呢？他是不是背了个蓝色的绣花布包？"

"……好像是，老爷。"

此时的怀穆松已经看到了希望，自从突然看到了那个要找的少年后，他就相信这个孩子是真实存在的了，而他的身上一定有着一段奇特的经历。他更相信，这个少年一定会再次在桥镇出现，他们之间不会再失之交臂了。

其实，怀望刚才在大墙外犹豫了半天，他看到那么高的围墙，突然之间就失去了勇气，他感到这个地方不是他要来的地方。怀望从小在山里长大，大山里没有围墙，这道一丈高的墙隔着两个完全不同的世界。怀望彻底泄了气，这回是他自己打倒了自己，所以他怏怏地回到教堂里时，只想去跟他的恩人高牧师告别，然后踏上回贵州的路。

高牧师看到怀望回来，并没有感到什么吃惊，只是带着他去晚祷。晚祷之后，怀望的心绪平静了许多，把他的想法全部告诉了高牧师，他说他是回来跟他告别的，因为他不再想见到他的父亲。高牧师听完，在胸口画了个十字说：

"孩子，凡事都是主安排好了的，不要害怕，你父亲近在眼前，你为什么不去见他呢？"

怀望相信高牧师，也相信上帝的安排。

出事之后，肖富成被吓破了胆，变成了个癫子。

他嘴角掉着口水，一见人就用手比着自己的脖子砍，一副惊恐万状的样子，这都是被劫后留下的后遗症。肖富成的生意一落千丈，前后两次遇到大劫，单靠金兰香也难支撑生意，便把大部分的井转了人，工匠也辞去了大半。毛大哥就说过嘛，他肖富成虽然发了大财，但不结善缘，这都是要还的。但当大家都觉得肖富成这家伙该背时的时候，桥镇上却少了道风景，原来金兰香从此关门闭户，人们在大街上难见到她的人影了。

又过了半年，这半年是安安静静过来的，再无什么新鲜消息。

一天早晨，天还蒙蒙亮，肖富成家的一个杂工起得很早，他每天都要从后院的井里打水起来把石缸装满。

这天，他把木桶放进了井中，但辘轳上的绳索怎么也落不到底，于是他便把桶绞起来，桶里居然一滴水也没有。杂工很纳闷，心想是不是井里的水干了，便借助点微弱的光把头埋进井口。咦，他发现井底好像浮着什么东西，但又看不清楚，便找来一根长杆插下去，一戳，感觉不对，里面好像浮着什么东西，软软的。又戳了一下，还是软软的，他判断里面肯定有东西挡着，怪不得提不起水来，他便找了根洋蜡点上，仔细一看，吓得把蜡烛都掉进了井里，随即便听见他的一阵惊慌失措的狂嚎：

"死人啰！快来人呀！"

等所有的人都惊恐万状涌到了井边，把人打捞起来一看，原来是肖富成跳井死了。

二

怀穆松与怀望的见面虽然有些偶然，但这个过程仿佛是冥冥中的安排。

那是一个早晨,怀穆松起得很早,他正在院子里摔鸟,那是他训练鸟的一种方式。据说把笼中的鸟关久了就会懒,一懒就成天耷着毛,难看得像害了瘟,所以必须要翻去覆来摔,这样就可以赶走鸟儿身上的懒虫,跟在笼子外一样活蹦乱跳,充满了朝气。

摔鸟也是耗力气的事情,一阵下来,怀穆松摔得自己的膀子都有些酸痛。他又坐下来喝了几口早茶,用了几块早点,这才起身出门。按照怀家的讲究,在大门的内侧有个候轿的走廊,轿夫们都在那里等候主人,怀穆松只需一抬脚蹬上轿子便出门,外面的人是看不到轿子里的人的。这天,他跟往常一样坐进了轿子里,轿夫一伸身,只听见轿子"吱嘎"一声闪了下,怀穆松习惯性地往前倾,接下来便是轿夫大步跨出门槛,连续的几个动作都有些大,把人都颠得有些晕乎乎。就在这时,他听见外面传来了一个怯生生的声音:

"三爷……"

怀穆松撩开帘子,看见一个少年站在自己的面前。

"三爷!"少年又喊了声,但声音比刚才小了很多。

"你找三爷?"怀穆松问。

"嗯。"

"你是谁?"

"我,我是三爷的儿子。"

"什么?三爷的儿子?"

怀穆松的眼光从对方的头顶上一直滑到脚跟。

"对,我叫怀望!"

怀穆松一下就明白了,这正是他要找的人!

他看见这个少年身上挎了个蓝花布包,带着异域的色彩,这一定就是那个从很远的地方来的孩子了,怀穆松一直等的就是他。但怀穆松不明白的是这个少年为啥喊三爷,其实这是怀望从上次那个门役那里听来的,那个门役就喊怀穆春三爷,他推测三爷就是怀穆春,怀穆春就是三爷。所以怀望这次便等在门口,想见到轿子出来就喊三爷,三爷肯定是坐轿子的,只要他一喊就可以找到三爷,而不用同那些可恶的门役打交道了。

在一间敞亮的屋子里,怀穆松仔细地打量着眼前的少年,他的容貌确实跟怀穆春非常神似,这样的神似在举手投足间暴露无遗,这个朴实的山里孩子没有撒谎,按时间推算,这一切都应该发生在怀穆春到贵州候官期间。事情既然揭开了盖,迅即弥漫开的是一锅腾腾的热气。

接下来,他让仆人给怀望煮了碗葱花鸡蛋面,怀望吃得津津有味,怀望看到怀穆松对他那样和善,心里就没有了任何芥蒂,他觉得这面太好吃了,让他找到了家的感觉。看到他狼吞虎咽的样子,怀穆松又让人煮了碗来,怀望又呼呼地吃进了肚子里,怀穆松说:

"找到了你爹,以后你天天都能吃上好吃的了。"

吃完面,怀望被安排在了怀穆松自己院子的一间厢房里住下,怀穆松又告诉怀望,说他的父亲怀穆春正在外地办事,要两日后才回来,让怀望好好休整,不要乱走,等着给大家一个惊喜。实际上,怀穆松想的是等待宗祠聚会的到来,他相信到时的震撼是平地里的一阵狂风,会让一棵巨树上的鸟儿各自纷飞。

两天之后,怀家宗祠举行聚会,这是怀姓族员例行议事的日子,怀家的老老少少都相约去了祠堂。

那天,怀荣三、怀穆松、怀穆霞、怀穆春先后来到了祠堂里,他们先是给祖先的灵牌磕头上香,然后按辈分分坐在两边。这天的议事并无特别的内容,谈论的都是些无关紧要的事情,比如井上的生产情况,田里的物产如何等等。因为近来怀家并无婚嫁丧葬方面的红白喜事,所以大家喝着茶,抽着烟,晒着稀稀疏疏的太阳,只等挨到午时的聚餐。这时,一直沉默寡言的怀穆松突然从椅子上站了起来,走到了大堂的中央,大声说道:

"今天,我要告诉大家一个好消息,咱们怀家又要添丁进口了。"

一言既出,众人一阵喧哗,以为怀氏家族又有哪房哪家的娃要呱呱坠地了。但怀穆松说完,却没有继续讲下去,而是快步走出大厅,须臾间从外面带了一个眉目清秀的少年进来。大家不知究竟,望着怀穆松发愣。

"这个孩子叫怀望,既然姓怀,自然有些来历。这样,先来拜你爷爷再说后话。"

怀望跪在地上向怀荣三磕了头。怀荣三满脸迷惑。

怀穆松又把他带到怀穆霞面前,说道:"这是你的二伯。"

怀望跪在地上向怀穆霞磕了头。

这时,怀穆松慢慢走到怀穆春这头说道:"现在你要给你亲生父亲磕头了。"

怀望被带到怀穆春的面前时,怀穆春的脸色骤然大变。

空气瞬间凝固,所有的人都盯着这个陌生的孩子,眼睛鼓得大大的,不知道发生了什么事情。但炽烈的气氛烧得人思绪飞扬,难道这个孩子身上还掩藏着什么惊天的秘密?

就在怀望跪在地上向怀穆春磕头的时候,怀穆春喊道:"慢!大哥,这……"

"三弟,他就是你的亲生儿子呀!"

"荒唐!"怀穆春站了起来。

"荒唐?哈哈,我也觉得荒唐!"

"穆松,休得胡言乱语!"怀荣三大声斥道。

"好吧,还是让这个孩子自己讲吧。"

这时,怀望从他那个蓝色布包里拿出一张丝巾来递给怀穆春,怀穆春打开一看,上面绣的是柳条和两只燕子,同他保存的那张一模一样,他一眼就认出这确是杜小琴亲手所绣,而眼前的孩子莫非就是他同杜小琴那一夜……怀穆春只觉头上一热,脚下一个趔趄,跌坐在了檀木圆椅上。

怀望的事情一出,怀家全乱了。

玉簪一气之下回了娘家。玉簪一走,怀穆春突然感到异常沮丧,杜小琴那边还不知道如何处理,玉簪又跟他闹上了别扭,而大哥二哥正在推波助澜,他陷进了从来没有的困境。那些天怀穆春没有在大堂上露过面,他怕别人用异样的眼光看着他;他走在井灶上,那些工匠也在一边议论纷纷,好像他做了什么大逆不道的事情,他知道桥镇上也一定传遍了风言风语。

这天,怀穆春一人来到茫溪河边,清澈的河水倒影着他孤单的身影,河面上正有一些运盐的船在航行,远处飘来一条遮篷船,摇船的人很远就喊道:

"三爷。"

原来来人正是很多年前渡他过河,后来又搭他去叙府买米的船夫,这条船正是怀穆春在办好事后送给船夫的。

"是船师傅呀!"

这么多年没有见面,如今一见到有几分亲热。船头还有个孩子,手中拿着一根竹竿,不断地在水面上打捞着什么。

"快跟三爷磕头,要不是当年三爷给的钱治病,你早就没命了!"

孩子马上把竹竿放在一边,就跪在船板上给怀穆春磕起头来。

"起来,起来,不必拘礼。"怀穆春问,"多大了?"

"十三了。"孩子回答。

怀穆春这时就想起怀望来,他应该比怀望大一点。孩子正在河面上捡盐渣,那些上船时落到水里的盐碎块都飘在了水上,他们用特制的竹竿一吸,就把盐渣吸进了竹筒里,一天下来,如果运气好,可以捡到几斤盐,比打鱼还赚钱。

"以后这船就等他来撑了,如今一涨水,就撑不动了,我们老了!"船夫说。

"你儿子不是已经长大了吗?还怕啥?"

看着船夫健壮灵活的儿子,父子俩娴熟协调的搭手,怀穆春突然心里涌动起什么。他想,怀望也有十二岁了,他来到桥镇,以后不也是要子承父业的吗?怀望毕竟是自己的亲生骨肉,虽然他们之间还存在着巨大的隔阂,那是时间和环境造成的,一时还难以改变,但怀穆春想,随着时间的推移,一切都会发生变化。也就在这一刻,怀穆春从心里已经把怀望领回了家。

但小琴怎么办?她毕竟是名不正言不顺,虽然他们也曾有爱情的火花,但在别人的眼里那就是一对偷情的野鸳鸯,对于像怀家这样的大户人家来说,难免为人言语。过了几天,可能是心情烦躁,一丝也没有缓解,怀穆春突然想起去玉津山,那是个远离尘嚣的地方。

到了玉津山,怀穆春见到了寂灯,寂灯又老了不少。

那天,寂灯正坐在大殿的廊柱下晒太阳,他已经很老了,眉毛都全白了,倒有些仙道的意味儿。那些时间里,怀穆春除了听听庙里的晨钟暮鼓,便只是跟寂灯闲聊。夜晚来临的时候,他看到明月静静地落进窗子里,让他心若止水。又过了几天,怀穆春好像已经忘记了桥镇的一切,他想自己可能已经在香火缭绕中忘记了凡尘中的一切。但有一天却发生了些变化,那天一大早,他突然就醒了过来,立即翻身下床,待穿上衣衫才发现是在庙子里,坐在床榻边一片茫然。这时,钟声响了起来,又到和尚们早课的时候了,怀穆春想,要是在桥镇,那里早已是忙忙碌碌的景象,而他也将坐上轿子四处巡查,开始新的一天。他的心里又涌动着那些支离破碎的东西。

这天夜里,寂灯突然跟怀穆春讲起一件事,说当年跟他们一起来庙里的那个女子不久前到庙子里来过。

"七儿?"怀穆春脱口而出。

七儿早已从他的记忆中消失了,经寂灯一提,便忙问发生了什么事。寂灯告诉他,现在的七儿早已不是过去的七儿了,如今她已不唱戏了,曹黑头占领桥镇后她就被霸占了,后来官军抓住了曹黑头,七儿的结局也可想而知,最后是被关了几年后才被放了出来,年纪不大,头发都白了。寂灯最后感叹了一句:

"红颜薄命啊!"

怀穆春问:"七儿如今在何处?"

寂灯摇了摇头。怀穆春深深叹了口气,他的心里难受了好一阵,他没有想到茶馆里毛大哥曾经讲的那个女人居然是七儿,那个名震桥镇的花旦竟然落得如此下场!怀穆春想,七儿为什么要到玉津山的庙里来?她有什么值得挂念的事情吗?这样想的时候,怀穆春就感到这样的问题实际上也应该诘问自己。那年带七儿出来游玩成了她一生中美好的回忆,所以她才会重新回到庙里来寻找过去,但她已被人生的伤痛淹没了。

突然间,他就想起了杜小琴,她不是也正为命运捉弄,怀穆

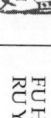

春的心里突然为之一颤。在柳城时的一幕幕往事又浮现在他的心里,院子里的梅花、盐铺上的对联、惊心动魄的鬼戏……那个清新淳朴的女孩如今变成什么样了?她会经常站在三望坡上眺望桥镇吗?是的,这些都不是已经远远飘走的云彩,它们已经变成了一场狂潮来到了他的身边,把他推进了波澜起伏的旋涡中。

"七儿她……"

怀穆春还想问,但发现寂灯已经走开了,四下浮泛着一片白白的月光。

第二天,怀穆春就告别寂灯返回了桥镇,他准备把小琴接到桥镇来。

三

一个月后,玉簪从娘家回到了桥镇。她已经回心转意,但怀穆春永远都不会知道夫人的转变是因为一件小事。

在娘家的一天,玉簪和慧英待在屋子里,外面下着冷雨,一只羽毛未丰的小麻雀在窗子上扑腾。但它还太稚嫩,一时也找不到回家的路,慧英上去把窗子打开,麻雀一下就飞了进来,落在桌子上。

玉簪说:"它可能没有力气了,你去抓把米来喂它。"

等慧英把米撒上去,它却一粒都没有吃。玉簪又说:"它肯定是想家了。"

慧英正看得痴痴的,怜由心生,便脱口而出:"它好可怜呀,就像怀望哥一样。"

玉簪本来想生气,她不愿意任何人提起那件让她不舒心的事情,但她忍住了,她在心里默默地想着慧英的这句话,想着想着她就有些回心转意。玉簪了解慧英的身世,这个丫头平日里很懂事,也有自己的心思,她的话中有真情。玉簪突然问:"怀望现在何处?"

"要不还在桥镇,要不已回贵州了,我哪里知道呀……"

玉簪站起来,在屋子里踱来踱去,心里若有所思。这时,小麻雀扑的一下飞出了窗外,消失在了茫茫的细雨中。玉簪突然转个身来吩咐:"慧英,明天我们就回桥镇。"

怀望终于盼到了高兴的日子,他穿上了新衣新鞋,就要回贵州把母亲接到桥镇来了。

当然跟他一起去的还有另外两个精干的伙计,他们抬着一顶崭新的轿子,带了足够的盘缠,那是怀穆春专门安排的。走之前,怀望到卤元井上去装了一小袋盐,他要把它带到贵州去,让母亲相信他真的是到了桥镇,见到了自己的亲生父亲,同时他也要用这袋盐去外公杜长贵的坟上祭祀。那是一袋白白的、细细的、亮晶晶的花盐,怀望捧起它的时候就仿佛听到了教堂里传来的赞美诗,这样的感觉让他惊奇到了极点,他没有想到相隔那么远的距离,声音竟能飞越过来。

那是他第一次站在咸草坡上,有种震撼在摇晃着他。

怀望听人讲过,很多年以前,这个山坡上飞着一些鸟,但它们一到这里就会掉下来,那是因为大地上卤气涌动,卤气通过鸟儿在召唤人们。这座山是座盐山,站在这座山上的人都有他们的故事,就像怀望一样有自己的故事,就像手里的每一粒花盐一样,有着它们的故事……

当怀望风尘仆仆地离开桥镇往贵州赶的时候,桥镇盐场就发生了牛瘟。

发现牛瘟那天,怀穆春起得早,他正准备去井上查看,突然就听见几个人飞奔进了院子,站在他的面前神色紧张、噼里啪啦地翻动着嘴皮子。为了了解情况,怀穆春当即就赶到了顺龙井,只见井架下围着一大群人,几个盐工正在把死牛拖到架车上,他们正准备把这些死牛拖到远远的地方挖坑深埋。井主一脸悲戚,说前天牛还是好好的,昨天起来就发现牛不正常,请兽医来看,说是得了软脚瘟,喂了药也没有用,今天就倒了。

怀穆春又去了遇海井,情况也相似,虽然还有几头牛活着,但也奄奄一息,盐井老板哭丧着脸,说这几头牛是半个月前刚买的,来的时候膘肥体壮,才上了几天枷担就死了。他买牛的钱是刚借的,欠了一屁股债。怀穆春再去了昌德井,但没有见到井主,盐井一片死寂。喊了几声才从一个草棚里钻出个人来,问是怎么回事。那个人讲,井主已经牵着剩下的牛远走他乡了,就留了个杂工看守,老板说是不躲过这一劫,只有倾家荡产了,到时连跳江都来不及。

情况已经很清楚,桥镇盐场的牛正在发生大瘟疫。回到怀家大院,怀穆春马上把所有盐井的管账、管事、灶头、兽医等汇聚一起,商量对策,迅速采取措施,防止牛瘟的侵扰。怀家的几百头牛迅速都被灌了药,牛槽也消了毒,牛的饲料也严加管理,不许任何外来人员接近牛,并在每口井的牛棚设置专人,负责仔细观察牛的状况,一个时辰报告一次,如发现异常,及时通知。但就这样也不可能保证万无一失,无奈之下,怀家已经陆陆续续有几十头牛牵出去宰了。

兽医过去遇到牛瘟一般是采用中药秘方,把中药熬出来往牛的嘴里灌,但这样的土方法见效很慢。牛瘟的传染性非常强,一日不除,细菌就会迅速繁衍,随着苍蝇蚊虫、脏水四处传染,如洪水猛兽。形势一天天的恶化,人们便赶紧牵上成群的牛开始逃离桥镇。牛群拥挤在狭窄的道路上,牛蹄扬起的灰尘,几里路外都看得到。十日之后,桥镇的牛全牵往了别处躲了起来,盐井几乎全瘫痪了下来,花盐街上冷冷清清。

牛瘟过去是三月之后的事了,桥镇的人拿牛瘟一点办法都没有,只有等和熬。这三月中,桥镇盐场等于重新洗了一次牌,很多盐商不堪重负便将盐灶转让出去,而盐工们也挣不到钱,随处可见唉声叹气的人。怀穆春算了笔账,怀家因为这次牛瘟少出了十万担盐,损失巨大。

这年的秋天本来丰收在望,树上结满了柿子,灯笼一样,要是往年孩子们早就爬树采摘去了,但这年大家都没有心思顾得上,已经熟透的柿子像鸟粪一样打在地上。

等天气凉透了,才有人把牛重新牵了回来,井上才又响起了吱嘎吱嘎的拉绳声,而这时,从光绪年间起川省实行的官运制已经完蛋了。

这天,怀家的男人们按照惯例都不约而同地来到了怀家祠堂。等人都到齐了,怀穆松便把分家的事情提到了面上。他又穿上了那件豹皮裯子,每当他一穿上这件霸气的衣裳时,人们都会感到有些不同寻常。

开场白是怀穆松主持的,他慢慢地说道:

"今天要讲的只有一事,家父年事已高,兄弟之间都成家立业,儿女成行,该是谈论分家的时候了。"

大家把目光放在怀荣三的身上,但他已经年迈,耳聋眼花,看上去几近昏聩,这样的情景让怀穆松和怀穆霞有些有恃无恐。人们又把目光投向了怀穆春的身上,大家知道,他才是怀家真正的主心骨。怀穆春对这件事早有准备,便说:

"常言说得好,父母在,不远游,我认为现在还不是谈分家的时候。"

"当着爹的面有啥不可?"怀穆霞说。

"我看以现在的情形,以后就谈不清了……"怀穆松不冷不热。

"桥镇上百家大商户,人家都虎视眈眈地盯着我们,难道你们觉得现在谈论这事对怀家有利吗?"怀穆春说。

"现在不谈更待何时?"怀穆霞磕了磕铜嘴里的烟灰。

"如今官运一完,谁也罩不住谁了!"怀穆松说。

"可合在一起才能做大事呀。"怀穆春敞开双手,像要抱住什么。

"如今就你说了算,跟我们不沾边,做大事又有何用?"

怀穆松的话一出,下面的人迅即像是开了的熬盐锅,叽里咕噜地翻滚着热气腾腾的盐卤。

怀穆春脸色大变,他想不到大哥如此针锋相对。怀家就好比一栋房子,它需要的是最坚固的梁柱,他不是想争权夺利,独霸怀家的家长地位,而是其他人暂时还不足以担当重任,难孚众望。同时他也知道,单靠一个人也做不成大事,要做大事业必须要积蓄所有的力量,小门小户的狭隘想法有害无益。

"在这个家里,大事情只有爹说了才算。"怀穆春站了起来,他的眼里带着恼怒。

"我看是皇帝爱长子,百姓爱幺儿啊!"怀穆松说。

"还是分了好,免得打肚皮官司。"怀穆霞补了句。

就在他们争执的时候,却听见父亲怀荣三颤颤巍巍地站了起来,碗里的茶水晃了出来。

"你们都糊涂了吗?分家?这二十四个天井能分得开吗……"

大厅里鸦雀无声,每个人的表情瞬间凝固,烟雾在屋子里弥漫,几只燕子在梁枋斗拱间穿来穿去,好像是在抢着衔回暴风雨前的最后一点泥巴和食物。

怀望回到柳城的时候,他想到的是母亲杜小琴一定在三望坡上等他,因为在他离开家乡去桥镇的时候,母亲就是从三望坡上把他送走的。

但是,当他站在三望坡上的时候,却没有看到母亲的身影。怀望匆匆地往家里赶,三望坡离他的家还有三四里地,但短短的几里路让怀望心急如焚,他不知道出了什么情况,母亲说好在这里等他的。

怀望又加快了步伐,那个专门用来接母亲的轿子在山路上一闪一闪,发出了吱嘎吱嘎的声音,听起来是那样沉闷和让人窒息。翻过一个山坡就能望见家门口的那棵梨树了,母亲就应该站在树下,小的时候,每天母亲都站在树下呼喊他,她只要一喊,风就能把声音送到他的耳朵里,他也就会从麦地或是树丛中伸出脑袋来,那是他最幸福的时光。但现在他没有看见母亲,怀望的心里有种巨大的不安,而这种不安在夕阳西下的时候被无限地放大了。

三步并作两步走近屋门,怀望突然感到了不祥之兆。篱笆的四周长满了杂草,门上的锁锈迹斑斑,屋梁上没有挂着哪怕是一串玉米,院坝里也没有一只鸡鸭,仿佛一切都在静默中发出破败的气息。这样的景象绝不是他走之前的样子,他本来是兴冲冲地赶回家的,甚至他还有些荣耀的感觉,因为他找到父亲了,而且这次是专程接母亲到桥镇去享福的,这不,轿子是崭新的,跟他一起来的轿夫都是年轻力壮的,那可是怀家的气派呀!但现在好像突然变了,等待他的却是一场冷冰冰的场面。

母亲怎么不在家里？难道家里出现了大的变故？

怀望想寻找答案却四下里无人。天渐渐黑了下来，他被汗水打湿的衣裳被风一吹，便感到了阵阵寒意。怀望想起去附近的乡亲家问问，他们一定知道究竟发生了什么；但是他已经感到了不祥，在桥镇的有那么几天，他就做过不祥的梦，在梦中他是被吓醒了的。

那是怀望一生中最难熬的一夜。

小琴是在怀望离开她三个月后去世的，当时她几乎每天都到三望坡上去等怀望，有一天突然下起了狂风暴雨，她在回去的途中全身淋湿，又在山坡上摔了一跤，滑到了山坡下，她本身就虚弱的身体经不起这样的折腾，回去后就一病不起，亲戚来照应了几天却一点不见好转，悲悲切切到了最后，一句话也没有留下。

第二天，怀望去了母亲的坟头，他把那袋从桥镇带来的花盐撒到了坟上。又去了三望坡，把那顶轿子留在了那里，那轿子是红绸面的，喜庆的颜色让山岭子都燃烧了起来……

小琴的死出乎怀穆春的意料，他没有料到事情是这样的结局，命运对他简直就是开了个巨大的玩笑。那个当年梅花一样的女子只留下了一丝清香走了，而带给怀穆春的是一生的隐痛。

这年，按照怀家的辈分，怀穆春把怀望的名字改成了怀如望，正式成为了怀家的一员，这样他便和妹妹怀如月、弟弟怀如茂生活在了一起，怀穆春又专门给他请了当地有名望的私塾老师。他对怀如望说：

"如望，你就跟如茂一起去好好念几年书吧。"

当时怀如望比怀如茂大很多，但两人却坐在一根板凳上读书，常常引来同族孩子的围观。

四

有个老人曾说,桥镇好像从来就没有真正平安过,大灾大难一直不断。但是,桥镇就像棵矗立在大地上的黄葛树,掉了叶、折了枝、断了根都会顽强地生长出来,所有的伤痕都在岁月中弥合,并化成了一种永恒的平静,而这样的平静却总是伴随着风雨飘摇。

一日,从嘉定顺江而下的新任知县杜任之经过桥镇时,诗性大发,即兴赋诗一首,其中有四句:"波憾长堤万灶烟,轻舟双桨水中天,架影高低筒络绎,车声轱辘井相连。"其实桥镇边上的这条江上,来往的无非是些得意或者落魄之辈,写诗抒怀是家常便饭,有名的如李白、岑参、陆游、苏轼之流,千百年来也只留得一两句被后人称颂,而像无名的如杜任之这样的文人,写的诗如泼进江中的墨,顷刻就散了,留不下一点痕迹。但是,让杜任之没有想到的是,他的诗却成为了桥镇历史的一段记录。

牛瘟的事情没过多久,盐商们仍在心有余悸,一场火灾又降临了。

在春天的一个夜里,桥镇的人们正在睡梦当中,突然听见有人惊慌失措地大叫:"失火了!失火了!"

很多人以为是花盐街上起火了,纷纷跑到街上,但他们并没有看到街上有任何火光,正在纳闷之际,才有人喊,是咸草坡上的盐井起火了,要人们快上山救火。

怀穆春一听说是山上,心里咯噔一下,心想不会是卤元井吧?他不敢稍有麻痹,速速带领人向咸草坡奔去。

在路途上的时候,看见有人往镇上跑,人影憧憧,他拦住其中一个人，急问是发生了什么情况，那人在匆忙间上气不接下气地回应：

"咸海井上起大火，大火正在蔓延，已经把旁边的缝源井、新盛井全引燃火了！"

怀穆春大惊，还想问个明白，而那人已经跑远了。

这几口井正挨着卤元井，情势十万火急。

怀穆春加快了步伐，等他带的一帮人冲到咸草坡上的时候，大火已经蔓延到了卤元井旁边，寒风猎猎，已是一片熊熊火海。

怀穆春大惊，这火不是小火，而是漫天大火，火势摧枯拉朽，所过之处无一井架房屋能幸免，顷刻间就可以让百丈高的天车倾塌。这时，山上的火在翻天覆地滚动，如此大的火势要想保全盐井简直是异想天开，唯一的办法是保住井基，其他如灶房、柜房、偏厦、牛栏、枧管等已经管不了那么多了，只要保住了井基，以后还可以恢复。

但井基如何保全？怀穆春突然想起了山坡上的卤池，里面装有上千担的卤水。

"拿斧头来！"怀穆春大声喊道。

只见怀穆春迅速跃上那个高高的卤池，挥起大斧将池壁砍破，瞬间卤池倾盆而下，轰的一声向卤元井冲去，像凶猛的潮水一样将井基淹没……

"卤元井被烧了！"

一个工匠飞速跑进了怀家大院，怀家的燕禧堂上早已站满了坐立不安的老老少少。

"什么？卤元井……被烧了？"怀荣三只觉天旋地转，一下倒在了地上。

怀家乱成了一片。人们看见一只乌鸦飞过了怀家大院。

等怀穆春下山的时候,已经天明了,咸草坡上一片狼藉,不少地方还冒着一股股浓烈的焦烟。这片山坡上大大小小的盐井有几十口,如今只有卤元井残败的井架还孤零零地矗立在那里,而其他的盐井大多数已被烧毁,不少人站在山坡上傻傻地望着,两眼发直,也有人在掩袖拭泪,悲痛欲绝。

怀穆春说不出一句话来。

满山遍野都变成了焦土,他的胃在痉挛、疼痛,他慢慢地蹲了下去,吐出一口黑痰来。

怀荣三躺在床上奄奄一息,他没有经受住这个噩耗的打击。他一动不动,亲人们围着他,但他目光呆滞,可能在弥留之际追忆着逝去的年华。这时的怀荣三会想起王贵,就是那个眼睛瞎了的好人给了他一条明路,但王贵没有看到卤元井的凿成,在九泉之下都带着遗憾,当然这个遗憾也是他怀荣三的遗憾,他为此多付出了二十多年的代价!而赵旺,哦,那个可怜的出家人寂灯,是他做了尘世的最后一件事,让卤元井成为现实,但如今卤元井又遭受了大火的摧毁,这正印证了井无百日安的古训!唉,这口卤元井怎么就像人的命运一样曲折多舛……

思绪像破碎的船片浮满了水面。

狗屎郎中已经很老了,他拄着拐棍,连轻飘飘的药包都勾不住了,他那有名的三番扇就把病号住的神话已经过去了,人们看到的他只是个老眼昏花的垂垂老者。

狗屎郎中坐在怀荣三面前,他不是来看病的,他只是来说几句话的。但他们没有说成话,狗屎郎中全白了的胡子动了动,在地上落下好大一块阴影。

这时候,怀穆春已跟跟跄跄从山坡上回到了家里,他来到床边,轻声说:

"爹,井基保住了。"

怀荣三的眼里很快溢出了几颗泪水来,在眼周的皱纹里慢慢蠕动。这句话仿佛是他一直在耐心地等待着的,如果没有这句话,他可能还会一直等下去,就像当年王贵老爷子在临死前等待打出盐井的消息一样。这时,只见怀荣三的喉咙里一阵涌动,但什么话都没有说出来,便突然被哽住了。瞬间空气凝滞,一切变得静谧,包括从窗户外透进的那束光都暗藏着一种虚空。

那颗老泪顺着他的脸颊终于掉了下来。

就在这颗泪落地的时候,所有积聚的悲伤"哗"的一下爆发了出来,仿佛盐山塌了下来,带着阵阵呼啸。怀荣三的手落到了床下,这样的告别其实就是放弃。人最终都得放弃。他的一生都在寻找盐,盐是他的生命,当年王贵曾经说他是命里有盐的,他是带着盐命来的,但为什么命运却是如此多舛,命定的事情也会有那么多的坡坡坎坎?他的一生可以用光亮来概括,只是这时候,怀荣三脸上的那颗泪分明还带着一些不安,而众人的眼泪蜂拥而至,让那一点不安更加迷乱。

第九章

怀荣三走后,桥镇落寞了好些年。

正是改朝换代的年代,男人忙着剪辫子,女人忙着放脚,科举已经废除,年轻人的出路已不在苦读入仕,各地的商业正在蓬勃兴起,军阀混战暂时得到平息。人们觉得民国复兴之后,新时代已经到来,海清河晏远远甚于四分五裂,每个人的心里都同时感到了失落和兴奋这两种情绪的来袭。

又过了些年,怀穆春受了维新思想的影响,把他的两个儿子都送到了国外。按照怀穆春的理解,他觉得孩子们都渐渐在长大成人,既然废除了科举,就应该走出私塾去学西方的文化,怀如望此时正在去德国的船上,而他的弟弟怀如茂正在去日本的途中。而怀穆春之所以选择这两个国家,是听人说德国和日本是世界上最强盛的国家。读书也是做买卖,怀穆春常常对他们说,把你们俩兄弟统统送出去,是要多了解这两个国家,今后一定有用。这是他心中的逻辑,也是他的眼光。

送走了两个儿子,怀穆春又把陈秉明送上了船,因为官运制度解除后,桥镇厂局也随之解散,陈秉明变成了旧时代的遗老,只好回故里养老了。

那日,怀穆春在江声楼为他饯了行,两人痛痛快快地喝了一次,他感谢陈秉明多年来对怀家的关照,但两人喝得不禁有些悲凉,大有雨雪霏霏故人去的意思。回到家中,怀穆春突然走进了退省庐里,这间正房自从父亲去世后就一直空着,由于长久没有住人,空气中弥漫着一股潮湿霉臭的气息。他知道,当年父亲就是在凿卤元井失败后专门辟出这间屋来省思人生得失。怀穆春在房间中站了片刻,觉得此时的心境与当年父亲的无奈是一样的,仿佛很多事情都有些力不从心了,无力再去应对这个纷繁的世界。

他又选了个日子,穿了身素净的长衫去请怀穆松和怀穆霞,三个人坐在燕禧堂里,怀穆春慢慢说道:

"父亲去世也有些年生了,咱们就把家分了吧。"

他们没有吭声,互相对望了一眼,没有想到这个时候怀穆春居然自己提出了分家。

怀穆春又说:"咸草坡上的那口废井就留给我吧。"

这年春天,怀家三兄弟就分了家,已经颗盐不产的卤元井分到了怀穆春的名下。

英国人丁恩来到桥镇是冬天。

丁恩是从安南穿过云南到达四川的。这个洋老头身体壮实,精力充沛。他穿着件灰呢短大衣,戴着顶黑呢帽,脚踏牛筋皮鞋,手上提着一根精致的拐杖。他一到桥镇,便被一群小孩追着看,大家以为是发生了什么事情,都跑去看,结果围观的人越来越多。有人以为是教堂里又来新的洋牧师了,便喊道:

"洋菩萨来啰!洋菩萨来啰!"

丁恩是盐务稽核总所的会办,掌控着中国盐务大权,其实桥镇的人根本不知道盐务稽核总所是什么东西,但他们看到丁恩一来,当地的官吏们恭恭敬敬地跟在后面,就明白此人来头不小。丁恩此行的目的其实是到桥镇盐场来做调查的,他要了解盐场的状况。之前他已经走遍了东部沿海重要的盐场,他要为中国拟订一份详细的盐业改革计划。

丁恩到桥镇的第二天,就把桥镇的大盐商召集在了一起。

怀穆春理所当然在邀请之列。丁恩的翻译是一个中国年轻人,戴着副眼镜,斯斯文文的样子,这个人就是缪剑霜。

丁恩边听边问,主要问的是一些盐井的场产、税收、引岸、配运之类的事情,但问得非常仔细。聚会结束后,丁恩想去盐井上看看,怀穆春突发奇想,就说:"好吧,我带丁会办去看看桥镇最好的一口井!"

丁恩兴致很浓。但等他们一行走了半天后来到咸草坡上时,看到的却是一片荒芜的景象。

"这难道就是桥镇最好的井?"丁恩问。

"是的,可惜在很多年前被一把大火烧掉了。"怀穆春回答。

"但我要看的不是口废井。"丁恩有些恼怒。

"它不是废井,下面的卤水每月最少能产一万担,方圆百里没有哪口井比得过它,只是需要重淘,我就是请丁会办来为我出出主意的。"

丁恩的脸色好看了一些:"是的,你说得没错,但这得需要治井专家和专门的设备!"

"丁会办,我相信只有您能帮我这个忙。"

"真有意思。"丁恩摊了摊手。

让怀穆春没有想到的是,丁恩刚走不久,治井的事情居然就有了眉目。

事情的转机是从桥镇盐务稽核支所的设置开始的。当年盐务稽核总所专门在桥镇设置了盐务稽核支所，它是作为四国银行团在《善后大借款》后，以中国的盐税作为抵押还款而在全国各大盐场设置的盐务机构。所以这些机构里派驻的都是外国人，他们负责督查场产和收留盐区的税收，最先派驻桥镇的是一个叫华禄爵的法国人。

华禄爵到任桥镇是民国十三年的初冬，人们习惯称他"洋助理"，也就是桥镇盐务稽核支所的洋助理员。同时上任的还有个叫罗昌的中国人，是桥镇盐务稽核支所的华助理员，被人称为"华助理"。当然，在稽核所里是洋助理说了算，华助理只是陪衬，所有的事情都得听从洋助理安排。

华禄爵一到桥镇就给怀穆春带来了好消息，说为治理卤元井的盐井专家不日就会到桥镇来。

这件事情是丁恩考察桥镇盐场后，见到四川盐务总办龚心湛，之后便提及了此事，而华禄爵一到四川也拜见了龚心湛，龚心湛便把这件事情告诉了华禄爵，华禄爵一听是丁恩所托，上司的任务是不能怠慢的，便把此事满口答应下来，并称一月之内就可以让专家启程到桥镇，三月之内恢复盐井的生产。

从那天以后，怀穆春每天都安排人到岸边去接驾恭迎。他准备了一顶崭新的四抬大轿，轿夫是挑选的年轻精壮的大汉。怀穆春想把那个远道而来的洋人颠得晕晕乎乎的，像喝了小酒一样高兴。其实怀穆春的心里早已充满了期待，他的喜悦要用这样的方式来表达好像才够浓烈。

在桥镇，最先见到保得成的是个放牛娃。

那天放牛娃在山坡上割草，突然就看见不远的树林子里出现了两匹马,一匹红色,一匹黑色,分外耀眼。红色的那匹是匹枣红马,长得很威武,在桥镇还难见这样的马驹,而黑的那匹黑裸马看上去要瘦弱些。两匹马在林子里吃草,吃着吃着便出现了状况,只见枣红马雄性大发,追逐着黑裸马。

就在这时,割草的娃子突然看见两个躺在草地上的男女,男的正在跟女人调情,便把手伸向了女的胸脯,那对小兔一样的奶子扑地就跳了出来。放牛娃把头缩在一棵大树的背后,脸"刷"地红到了耳根,连忙转身就往山下狂跑。一路上,这个娃子又急又恼,连吐了几口口水,一直跑到河边的时候才停了下来。等缓过气,便蹲在木桥旁发呆,他想让清水把他脑袋里的那些脏东西洗掉,洗得干干净净,一丝不留。

但不一会儿,他就听到背后传来了马蹄的声音,由远及近,迅速奔来。

放牛娃转过头的时候,一男一女两个洋人已经来到了他的身边。娃子的脸又红了起来。他用眼睛斜睨着那个女洋人,他发现她的胸口前的纽扣已经扣好,衣襟前的纽扣是密密连成一排的,像栅栏一样,把那对雪白的小兔拦在了栅栏的后面。他又望了望那个男洋人,大络腮胡,戴着顶鸭舌帽,嘴边叼着半支雪茄。孩子突然有些厌恶,把头转了回去。

但他听到了个声音,是女的在问他:

"小孩,桥镇到了吗?"

放牛娃点了点头,但仍然不想回头去看他们。

"怀家大院在什么地方?"

放牛娃懒洋洋地用手一指:"见到镇上最好的房子就到了。"

两匹马瞬间就过了木桥,消失在了一阵轻轻腾起的尘土中。放牛娃站起身子,朝着一红一黑那两个渐渐缩小的点,又呸呸呸地连吐了几泡口水。

保得成没有从水路到桥镇,而是自己骑着马来的。

保得成是半年前到的上海,一到中国就取了现在的这个名字,他的法国名字叫巴图文,按照谐音就叫了保得成,据说是个拉黄包车的车夫给他取的。他刚到上海时对市面行情一窍不通,在岸上搬运行李时,本来只给两个铜板的,却被车夫榨去了一块大洋,黄包车拉着他在附近兜了几个圈子,狠狠地宰了他一次,找的零就是这个名字。

到中国后,保得成并没有找到好的事情做,待在上海无所事事,眼看着身上带的钱也所剩无几,就开始四处想办法。就在这时,他想起了他在巴黎时认识的华禄爵,于是保得成就给华禄爵写了封信,想看这个朋友能否帮上忙。没想到他的信寄出不到十日,居然就收到了华禄爵的回信,不仅如此,还给他带来了喜讯,说是桥镇正好需要他,是个相当不错的美差,路费可先汇给他,但务必尽快赶到云云。保得成正在一筹莫展之际,没想到真的天上突然掉了馅饼,便拍了电报,准备动身往四川走,跟他一同来的是艾玛。

保得成是在凯乐舞厅认识艾玛的。艾玛也是法国人,在舞厅里当舞女,两人很快就搞在了一起,但久了艾玛也心生厌倦,正当想同他分手的时候,就听到保得成说他有了好差事,还能挣不少钱,心情又好了些。当时保得成对艾玛说:

"我要去的那个地方很远,你就继续留在上海吧。"

"没有我,你去不了那个地方。"艾玛说。

"他们需要的是我的技术,懂吗?"

"别自以为是,离了我,你只有去喂虱子和臭虫。"艾玛吐了口烟。

保得成和艾玛两人坐的是头等舱到的汉口,又转船到重庆,到了重庆后船泊江边停歇一夜。这时保得成同艾玛在船上憋了四五天,便想到岸上去轻松一番。说来事情也怪,他们居然在码头附近发现了一个外国轮船水手经常聚会的地方,两人便进去尽情地狂欢了一夜,结果是喝得酩酊大醉,到第二天醒来时已过午时,客船早已经开走了。无奈之下,保得成便突发奇想,他翻看了地图,心想重庆到桥镇也不过几百里路程,当地骡马市上的马并不贵,而华禄爵给他预支了五十块大洋,现在看来是绰绰有余。他买了两匹马,又问了路程,一路奔向桥镇,所以在路上又耽搁了七八日时间。

到桥镇的当日,怀穆春大喜,鞭炮锣鼓相迎,他在燕禧堂设宴款待这位远道而来的洋人。但保得成面对怀家人的热情有些招架不住,而且对中国的酒也不太适应,没有喝多久就哇哇地吐了一地,让众人有些扫兴。

第二天中午,保得成才从床上爬起来,除了痛骂那些厉害的土酒以外,他寻找着可吃的东西来填补那一片狼藉的肠胃。这时,怀家的仆人送了碗茶,保得成喳了口,只觉得满口清涩,大为不满。他大声喊 milk,但仆人摊了摊手,不知所措。也就是从这天开始,保得成就对桥镇的生活充满了怨言。

可能是水土不服或者是饮食习惯不同,保得成一直在埋怨胃口差,吃不下去东西,浑身乏力。怀穆春连忙找来厨师,告诉他们一定要做出最好吃的东西,让这位洋专家满意。自从这天开始,桥镇上有名的厨师被请到了怀家大院,他们都拿出了自己的拿手好菜,送到保得成的餐桌前。有个厨师烹了条豆瓣鱼,但保得成撮了两筷子,便说:"腥得人想吐,快拿去喂猫。"又有个厨师做了道红烧牛肉,保得成也并不喜欢,那作料一看上去就腻乎乎的样子,便说:"这怎么吃呀,牛肉只能七分熟,端去喂狗吧。"厨师白忙活了半天,而保得成越来越不高兴,他像是在抗议,用筷子敲着瓷碗发泄他的愤怒:"都是蠢货,我只要牛奶、面包和香槟!"

幸好在这时张绍安已从重庆回来了,他专程带回了西餐厨具和餐具。同时他的后面还跟着个老先生,此人曾经在重庆领事馆里当过西餐厨师,会一手西餐手艺,当天就让保得成尝到了地道的法国比萨的味道。

肚子的问题解决了,保得成终于站在了咸草坡上,而这又是半个月后的事情了。

但保得成在井上转了一圈后,眉头深皱,他不能想象中国人使用最原始简陋的工具居然打穿了千米深的盐井,而就是这样的盐井供给着无数人的盐食。他望着那些天车高耸的盐井,仿佛是在蛮荒时期的原始部落。

华禄爵之所以想起让保得成到桥镇来,是因为保得成在法国的时候是一名机械技师,在他看来对付中国的土盐井是绰绰有余。但是事实并非如此,面对如此陌生的盐井,保得成没有一点主意,因为他根本无法下手。但就在他正在犹豫是否继续待下去的时候,怀穆春让管家给他送来了一笔不菲的酬金,他一看到钱,态度就改变了,并做出副胸有成竹的样子。保得成想,看来华禄爵这兄弟够意思。他刚到桥镇的不适瞬间荡然无存。

接下来,保得成开始琢磨起盐井的结构来,他得出的结论是国外的油井和中国的盐井这两者之间大同小异,相信只要有钻机,一切都可以迎刃而解。于是,他就对怀穆春说,要修复卤元井,得先购置相关钻机器材,而这些东西中国没有,只能到美国通用公司去买,找白理洋行就可以办好。怀穆春知道洋人的机器确实了得,他虽然没有见过,但听很多人讲过,说西洋之所以发达，就是因为有工业，而工业就是有那种轰轰叫的铁家伙，康有为就说过"今为机器之世，多机器则强，少机器则弱"的话呢，他的话连皇帝都曾奉为神明。

但怀穆春还是有些犹豫。按照保得成的预算，要买齐这些东西得花几万两生银不说，从海外运到偏远的桥镇还要费一番力气。修复一口井要花这样多的钱，在桥镇恐怕找不出第二家盐商愿意干这事，他们宁愿让井永远埋在那里，也不敢冒如此大的风险。但如果放弃，卤元井将无法重见天日。保得成说了，这次修复后的卤元井将成为桥镇的第一口机器吸卤的盐井，一月提卤量可增加一倍，也就是说可以从之前的一千担提高到二千担，这个数字无疑又是相当诱人的。但问题是机器可以从海外购置，电从哪里来？桥镇至今还在点洋油灯。保得成又说了，电可以自己发，在西方早就用机器在发电了，用蒸汽机就可以发电。可怀穆春从来没有见过蒸汽机是啥东西，那玩意儿能把火车那样庞然大物带着跑，如果要把蒸汽机搬到桥镇，还不知道地下的祖先们睡不睡得着觉呢……

没有机器，保得成就闲着没事可做，除了去找洋助理华禄爵以外，便骑着他的枣红马在桥镇周边四处游荡。很快又到了一个礼拜日，华禄爵邀请保得成去他公馆里参加私人聚会，保得成把艾玛也带着去了。保得成对外人都是说艾玛是他远房的表妹，来桥镇前在教会办的幼婴堂里做事。

桥镇人都把桥镇盐务稽核支所的办公地称为下公馆，而洋人们单独居住的地方在一个风景秀丽的半山坡上，称为上公馆。这个上公馆是个富丽堂皇的西式建筑，绿树环绕，两层小洋楼上有环廊和月台，公馆内有舞厅、池塘、网球场和游泳池，别有一番洞天。

那天,保得成和艾玛按时到了上公馆,只见里面已经来了不少男男女女,既有不同国籍的外国人,也有不少衣衫华美的中国人,一看便知是当地的士绅。草坪上布置了长桌,桌上摆满了丰盛的食品和酒水。保得成自从到中国之后还没有见到过如此气派的聚会场合,心里不免有些恍惚,想不到竟然在中国偏远地区还有这样的场景。

那一天,保得成便喝得有些尽兴,身子开始发软,香槟就让他脑子里开满了馥郁的百合,六星瓢虫飞舞,软绵绵的阳光洒落……当他从沙发上醒来的时候,人们已经在舞厅里跳舞了,气氛变得有些黏稠。保得成有些诧异,他感到自己仅仅只是打了个盹,天就黑了,热烈的情景有所舒缓,柔慢的音乐飘了过来,他看见华禄爵正同艾玛在翩翩起舞。保得成有些后悔自己下午的时候喝得太多,不知道后面到底发生了什么事情,但他看到艾玛紧紧地贴着华禄爵时,就感觉将要发生什么了。

保得成毕竟是知趣的人,借口身体不适先离开了上公馆,华禄爵只是隐晦地笑了笑,一点没有挽留他的意思。至于后面的事情他不愿去想,反正那天晚上艾玛一直没有回到怀家大院。

二

从那次以后,人们便看见一个洋人骑着匹枣红马在桥镇上转来转去,这个戴着鸭舌帽,大络腮胡,神情不羁的家伙就是保得成。当然,他看上去有些得意扬扬,但实际上内心很落寞。得意的时候马尾总会扬起一阵轻尘,落寞的时候马蹄响起懒散的踢踏声。桥镇上的人开始时都争着去看他,把他当成稀奇来看,但看久了也不稀罕了,只要听那声音就知道是保得成的马,那些人便会指着他的背影说,怀三爷请来的洋人来了!

从那以后,保得成很少到上公馆去,因为他知道两个心照不宣的男人相处是多少有些尴尬的。但保得成多少还是有些失落,常常在屋子里喝闷酒。

那天,保得成又独自一人喝了不少酒,倒头躺在床上,要是没有人影响他,他可能会在酒精里沉沉睡去,但这时艾玛却回来了。艾玛回来得很晚,听到她"嘎吱"一声把门轻轻掀开,保得成居然神不知鬼不觉地醒了。他从床上爬起来,然后去敲艾玛的门,当然,门一打开,保得成上去就把艾玛用力按在了床上,扒掉了她的衣服。这时,他闻到了她身上的香水味,保得成惊奇地发现这是种陌生的香味,他敢肯定这是她过去从来没有用过的香水。香水是那样浓烈,想挡都挡不住,也许是他的心情在夸大那蔓延过来的让他有些喘不过气来的味道,并让他产生了疯狂的征服欲。

这时,保得成恶狠狠地把鼻子使劲地钻进艾玛的身体里,想闻出那个暧昧香水里的秘密。不一会儿,保得成就在一阵猛烈的摇晃中感到了口干舌燥。事完后,艾玛头发凌乱,靠在床边吸着纸烟,边吸边骂:

"你这个混蛋,快把我的胳膊都拧断了!"

保得成在一旁嘎嘎地坏笑。艾玛狠狠地扔掉烟头,突然就呜咽起来。

第二天一早,艾玛就收拾行李准备离开桥镇,保得成披着皮衣,嘴里叼着支雪茄,环抱着手在门边看着她。过了一会儿,他主动走过去说道:

"艾玛,中国人有句话叫既来之则安之。"

"中国人还有句话,你走你的阳关道,我过我的独木桥。"艾玛头都没有抬,继续收拾她的东西。

就在这时,怀穆春走了进来,洪亮的声音穿堂而入,透着一股热腾腾的喜悦:

"保先生,机器运到了!"

保得成有些吃惊,因为他知道按正常的时间,从美国发货到香港,再转运到桥镇,最少也得三个月才能把东西运过来。但现在才两个多月时间就把设备运到了桥镇。原来,怀穆春在保得成开出的购买单中,又采取了能降低成本的办法。他们想的是,不能在国内买到的设备就在国外买,能在中国买到的就在国内解决。他决定汽力顿钻机买美国通用公司的,钢管买美国花旗公司的,因为这些是最关键的设备。而蒸汽机这种机器如果要从国外买,费用会非常高,不远万里运到中国,运输费用就占了一半之多。于是怀穆春便吩咐魏宝带着人去买蒸汽机,他们认为只要有船的地方就会有蒸汽机。

魏宝沿江而下,到处打听机器的信息,有一天,他们终于找到一家轮船修理厂,没想到这个厂居然就有台废弃的蒸汽机。原来这台蒸汽机以前是用在轮船上的,后来轮船在航行时出了事故,只好报废,机器被分拆了下来,成了一堆废铁。魏宝对机器的主人说银号要修金库,需要几十吨钢材,想把废机器买来重新化炉,所以没费什么劲就把交易谈成了。其实那台蒸汽机虽然表面有些破损,但功能尚全,只需请来机械专家,通过刨、车、铆、嵌等方式,很快就把蒸汽机上的所有器件全部配齐了,又买了相匹配的两台蒸汽锅炉,很快就变成了部新机器。

"机器在哪里?"保得成的疑惑还没有散。

"在岸边,正在搬。"下面一个伙计回答。

他们一行人又急急忙忙地赶往岸边。这时,艾玛又变成了保得成的远房表妹和随身翻译,他们之间仿佛瞬间就达成了某种默契。

蒸汽机运到桥镇的那天,岸边观者如云。

工人们小心翼翼地把机器从船上卸下,又架在两根三丈长、碗口粗的大木杠上,几十个强壮的男人前后用力,河岸边号子声声回荡,震天裂日。机器是用大红绸子遮住的,后面还跟着一行人敲锣打鼓,像迎送新娘一样把机器送到了怀家的盐井上。一到井上,怀穆春揭开红绸,已经被油漆重新漆得亮亮晃晃的机器出现在人们的眼前,他用手摸了摸这个庞大的家伙,贴着机器边仔仔细细看了半天,嘴上啧啧不已:

"嘿嘿,还不知道这头铁牛是咋个叫唤的呢!"

按照保得成的说法,在机器安装好后,卤元井半年内就可修复,而修复后的盐井将成为使用机器采卤,生产效率将成倍翻,获利大大提高,这在桥镇将是史无前例的事情。

怀穆春选了个黄道吉日,在咸草坡上放了三大杆红红的草炮,轰轰烈烈地干了起来。不到一月时间,新的天地二车重新展现在人们的眼前,那个被烧得光秃秃的山坡上又冒出了一只壮观的井架来。又过了两月,配套的建筑设施也基本修缮,而枧管的铺设迅速地展开。为此,魏宝专门到泸州去挑选了大量的南竹,大船运回后篾匠们连夜破竹,将竹节打通,再用麻绳将复合的竹筒缠得密不透风,表面涂上桐油,将之紧固密封,一根根精心制作的枧管就等着首尾相衔,将井中的卤水输送到远远的卤池中。枧管所到之处,就能见到怀家的卤水流过那里,而这枧管流动的哪里是卤水,简直就是滚滚的真金白银。

这一年,怀家大院里开始枝繁叶茂,樱桃、杏子和桂花树都已长大成林。

那年春天,树上结出了鲜红的樱桃,唐玉簪同几个女眷、丫鬟忙活了半天,摘下几篮樱桃,并给每家人都分上了一些。孩子们吃了樱桃又把籽粒埋进了土里,说是等它再发芽,过上几年又会长出樱桃树来。是呀,等樱桃树结出樱桃,又把它的籽粒埋进土里,以后这院子里不知会长出多少樱桃树来,那甜甜的樱桃让院子里充满了欢快的笑声。

到了初夏季节,杏子也熟了,摘下来一看有好几筐,每家人又分得了不少,小孩子们把吃完的杏核留下来做游戏。他们觉得那是世界上最简单也最有趣的游戏,脸擦在地上,鼻孔贴着蚂蚁,眯着一只眼睛弹杏核,快乐在空中弹跳。

到了秋天,桂花也香了。起初是一丝,但那一丝让人难以忘怀,幽幽的、绵绵的藏在空气里。不久,这一丝味儿便开始发酵,越来越浓,浓得整个院子都香透了,飘出了院子,连外面的人都闻到了,好像在桥镇上空放了张香手绢。桂花可以泡在酒中,做在糕饼里,放进茶中,而桂花香多久,这件事就要忙多久。

就在这年的秋天,怀穆春在燕禧堂里召集家庭会议,他们又谈起了怀家以后的事情。

怀穆春问:"家分了几年了,不知道两位哥哥的境况如何?"

但怀穆松和怀穆霞不吭声,欲言又止。

其实怀穆春也是知道他们的大致情况的,单独经营后两个哥哥的状况不尽如人意,而怀家三兄弟虽然仍然同住在一个大院子里,但经营的效果相差很大,怀穆春是蒸蒸日上,而两个哥哥却是每况愈下。怀穆春常常是徒感无奈,当初是他们要分家的,所以也不好插手相助,但毕竟是手足之情,怀穆春便说:

"如果经营上有困难尽管说。"

怀穆松和怀穆霞端着烟枪,叭两口,又磕了磕烟灰。

怀穆春见状说:"好吧,咱们今天不谈生意上的事。"

这时他们却说话了。怀穆松说:"今天就想聊聊生意上的事呢。"

怀穆春大吃一惊,不知道他们两人心里藏着什么,因为以前为儿子怀如望的事情他们可没有白费头脑,在很多大事情上,两个哥哥好像都是站在一边的。

"爹以前说过,这二十四个天井是分不开的,咱们三兄弟还是合起来吧。"怀穆松说。

"合久必分,分久必合嘛。"怀穆霞干笑了几声,他的笑并不爽朗,但这笑声像块橡皮,仿佛擦去了什么。

怀穆春眼里的迷惑还没有完全减除,又听怀穆松说道:"这些天江里涨水,正是钓桃花鱼的时候,我已备好了几根鱼竿。以后家里的事就由三弟来管啰!"

这些年下来,江湖上只认他怀三爷的字号,而他的两个哥哥变得无足轻重,像地方上架桥修路、兴甲办学的事情都轮不上他们,桥镇盐场只有他怀穆春才堪称头面人物,人家只给怀三爷面子,所以在凿办运销当中,怀穆松、怀穆霞两家难免掣肘,生意也就越来越淡。怀穆春知道,这样的决定又是他应该承担的,为怀家的前途着想,不管两个哥哥出于什么样的考虑,他也没有推辞的理由,怀家立足天下靠的是仁义礼智信,这一点应该永远传承下去,怀家不能只是他怀穆春一家好,想必父亲怀荣三地下有眼也是不愿意这样看到的。

其实在此之前,怀穆春早就想过这件事情,既然两个哥哥都认识到了各自独立经营字号的弊端,小门小户的思维不足取,那么怀家就可以重新合在一起,按股份方式经营,到时他成立一家大公司,两个哥哥按资产入股,他们的那一份不会失去,又可避免纷争,而怀家还可以继续做大。

这样一想,怀穆春突然觉得这些年的挫折并非没有价值,所有的一切仿佛又回到了正确的方向。

这时,院子里的桂花香也缭缭绕绕飘进了屋子里,窗外不断传来女人和小孩的声音,叽叽喳喳吵闹不停,整个院子又充满了一种盎然生机。

三

保得成每天都是骑着他的枣红马去咸草坡,他叼着根雪茄,仰着脑袋,不紧不慢踢踢踏踏地穿过花盐街,马尾轻轻地打着飞扑到屁股上的苍蝇。

桥镇的人已经习惯他了,有人甚至还同他打招呼,叫他保大爷,在那半年的时间里,保得成也渐渐适应了桥镇的生活。当然,怀家的厚待,专人的伺候,跟在上海没有着落的时候相比简直就是天壤之别。想到这些,他就有些得意,当然他也渐渐地感到了焦虑,因为咸草坡上的那口井他实在没有什么底。

随着钻机越钻越深,保得成也无心去关心艾玛同华禄爵的事情了。

但不久,就传来华禄爵和艾玛出事的消息。

那天,艾玛到上公馆同华禄爵幽会,两人已经黏黏糊糊很久了。华禄爵早迷上了艾玛的舞姿,他们喝着芳香的香槟,留声机上的指针在唱片上滑动,微微荡漾的涟漪,拍打着轻轻涌来的优美乐曲。他们紧紧搂着,脸贴着脸,直到跳到筋疲力尽,双双倒进藏红色的大床上……艾玛觉得开心极了,在华禄爵的怀里她是真的不想离开桥镇了。华禄爵是个温文尔雅的人,西服熨得笔直,头发梳得一丝不苟,一看就是那种受人尊敬的绅士,他一点不像保得成那个举止粗鲁的混蛋,他们简直就是两路人。但是他们居然认识,而保得成也居然由他引荐来到了桥镇,这不得不说多少还有些缘分的因素。当然,她同保得成的相识也是萍水相逢,也有缘分,如果不是在上海的那一段阴差阳错，她也不会跟着保得成跑到桥镇来，但现在，她同华禄爵搅到了一起，让她觉得世界的不可思议和人生的变化莫测，她甚至有些感激保得成这个莽撞、势利的家伙，让她继续扮演着清纯可爱的远房表妹形象……

天上下起了雨，雨让他们如胶似漆、难分难舍。

那天，两人玩尽兴后，华禄爵看到天空阴暗，就执意送艾玛下山。于是两人便坐着轿子一前一后走在山道上，但刚走出不远，就出现了意外，华禄爵就被一支冷冰冰的东西抵住了后背，十几个人围了上来，轿夫撒腿就跑，那些人没有追赶，只朝着空中放了一枪，华禄爵和艾玛的眼睛被迅速蒙上，消失在了雨蒙蒙的深山里……

华禄爵被劫的事情马上就在桥镇传开了——这还了得，洋人被劫，何况还是盐务稽核所的洋助理。

但第二天艾玛就被放了回来，土匪放出话来，三日之内交出五百根金条，不然就要撕票！盐捕们知道这帮土匪劫持的目的，一定是盯上了盐务稽核所每天收解的大批盐款了。

但劫案一出就惊动了朝野，这是土匪们想不到的。据说华禄爵被劫后，北平方面威怒毕现，要求川省警察厅务必即刻破案。第二天，一个神秘人物便出现在了桥镇，他同土匪头子见面不到半小时便起身告辞；第三天华禄爵就被送回了上公馆，事情简单得如邀约去喝了一碗茶。据说，那两天多的时间里，华禄爵非但没有受到虐待；相反是与土匪头子谈论了不少东方的哲学。那个土匪头子看起来懂易经和老庄的东西，并非草包一个。他甚至告诉华禄爵，如果有机会他也想到法国去看看。当然，他要的五百根金条是一根都不能少的，这里面就有去法国的路费。他说这话的时候还是笑眯眯的，直到后来华禄爵才猛然想到自己是被劫持的人质，瞬间感到了手脚发麻……

劫案甫定，保得成就去探望了华禄爵，他是骑着枣红马去的。

其实华禄爵并没有太大的变化，西服依然笔直，头发仍是梳理得一丝不苟，保得成还注意到他的皮鞋也是刷得亮光光的，完全没有落进过匪窝的样子，但可能是受了点惊吓，眉宇间稍稍有些萎靡不振。华禄爵在屋子里踱来踱去，并不想多谈论刚刚发生的事情，对保得成的好意也不甚了了。他们谈了一阵，华禄爵明显有些不耐烦，便说：

"你不忙吗？巴图文先生。"

"忙呀，但你的事比井上的事情更重要，我就是专程来看你的……"

"错了，把井修好才是你最重要的事。"

这时候，盐务稽核支所的税警队长走了进来，华禄爵就给保得成使了眼色，示意他离开。本心是想去安慰一下华禄爵，没有想到讨了个无趣，他突然有些恨起艾玛来。

保得成在回去的路上经过花盐街，他看见有幢楼上斜倚着几个花枝招展的年轻女人，她们在隐晦中传递着风情，尖尖的小脚，身上飘逸出头膏和胭脂味。出于对东方女人的强烈兴趣，保得成从马上跳了下来，走进了那个看上去有些奇怪的地方。但是，在那张充满了汗味和腥骚味的绣花大床上，他浑身的黑毛把那些女人吓成了一堆尖叫。从她们惊恐的脸上，他感到自己被当成了个怪物，保得成有些无奈，突然就觉得桥镇并不是他的，异乡感油然而生。

这天早上，保得成还在迷迷糊糊的睡梦中，就听见有人来敲门,说咸草坡上的井出了事故。保得成惊慌失措地往山上赶,等他赶到井口,工匠正围在那里,他们看上去一筹莫展。工匠们说当时只听见"嘭"的一声巨响,钻机就停了。

保得成埋着头看了半天,估计是钻机上的活环被打断了,钢管被绞在了井里。他走上去使劲拉了拉,纹丝不动。

鼓捣了半天,保得成已是满头大汗,双手沾满了油污,人显得有些狼狈。

其实,遇到这样的事情,保得成在此之前连想都没有想过,他从来没有考虑过活环被打断的事,因为在他的逻辑里,钻机是一直向下的,无坚不摧的,它会一直钻到地下千米的地层,直到把盐卤钻出来。但是对于一个对井下的淘、捣、补、取技术一无所知人来说,钻机在倾斜的情况下,是非常容易断裂的,而断裂之后要想取出打断的活环将是难上加难。

这时,工人们围在一边叽叽咕咕在议论,他们望着这个气急败坏的法国佬有些幸灾乐祸,因为他们听说保得成吃生牛肉,用雪白的牛奶洗澡,怀家还专门给他请了打扇工,把他伺候得像先人一样。工匠们从来就没有喜欢过这个趾高气扬、自以为是的洋人。

突然,就传来一个声音:"马跑了,马跑了!"

人们一看,是枣红马跑了出来,受了惊似的往山下狂跑,也不知道它是怎么把马缰解开的。保得成来不及想就赶紧去追,他朝着马的方向跑去。这时,工匠们都乐开了锅,他们一点都不同情这个急得快要疯了的洋人,他们好像已经忘了井下发生的灾患。有个上了点年纪的工匠点上了杆叶子烟,那种浅蓝色的烟子弥漫在他的头顶,很多匠人就围在了他的身边,就听见他说:

"唉,怀家的这口井从来就没有伸抖过哟!六十年前打这个井的时候,我还横着擤鼻涕呢!"

"可能是风水不好。"有人插了句。

"风水不好?告诉你,这口井是咱们桥镇最有名的盐巴老爷王贵相中的,还会有错?"

"哪为啥就没有安宁过?"

"是呀,谁又把它想清楚过嘛……"

不一会儿,大汗淋漓的保得成回来了,他没有把马找回来,而是坐到一块大石头上喘着大气,沮丧到了极点。他的脸色很糟糕,那种被抑制的愤怒让他变得有些狰狞。这时,保得成抽出一支雪茄猛抽了几口,然后把它扔到地上,狠狠地用皮鞋把它踩得稀烂。其实,保得成的脑袋里也在迅速地转动,他在寻找解决办法,而这时能够帮助他的只有华禄爵。

保得成急急忙忙往下公馆赶,但到了那里并没有见到人影。正要出门,就听见盐务稽核支所的华助理罗昌走了出来,大声喊道:

"是保先生吧?"

保得成回过头有些诧异。罗昌也很吃惊地说:"华禄爵先生已经走了,你不知道?"

保得成摊了摊手,好像一无所知。

"是这样的,因为那次劫持事件,上面已经把他调到江苏海州分所去当协理了,他是今天早上启程的,新来的助理是英国人乐基先生,他将在一周后到任。对了,你是华禄爵先生的朋友,难道他连这件事都没有告诉你?"

保得成脑袋里嗡的一下懵了。

他急急忙忙往怀家大院赶,他想去找艾玛,但回到屋子里看到的却是凌乱的场面,显然,艾玛已经跟着华禄爵去了遥远的地方,但她给保得成留了封信,上面只有几句话:亲爱的巴图文先生,我已同华禄爵去海州了,后会有期,你多保重!
艾玛。

保得成目光呆滞地在屋子里待了一刻钟,他往杯子里倒满了香槟,然后一口饮尽。

他知道自己的桥镇之行已经结束了。

第十章

咸草坡上的井重凿的时候，怀如望和怀如茂两兄弟正在国外读书。

卤元井停下来后，怀穆春除了白白花了一大笔钱外，留下的只是保得成扔下的烂摊子。他再也不敢轻信洋人了，他将井口严严地封闭，搭了个草棚把机器遮好，只留下一个人看守了事。但这件事对他的打击很大，他想起当年父亲怀荣三任用九指带来的恶果，而现在他又遇到了保得成这样的家伙，怀家为了这口卤元井耗费了几十年的光阴，其中的曲折艰辛难以尽说。他甚至都有些怀疑这口井同怀家是相冲的，因为当年王贵老爷断言怀家是命中有盐的，是盐命，但如今他动摇了，开始怀疑了。

那天，怀穆春把卤元井的工匠都请到怀家大院里吃散伙饭，走时一人发了三斗米和两块大洋。

等人一散去，就有个工匠牵着匹马回来了，怀穆春一看，正是保得成的那匹枣红马。正在诧异，那个工匠说：

"那天就是我把马给踹跑的,如今井也不凿了,就给三爷您牵回来了,多漂亮的一匹马呀!"

怀穆春就把枣红马放进了马槽里,同其他马关在一起,只是偶尔会骑上它出去打猎,但有一次他骑着在林中走的时候,居然听见有个小孩在喊"保大爷来了",这样的叫声让他郁闷万分,回来后他就再也不骑这匹马了,让人把它送给了驮盐的马帮。

这些年中,怀穆春唯一真正高兴的,是他两个儿子的来信。

可能出自盐业世家,两个儿子在信中常常会谈起国外的先进制盐技术。比如怀如望就说他看到德国在制盐方面采用了一种叫蒸发壁的技术,利用坡顶摊晒效应来过滤卤水,这样就可达到浓缩盐卤的效果,如今在北欧一带广为采用,可以节约炭火,降低成本。不仅如此,这个蒸发壁的制作也不复杂,主要利用枝条的巧妙搭建,其形状有点像木质的影壁,完全可以在桥镇盐场一试。而怀如茂也说他在日本看到现代银行的发展,提出宝庆钱庄应该改革,因为传统的经营方式弊端不少,风险也大,如果利用现代的金融应该更有前途。他希望怀家也能办银行,吸纳更多的资本进入,把盐业作为基业,应用金融方式将生意做得更大,去办精盐厂、碱厂、化肥厂……

虽然他们的信中充满了理想主义,但怀穆春相信这是他们在成长的见证,而受其感染,他身体中那些青春的余烬仿佛又会熊熊燃烧起来。每当此刻,他会让家人打开酒缸,畅饮一番,他会突然打开话匣子,讲起过去的故事,讲起那只神秘的斑鸠,讲起王贵、寂灯和自己的父亲怀荣三……

又过了些年后,如望和如茂先后从国外回到了国内,按他们所学的专业，怀如望准备再去实践中学习锻炼，所以没有急着回桥镇，而是去了天津塘沽，在天津久大精盐公司当上了一名高级技师，一待就是数年，直到结婚生子，有了自己的小家庭。而怀如茂在国外待得更长些，回到中国后，在上海又待了几年，目睹了上海金融业的发展，这时的怀如茂正值而立之年，一心要想做事，最后他是回到了桥镇，说服了父亲怀穆春，着手把宝庆钱庄改造成一家新式的盐业银行。

桥盐银行的兴办是桥镇的一件大事。按照怀如茂的设想，他们要办的银行是按照股份制的方式来运作，而股份要吸纳桥镇的各大盐商，这样他们的钱才可能在银行里周转，把更多的商户引进来，有了存款、放款、汇兑、贴现、抵押等业务后，银行就是一个庞大的资金储水池。通过一番组建，桥盐银行的董事会成立了起来，怀穆春被推举为桥盐银行董事长，张绍安任桥盐银行的总经理，怀如茂担任协理。不到两年时间，桥盐银行通过三次扩股，由之前的五百万变成为了两千万，成为了桥镇盐商最重要的资本渠道。

有了这样的气象，怀穆春自然就想起了咸草坡上的卤元井来。

在怀穆春看来，怀家不能没有这口井，它简直就是怀家的心病，好像不把它治愈，怀家的其他产业做得再好也难言成功。这也是怀家的命数一样。

那一日，怀穆春同怀如茂一起来到了咸草坡上。两人慢慢地在山上走着，怀穆春若有所思，便说：

"如茂，在我小的时候，你爷爷曾经带我到这个山坡上来，我就在这里捡到过一只斑鸠。"

"是的，您还给我们讲过的，说它的头上有块白毛呢。"

"是呀，那都是好多年的事了。"怀穆春的眼里弥漫出一种雾状的东西出来,"后来寂灯师傅才道出了其中的原因,是卤气上升冲了鸟儿的头,它一迷糊就掉了下来。想想看,那是多旺的卤气呀,所以当年王贵老爷才说下面是座盐山!唉,可惜我们到如今也只能望着这座山兴叹呀!"

"爹,为什么我们不继续想办法开采这座盐山呢?"

"怎么没想,我们怀家想了几十年,但……"

怀穆春眼里潮湿起来。

父子俩很快就走了卤元井旁,四周杂草丛生,人一动便有昆虫在草间跳溅,怀穆春心情沉重了起来。这时,便听见了狗叫,很快从旁边一个简陋的草棚里冲出来一个人,那人手里拿着根木棒,但一认清来人后马上就丢掉了木棒,并回头喝住了狂咬的狗。

"哎哟,是三爷来了呀……"

怀穆春点了点头,上去拍了拍那人的肩膀,然后又让这个看守的人把遮在机器上的草席揭开,马上就闻到一股刺鼻的铁锈味。

"三爷,您好久没来过了,这机器我给您保管得好好的,那些小偷小盗的都被我的木棒打得不敢来二回,只要有我在,老爷您就放心,一根螺钉都不会掉!只是……"

"只是什么?"

"只是这样下去,它会一直锈下去,这好好的机器就变成一堆废铁了。"

"师傅,肯定不会的,它很快就会重新转起来的!"怀如茂向前站了一步,用手去抚摸那个庞大的机器。

"那就太好了,早就盼望这一天了!"

下山回去的路上,怀穆春告诉怀如茂,当年他爷爷怀荣三就是因为一只掉下的斑鸠而留在了桥镇;怀家同斑鸠好像有着神秘的关系，仿佛冥冥中有着老天的暗示。所以无论怀家有多少井，这口卤元井都是怀家的命，卤元井不修复，无以面对先人。而这次上山来看卤元井，怀穆春已有意让儿子们来接手，他知道，这是怀家的第三代人站在了咸草坡上。

"卤元井荒芜了好多年了，这口井一直埋着，你爷爷在地下也睡不安稳呀！"怀穆春说。

"爹，但这次重新淘井您不用找别人，就把我大哥叫回来吧。"

民国二十四年五月的一天，怀家大院来了个远道而来的客人。

来者叫候轩庭，此次是为视学不远万里从江苏来到了四川，途经桥镇。当日怀穆春设宴招待了这位江南名士。

席中，候轩庭对一路走来看到的盐井颇为好奇，便问起桥镇的盐业情况，怀穆春如数家珍，一一作答。但说了半天，候轩庭突然问道："我这次到四川，也到了此去两百里地的自流井，眼见那里大多是深井求卤，获益甚大。而桥镇浅井多，为什么不想办法凿深井呢？"

"没想到候先生观察得如此仔细，但井之深浅、汲水之多寡、推煎之出数决定了一个地方的盐产量，现在桥镇正苦于此，若想打出深井来，必然要费一番脱胎换骨之努力。"

第二天，怀穆春便带候轩庭去参观了几口井，又聊了一个晚上，两人都兴致不减，第三日才依依惜别。

半个月后，怀穆春突然收到邮差送来的信，原来是候轩庭先生写来的。信中他把此行中感受述说了一番，其中一段写道："余犹思此间产盐之区，以民间自行采汲，用如此笨重之木器为之，固觉费力大而所取得之利亦不多。然观其竹索之接榫,取水之用活塞,机轮之伟大,煎煮之方法,种种合于物理化学之处甚多,足见数千百年以前吾中国先民之智识,开辟地利以厚民生之道,正堪令后人钦佩无涯!今吾人果能继先民更求进化之方,组大公司,以大机器为之,则利民厚生之道其庶几乎。"

怀穆春反复读着信,他没有想到一个年迈的老先生都有这样的眼见和气魄,顿感自惭形秽。

二

怀如望辞去久大精盐公司的职务后,带着妻儿正在回到桥镇的途中。

如今的怀如望成熟、稳重,但身上仍有一种永远也磨不掉的朴实与真诚。

那天,怀如望站在船头,桨声在翻搅着他的心情。他搭乘的是夜行的盐船,到桥镇天刚蒙蒙亮。怀如望的心中好似有种压抑着的激动。他的眼光在四处搜寻,在迅速地把记忆与现实进行着对接,他有欣喜也有失落,因为他看到的桥镇在他离开的这些年中几乎没有任何改变!

桥镇的早晨是宁静的,几只早船在河面上漂着,河面上薄雾轻起,两岸榕树成荫,大片大片的倒影幽微而亲密。

河边一大早就会有人的踪迹,在清新的空气中,忙碌的一天开始了。有人在河边挑水,有人在岸边等渡,女人们搬来大木盆,在光滑的石头上捶打衣服,有时用木槌,有时用脚踩,冰凉的河水倒映着她们的身影。也有人在河边刷洗马桶,而做这种事情的往往是小孩。大人会一把将他们从温暖的床上抓下来,叱骂着他们去河边处理一夜的屎尿。孩子们揪着鼻子,抓来一把芦草对付那些桶里的秽物,让马桶顷刻间变得亮亮堂堂。

河水又涨了一些或者退了一些,水上的船是静悄悄的,它们从桥镇出去了,又回来了。白白的盐、白白的大米、白白的蚕茧装满了船,这些白白的东西就像天上的云,飘来飘去,而水位的升降只在堤坎上留下了痕迹,那么浅浅的一线,青苔就在水的去留之间生长着,并发出潮湿的精子一样的气息……

所有来到河边的人,抬头就能看到那些远近林立的壮观的天车。这是小镇一道奇特的风景。而这道风景中,怀家的大井架最为醒目地耸立在人们的眼中。每天,当天色蒙蒙亮的时候,父亲怀穆春都会早早起来,他要亲自到他的盐井上去巡查一番。每到一个盐井,怀穆春都会详细询问盐井的情况。出卤是否正常?枧管有无破裂?拉牛有无疫情?盐锅有无渗漏……

怀如望对这样的细节几乎是耳熟能详,他把盐井生产的每一个细节都熟记于心,但在他看来,这样的生产实在太原始了,太落后了!所以,他感到必须要改变这一切,而这种改变也许要从他这里开始。这时候,怀如望不由自主地抬起头来,他看到一缕阳光正在从那些高高的天车中穿射过来,金灿灿的一片,但那天车是如此奇特,此时看上去根本不像是大型木架,倒更像头高大的巨兽,头角锋利,带着一种古老而桀骜不驯的姿态直刺蓝天!突然间,他就感到血液在加速奔跑,眼睛也开始潮湿起来……

回到桥镇,怀如望很快就投入到了工作当中。

在回桥镇之前,怀如望其实早就在关注桥镇的盐场发展,他已经从中央地质调查所看到了最新的调查报告,报告中已经探明了桥镇盐场分布有大量黑卤,并蕴藏有石油和天然气,经济价值无可限量,更为重要的是桥镇具备深井的采取条件。

连续几日,怀如望都奔波于不同的盐井上。在他看来,桥镇整个盐场都普遍落后,盐井多采的是黄卤,灶户由于经济能力有限很少有花重金开办深井的。但根据地理勘查,桥镇的黄卤有两层,第二层必须要凿到七八百米以下的深度才能够提取,而那些浅井不过三四百米,自然获卤甚少,就更不用说千米下的黑卤了,那对他们来说就是可望而不可即的事,怀家通过几十年的努力才仅仅凿成了一口黑卤井。

他的心是热的,但现实是冷冰冰的。

桥镇的盐业仍然是死水一潭。怀如望每到一个盐井,都会看到盐工们赤裸着上身,甚至连裤衩都没有一件,在热气腾腾的熬房里卖力,不分春夏秋冬。而盐工的收入是如此低廉,盐工的孩子几乎都是文盲,他们长到十多岁也上不了学堂,只能去灶户家当割草喂牛的小工。那些孩子衣服褴褛,瘦骨伶仃,可怜巴巴。这跟他在现代的精盐厂看到的简直是天壤之别。他在震惊之余也在感叹,不说其他盐灶,就连作为新生事物的机器,也被怀家自己无奈地废弃在荒山坡上,成为了一堆废铁。

那天,怀如望正在一个盐井观看,却发现这个盐井提卤居然没有使用牛推,而是用人在推。牛力推卤延续了千年,但这个盐井却是用人在推,而且中间还有一个十来岁的孩子,这完全就是生产力的倒退,这让怀如望大为不解。他马上把灶主唤来询问,灶主回答是不久前牛害瘟死了,一口井要十多头牛轮着拉,买不起牛,只好用人力来推卤。而那些人是盐场里专门的包推工,工价是定了的,他只管把卤水推出来,用人用牛都一样。

怀如望听完沉默不语。他走上去问那个孩子:"为啥不念书?"

孩子陌生地盯着他,眼光冷冷的,看了看旁边的大人,没有回答。

"你叫啥名字?"怀如望再问。

孩子把头低了下去,擦了把流出来的鼻涕。

"他叫王四。"这时,旁边的一个人冷冷地说。又转过头去呵斥那孩子,"快去干活!想吃轻松饭除非重新投胎。"

孩子迅速跑进了那群人里,使劲地推着那笨重的扦担。

盐井灶主后来告诉怀如望,这个孩子是这家人从人市口买来的。孩子的亲生父母也是盐工,养不活他就把他扔到了阴沟里,但孩子命大,居然没死,哭了一晚上,被人捡来收养了。刚才那个男人的老婆肚子不争气,连生了三个女孩,看到是个男娃,就收养了,只是添了双筷子而已。

"在桥镇现在还有多少这样的童工?"怀如望问灶主。

"不计其数!"

怀如望听得一震,突然感到异常心酸,想起了当年自己也曾经在人市口被卖给了狠毒的老板,那是他一生都难忘的记忆。

他又看了一眼王四,孩子瘦得两眼凸起,肋骨像块薄薄的篾笆。

初夏的一天,咸草坡上又人声鼎沸起来。

重新淘井的第一步是把井里断了的活环取出来,当时保得成就是被那块废铁吓跑的。

最早来到井上的是一个老工匠,名叫杨清风。那天,老匠人背着一背篓奇奇怪怪的工具来到了井口。在开始做工之前,他拿个酒壶出来,咕咕咕地猛喝了几口,然后说,你们都在一边晒太阳去吧！怀如望惊讶得说不出话,但这是他父亲怀穆春请来的匠人,他不敢怠慢,只是心里充满了疑惑,他毕竟是洋学生,他只相信科学。

杨清风做事情都是独自一个人干,好像不慌不忙。那段时间里,盐井上忙忙碌碌的景象变得清静下来,人们都不去打扰他,只是在百米外的地方听候吩咐。老头儿先是把酒壶打开,把鼻子伸到酒壶前闻一下,脸色就红润了起来。他把绳索放进井里,然后又用耳朵听听,用手拉拉扯扯,他喝一口干一阵,身上充满了酒糟味,酒气冲天。

时间过去了几天,怀如望没有看到任何动静,便几次想上去看看情况,他不相信就凭一双手就能把那块废铁打捞起来。但人们都拦住了他,他们说这个老头得罪不起,要是生了气牛都拉不回来,而在桥镇只有他确有打捞井底遗物的绝技。

当人们闻不到他的酒气,而四周渐渐蔓延出一股盐卤味的时候,那块陷到井里多年的活环已经浮出了井面。

活环早已锈迹斑斑,老匠人把它托在手里,试了试,然后嘿嘿笑了起来。真是的,这个老头子就像坐在块礁石上钓鱼一样,把那块卡在井底的废铁钓了起来。

活环取出来后,淘井就快了起来,人们又见到了黑卤的水印,就在这个时候,怀如望掩不住喜悦地说:

"以后井修复了,就用机器来推卤,桥镇以后的井都会用机器来推卤了。"

杨清风听到这话,二话没说就背着工具走了,因为他只相信古法制盐,不相信机器。

三个月后,卤元井终于重新出卤,机器的轰鸣就响彻了咸草坡,通过一个月的比较,卤元井每日出卤一千三百担,比之前最好的产量又提高了三成,这三成盐卤出盐几百斤,每日多出

的盈利相当可观,这样的成效让众人信心大增。这样一来,怀如望就准备把怀家所有的盐井都改用机器推卤,不到一年时间,怀家已有好几口井改用了机器推卤,效益大为提高,而相邻的一些盐商也纷纷效仿,都在开始购置机器,改变桥镇历来的牛推汲卤方式,也就在此期间内,桥镇的整个盐产大为提高。

但机器声让桥镇从此不平静起来。

这天,怀家大院的门口突然围满了一百多名妇女,她们要求怀家给个说法,因为有了机器后就不再用牛了,牛草就卖不到钱,那些割草为生的女人们认为机器抢了她们的饭碗,她们纷纷背着空背篓去怀家讨说法。刚开始怀如望以为这件事情闹一闹也就过去了,但第二天那些女人们又到了怀家大院的门口围坐,好像没有结果永不罢休。

第三天的时候,就有人来告,说咸草坡上的枧管晚上被人砍破了好几处,卤水四溢,流得满山遍野。怀如望到现场一看就知道是闹事的人干的,他马上让人迅速修复,同时又增加了几个巡枧工,昼夜巡查。但怀如望知道,像这样的问题还会不断地出现,随着机器生产的来到,劳动效率会大大增加,而盐井上的工人数量会大幅减少,他们失业后怎么办?很多工匠已经在盐灶上干了很多年,难道还要让他们重新回去种田?

当夜,怀如望同父亲怀穆春商量了一晚,第二天就召集那些妇女到怀家大院门口,他对她们说:

"凡是过去给怀家拉牛供草的,从现在起一年内每月给一斗米,第二年每月给半斗米,第三年起不再给米,从即日起大家就来领取吧。"

话说完,就听见几个妇女哭了起来,而更多的女人默默地起身离开了那里。

三

机器汲卤在桥镇渐渐推行的过程中,桥盐银行的作用也发挥了出来,不少盐商通过贷款来改进技术和购买器材,而这些变化直接为他们带来了巨大的效益。由于业务的不断扩大,怀如茂同张绍安商量准备到嘉定、叙府、泸州去办分支机构,因为这些旧有的引岸都是桥盐可伸张之地,能够继续增加吸存和汇兑,并与外界的商号广泛联系。计划定下来后,怀如茂便马不停蹄地奔赴各个地方安营扎寨,直到把各地的办事处建立起来。

怀穆春的两个儿子都在忙忙碌碌、大有作为的时候,他觉得自己可以慢慢退下来了。但怀穆春又觉得应该做点什么事情,想来想去最后觉得应该为桥镇办一所学校。其实,这个事情是怀如望给他讲了王四的故事后受到的启发。

很快,办学的动议就得到了响应,小镇吹拂起了一股开明之风。半年之后,一座小学就建了起来。

在开学典礼上怀穆春首先讲话,他说:

"我们桥镇就要有自己的新式学校了,这是千年桥镇开天辟地的第一次。桥镇的孩子同大地方的孩子一样,都将受到良好的新式教育。所以,今天是桥镇的大喜日子,桥镇的父老乡亲应该为此感到高兴……"

他的话热情洋溢,赢得掌声不断。过了一会儿,怀如望也上台讲了话,他说今天是个不同寻常的日子,所以我要给大家介绍一名特殊的学生。说完,他从台下请来一个孩子,这个孩子穿戴整洁,理了发,背上了新的小书包,蹦蹦跳跳地上了台。怀如望摸着孩子的头说:

"这个孩子叫王四,但今天我要为他取个新的名字,以后他就叫王书,就是希望他以后好好念书,成为有用之才!"

此刻,怀如望、怀如茂正站在怀穆春的两边,他们就像两棵笔直的白杨环绕在一棵苍松的旁边,构成了一道独特的风景。人群中就有人感叹怀家飞出了两只金凤凰。

在怀如望的盐业改良计划中,蒸发壁项目是他最早推进的,因为蒸发壁能大大提高晒卤的功效,提高盐产。

但这个项目开始并不顺利,盐商们的分歧很大,闹闹嚷嚷争论不休。原因很简单,大家都没有见过蒸发壁是个什么东西,怕白花钱。怀如望知道在桥镇做事必须一步一步地来,为了说服其他盐商,他准备在卤元井的旁边先搞一个蒸发壁来作为样板。

蒸发壁建在咸草坡的一块空地上,紧挨着卤元井。这是一个长有十多丈,高有三丈的木质结构的建筑,卤水从井里抽起来后就被引到这个蒸发壁上,通过增大接触面的方式把水蒸发掉,提高盐卤的含量,在蒸发壁的反复晾晒下,能够节约大量的燃料。蒸发壁建成后,怀如望每天都会作详细的记录,把气温、湿度、方向、翻晒次数、浓度变化等都记录在案。通过几个月的比较之后,怀如望又对其中的一些环节进行了微调,情况变得越来越好,最好的时候可以比不用蒸发壁的状况节省三成的燃料,大大节约了成本,提高了盐卤的利润。

卤元井的蒸发壁成功后,怀如望找到了两口卤淡的盐井做试验,他想通过井的差异来检验效果的好坏,但他发现卤淡的井成效更大,桥镇有很多淡卤的下井,正好可以很好地改变它们的状况。做好这一切后,怀如望把桥镇盐务局和场商办事处的人请来参观,无偿提供技术。一时间,桥镇的井灶都纷纷开始修建蒸发壁，他们从桥盐银行中贷出款来投资，然后很快从引岸的销售中尝到了甜头。

当蒸发壁正在轰轰烈烈地推广的时候，怀如望又开始考虑电的问题了。

在怀如望看来，如果再有电的支持，电力汲卤、电力蒸发、电力煎盐就会来临，日新月异的桥镇盐场指日可待。

但电在哪里？过去桥镇的周边都没有电厂，要安一台发电机组，要组织燃料供应，这需要大笔的资金，不要说怀家，就是整个桥镇的盐业商会动员起来恐怕都很难。

但怀如望明白，桥镇的盐业要发展迟早都得解决电的问题。这件事情让他想起了他在天津塘沽的同事郝汉民，此人对机电技术非常在行。怀如望当即给他写了一封信，向他咨询国外发电的一些情况。很快，郝汉民就回信介绍了一些发电的技术，他特别提到，如果在原、燃料条件不足的情况下，可以考虑风力发电，他说这种发电方式在丹麦、挪威等一些海滨国家很流行，比较适合小规模发电，对解决功率要求不是太高的工厂也很有利，建设成本也低。

风力发电让怀如望眼前一亮。

他想，对呀，风力不需要原材料，只需要把设备安装好，风一吹就能够发电了。但是，风在哪里？桥镇边虽然有江河古道，但常年的河风都不稳定，一般情况是时缓时急，时有时无，而按郝汉民所说，一般要三级以上稳定的风才可以利用，显然河风是不能跟海风比的，还不能作为利用的对象。没有风，就不可能风力发电，那仅仅只是设想而已。晚上睡觉的时候，怀如望还一直在惦记着电的事，但都是些没有头绪的想法，想着想着，就睡着了。在梦中，他突然想起当年的很多事情来，他想到了桥镇后面的石鼓崖，当年他曾同如茂一起到那个山坡上去过,每次跑过山崖口的时候,他都感到了巨大的山风,吹得他们的身体快要飞起来……

这么大的山风,一定可以用来发电!怀如望在梦中一阵兴奋。

做梦居然也能得到启示,一定是神在福佑。半夜里,他这样想着的时候,一下就醒了来,抬头一望,月光白白地挂在窗边,一切都了无痕迹,但梦分明已经留在了他的记忆里。他喝了口凉水,觉得刚才的梦清晰得就像真的一样。

第二天一早,怀如望就叫上怀如茂去了石鼓崖。

在上山的路中,他们的心里有一种莫名的喜悦,他们边走边说,但怀如望心底还是有一些忐忑:山上到底有风没有?就算有风,那风能用吗……突然,穿过一片松树林的时候,他们看到了只小松鼠,在树枝上跳来跳去。如茂说:

"这小松鼠最不好抓,小时候上树经常把衣服挂破,而松鼠早不知跑到哪里去了。当然也不是没有收获,在树梢上也经常发现鸟窝,没有抓到小松鼠,却掏上了几个鸟蛋……"

这样的话题让怀如望轻松了很多。

又走了一会儿,一只白色的影子刷的一下闪进了草丛中,他们惊了一阵。正在纳闷,白色的影子又斜刺里闪了过去。这回让怀如望看清楚了,原来是只兔子!那只兔子居然出现了两次,要是碰上枪法好的猎人,它可就遭殃了,幸好碰上的是他,他们只是个友好的来访者。

两人的步伐更轻松了,就在这时,怀如望的脸上感到了一点风。再往前走,风又大了一点。

额头上刚才还是汗涟涟的,风一吹,一会儿就干了,只觉得一阵凉爽。

再往前走,风越来越大,把他的衣服吹得鼓了起来。

怀如望知道马上就要到山崖口了。如茂突然说：

"哥,你看,斑鸠!"

如望抬头望了望天空,果然有只斑鸠飞过。怀家同斑鸠仿佛有着特殊的情感,看见斑鸠或许就是吉利的事呢。

山崖口不大,山前山后的风正好从这里挤过,风大得可以把人吹倒,所以,这个山坳里连一颗树木都没有,风吹得崖沟草木不生,满地碎石,仿佛被洪水冲过一般。望着山崖口,怀如望、怀如茂两兄弟的豪情油然而生,怀如茂说：

"哥,这样大的风一定能够发电。"

怀如望说："是呀,我要在这里架上铁塔,让风叶飞转起来!"

不久,怀如望就真的站在了山口上,开始指挥着工人安装风力发电设备。

忙忙碌碌中三个月就过去了。

而巨大的支架在石鼓崖上立了起来,站在山下都能够望得到这个直刺刺的立柱。桥镇的人都惊奇地发现,在山头上出现了一个奇怪的东西,在阳光下还发出耀眼的光来。过去桥镇远远看得到发光的是教堂的玻璃,而现在是那个旋转的叶片,它们仿佛都带着优美的旋律,在为桥镇轻轻哼唱。

这天,怀穆春也来到了石鼓崖上。

站在山崖口,风大得让怀穆春趔趄了好几次。他望着巨大的立柱,怎么也把它同盐井联系不到一起。但他内心却有些澎湃,因为他感到儿子们都已经长大了,能够继承怀家的家业了,这样的欣慰一下就传遍了全身,让他温暖无比。

"爹,等安上叶片转动起来,就可以发电了!"怀如望说。

"我还是有些不懂呢,这风里难道还藏着个巫师?"怀穆春问。

"不是巫师,是科学!"

怀如望有些激动,眼里充满了憧憬。要是此时有酒的话,这两爷子真想喝上一壶呢。

"等发电了,我要把桥镇的人都请到山上来看。"

"爹,您瞧瞧,这个立柱是用洋灰砌起来的,多结实呀,风吹雨打都不怕。"

怀穆春用手摸了摸水泥筑成的立柱,就像摸着他儿子结实的身体一样。其实这时候他心里想的是,当年王贵老爷说过怀家是命中有盐,虽然经过了千辛万苦,但这回是真正有望了啊!

第十一章

缪剑霜伸头出窗的时候,天已经亮了。他朗声道:
"又到平羌古地了!"

此时,岷江上舟楫竞发,川流不息,一艘艘满载着盐包的大船顺江而下,与他们的船相向而行。那些船的船桅上都悬着大大的字号,比如"怀"、"王"、"赵",谁家的盐一目了然,这些盐都将运到边岸,并最终装到百姓的盐罐里。江中因为有了成群的盐船而显得有些壮观,但尽管船队浩浩荡荡,江中行船到底是寂寞的,船上时不时地冒出个人头来乱喊乱吼几声,也不知道喊的什么,吼的什么,宽阔的江水和两岸的群山早把它们消融得一丝不剩……

这是民国二十八年的暮秋。

缪剑霜一到桥镇就召集五老七贤,他本想听听桥镇盐场的情况和大家对抗战盐业的意见,但没有想到却用了一下午的时间听了桥镇的故事,故事中那只早已逝去的神奇斑鸠,让他感到了时空跨越中的苍凉余味。其实他当时在江上的时候,就是因为看到了很多挂着"怀"字号的船,才有了听听怀家故事的欲望。

在来到桥镇之前,缪剑霜去见了财政部长宋子文,宋子文告诉他《战时经济法》的实施已迫在眉睫,而《盐法》是其中的一个重要部分,务必在三个月内起草出来,这跟在前线打仗没有区别。这时,抗战已到了最关键的时期,军事上呈僵持状态,并已经出现持久的形势,所以国统区的经济不能垮,战时经济必须要为军事服务。缪剑霜作为民国政府的老盐务人员,深谙盐业经济之要害,而政策一旦昭告天下,这将对中国的经济形势产生巨大的影响。

但此刻,缪剑霜究竟是不是已胸有成竹了呢?

那天听完故事,缪剑霜摆在桌上的那包哈德门香烟已经被抽光了。这时他才举起手指放在鼻子下面,手指有股浓郁的烧焦的味道,但他没有把这样的感受持续下去,只是将手指上移到眼镜框上,轻轻地推了两下:

"好,明天我就到怀家。"

怀如望正在前往重庆的途中。

抗战一来,怀家的盐巴生意大受影响,物价飞涨,但盐价是由官方核定,采取官煎定价,盐由官方统一收购。但是另一方面,政府却在委托商人办运,即所谓商运,以促进川盐运销。这样一来,盐运反倒被实力更大的淮帮运商垄断了,价格涨了不少。

盐价被运商压制,怀如望决定去重庆走一趟,探寻盐运的出路。

刚一上船,怀如望就听到人们在议论纷纷,说是重庆刚被日本人的飞机炸了,死伤无数。整个船上笼罩着一层人心惶惶的气氛,有些人在中途就下船了,不敢再往前行。怀如望在船栏边看了一阵两岸的景色,心里波涛暗涌。这时,不远处驶来一艘船，船上挤满了人，人们面色凝重，携带着各种各样的包裹行李，一看就知道多数人是从重庆过来的。船很快就过去了，江面又寂静下来，只听见轮船的马达声突突地在响，船的倒影在江水中愈发浓重。

不觉又行了一些时辰，便渐渐看到了沿岸越来越密的房屋，但整个城市还笼罩在一片乌云之中。当船到了朝天门码头的时候，已是下午四点时分，怀如望走上码头，远远地看到一个熟悉的身影在向他招手。

来接怀如望的是桥盐银行重庆办事处的陈端华，他说："昨天临江门一带刚被炸，咱们绕道走吧。"

绕了半天，车子开到上清寺附近的时候，天已近黄昏。端华让怀如望住进了办事处里，这是一个两层的洋楼，是桥盐银行在重庆购置的房产，四周环境不错，树木掩映，端华早已经吩咐下面的人把一切安排就绪。待怀如望稍作洗漱后，他们来到一个叫国民饭店的餐馆，这是龙昌盐号总经理黄伯年安排的宴席，专门为怀如望接风洗尘。

这个黄伯年不是别人，正是当年为怀家运盐的运商黄振纶的小儿子，如今已是叱咤重庆盐业界的人物。

重庆一直以来都是川盐的重要集散地，这里正好居于计岸、边岸的交界地带，川盐在湖北、湖南、贵州、川东等地的盐食供应大多要从重庆中转，所以运输地位非常重要，怀家的盐过去靠的就是龙昌盐号的船运把盐销往那些路途遥远的地方。

酒过三巡，怀如望便对黄伯年说："我们两家合作多年了，这次家父委托我来协调盐运的事，还望黄叔多抬贵手。"

"唉，到处是物价飞涨，日本人的飞机像苍蝇一样成天在脑袋上转，好多盐号的船都停了，大昌裕、大陆、富祥这些大盐号全都收缩了。当年淮商的福利公司、南方公司多厉害呀，人家敢预交盐税几十万元,一口气吃得下鄂西八十万担盐,如今都不见踪影了。"

"政府不是有专门的赶运津贴吗?"

"唉,那点津贴还不够买补船的铁钉。"

怀如望知道,过去黄家靠怀家的时代已经过去了,而眼下怀家得依靠黄家,大运商都卡着盐商的脖子。其实眼下正是运商抬价渔利的好时机。他们占据着渠道,稳赚不赔,而盐商一般都想保住销地的份额,这些销地都是多年来精心经营起来的,谁都不想轻易失去。其实怀如望来的目的就是协调运价,保住怀家的盐在鄂岸、黔岸方面的供应。

"黄叔说得不错,但运价这样涨下去不全乱了,政府也不管管?"

"前方在打仗,国民政府想的恐怕是要从盐商那里多拿些钱,最近又要搞食盐战时附加税了,每斤盐要多收三元的税呢。"

"亏本买卖怎么做呀……"

"是呀,不过,我一定会为怀家出力的,这几十年的交情不会因为打仗就不要了吧。"

宴席完后,富态的黄伯年执意要送怀如望,他们之间毕竟还有层叔侄关系。但两人坐在轿车的后排却并没有多少话要说,各怀着心事盯着外面黑漆漆的城市,只有汽车的大灯直射着前方。怀如望想,眼下是国难当头,国家到了应该出力来解决盐运困境的时候了,这毕竟是老百姓的盐食大计,但单凭商家的能力来解决运输,在物价飞涨的情况下可能只是杯水车薪,如果国家不能统运统销,盐场就没有出路。

对怀如茂而言,眼下的形势却正是桥盐银行大显身手的时候。

抗战以来,淮盐受阻,川盐销岸奉命扩大产量。湘岸、鄂岸每月增加至三十一万多担,一年下来要济销近四百万担,形势逼人。但如何推动盐运?一句话就是政府要搞生产贷款和盐运贷款才行,这样才能让盐商和运商产生积极性,而怀如茂觉得这对桥盐银行来说正是好时机。当时财政部已经开始向四大银行暂借上亿的资金来作为生产贷款,这四家银行的办事处均设在重庆。重庆已经成为了全国新的金融中心,各地的银行纷纷入驻重庆,桥盐银行既然要打鱼,就更需结网了。

就在怀如望返回桥镇的时候,怀如茂却正在去重庆的途中。

到重庆的那天,朝天门码头上行人匆匆,怀如茂到了岸上却没有看见陈端华来接他,便只好提着皮箱站在小雨中等待。这时,他看到有个脖子上挂着烟箱的小孩走过来,便上前买了包香烟。

正点上烟,江边又过来了一条船,这是一条从长江下游过来的大客船,船很快就停泊在了岸边。船上涌出很多人,他们都大包小包地携带着很多行李,而人群中分明多是老老少少的一家子。他们都缓慢地踩着舷梯,小心翼翼地挨着下船,壮的搀着老的,老的牵着小的,男的扶着女的,女的背着幼的,这个情景让如茂感到揪心。正在这时,如茂突然看见一个熟悉的面孔,不禁让他仔细打量起来。

哎呀,这不是陈老伯吗?如茂差点失声喊了出来。

他再三打量,确定就是当年在桥镇盐场厂局任职的陈秉明老先生,他是外公唐炯的同科故旧,也是他父亲怀穆春的好友,那时他不过才几岁模样,但记忆中对他的印象仍然很深。

下船后,陈秉明的一家老少十来口人便围在一大堆行李

旁,每个人都疲惫不堪,蓬头垢面,脸上是一片茫然。这时如茂走了上去,喊了声:

"陈老伯!"

众人都把眼光转向了他,没有人认识他,面面相觑。

"我是怀如茂呀。"

"……怀穆春的儿子?"

"是我。"

"哎哟,都不认得了!"陈秉明颤颤巍巍。

"陈老伯,您怎么在这里?"

"一言难尽哟。"

原来陈秉明的家乡淮北被日本人占领了,只好逃亡出来,四川是他曾经任职的地方,正想到重庆来避难,没想到在他乡竟然遇到了怀家子弟。本来陈秉明回到老家后打算平平安安度过余生的,是战争又把他重新赶回到了这里。

在一起回到桥盐银行办事处的途中,陈秉明透过车窗看见了很多防空洞,而桥盐银行办事处的背后山坡上也正在修建防空洞,陈秉明便问:

"如茂,重庆这样的防空洞有多少?"

"到处都在修,整个山城好像都在挖防空洞。"

"防空洞安全吗?"

怀如茂摇了摇头:"这只是一时之计,对付空中轰炸还行,但日本人要是从陆路或是水路上来,就难说了。"

"唉,我们还是到更远的桥镇去吧!"陈秉明看了看他身边大大小小的儿孙,叹了口气。

陈秉明只在重庆待了几天,便执意要往大后方走。怀如茂便又把陈秉明一家老小送到了码头。但短短几天,码头上又出现了不小的变化,到处是黑压压一片,包裹、皮箱、棉被堆积如山,拿着竹竿和绳索的乡下人在寻找着活路。从大船小船中挤出各色人等,这中间不乏达官贵人、名流政客、豪商巨贾,他们都随身携带着金银珠玉,并想把那些东西变成安全保险的护身符。

回到桥盐银行重庆办事处,怀如茂心情很乱。

站在小楼上,不时听到江上传来的阵阵汽笛,它们是那样干涩、刺耳,整个山城像块被擦破了皮的火柴盒,仿佛都闻得见那种硫磺的气味。这个时节介于春夏之间,要是在过去,人们都穿上了薄薄的单衣,皮肤白皙,女人的线条释放了出来,天气是那样晴朗,风在脸上柔和地吹着,让人舒服安逸。但这样的景象是短暂的,日本人的轰炸在持续,警报一响,到处都可能冒出一股冲天的火光和凄惨的哭叫。显然,内心的燥热甚于天气的温度,人们每天都在感受着空气中那一股股胶着、凝滞的气息。

二

这日,刚刚忙碌了一天,银行办事处到黄昏后才安静了下来。

怀如茂脱下西装,解开领带,舒展了一下胳膊,习惯性地翻开了报纸。突然,他看到国泰大戏院正在演新剧《雾重庆》,心中一动,才想起好久没有进过剧院了,不如去看场戏。他很快换了件白色衬衣,穿上回力牌球鞋后便出了门,他没有让司机送他,出门叫了辆黄包车直接去了国泰大戏院。

一到剧场附近便看到那里早已聚集了不少人,卖香烟、零食的小摊小贩穿梭其间,当然流氓阿飞小偷也混迹其中,让此地变得热闹和混浊。怀如茂不想在外逗留,买好票便直接进了剧场。一进去,外面的闷热减少了不少,感觉是慢慢凉快了下来,剧场的两侧装有电风扇,呼呼地吹着。

剧不久就开始了,在黑暗中,怀如茂看见他的前排坐着两个女生,她们在小声地交头接耳,有时还会开心地笑起来,过了好一阵,她们才渐渐静了下来。到了剧的高潮,怀如茂看见她们在轻轻地擦着眼泪,像是被剧情溶化了,不免莞尔一笑。

出场的时候,才发现外面下起了雨,怀如茂只好站在屋檐下等黄包车。就在这时,他看见坐在他前面那排的两个女生也站在屋檐下,这时他才看清她们都穿着斜襟淡蓝色的上衣,过膝的长裙,布鞋,两个人都是短发,其中一个留着齐齐的刘海,这样的装束一看就知道是学生。显然,她们的清新气息也触动了怀如茂,他不由自主地又多看了她们几眼。

世上的事情就是那么巧,几天后怀如茂居然又见到了她们。

那天,行政院院长孙科受邀为重庆各界人士作关于抗战形势的演讲,邀请了社会各界人士,地点就在沙坪坝的中央大学校园内,怀如茂虽然坐在后排,但一眼就看见了前面为会议服务的女生,因为那排齐齐的刘海让他记忆深刻。下来后,他走上去对那个女生说道:

"那天看戏没有淋到雨吧?"

女生吃惊地望着他,但很快她好像回想起了那个情景,便笑了起来。女生叫徐一萍,是中大的学生,那天同她一起看剧的是她的同学丁静宜。可能是出于这个缘分和礼貌,徐一萍陪着怀如茂走出了校门,一路上他们边走边谈。最后分手时,她说:

"有时间来看我们的戏吧,我们自己的剧团,这个礼拜就有一场戏。"

本来这个事情就结束了;但是,也不知道是出于什么原因,周末的时候,怀如茂便决意把事情尽早处理完,然后朝学校奔去。那天演的话剧叫《木兰从军》,是尽人皆知的巾帼英雄故事。剧开演的时候,怀如茂看到了徐一萍和丁静宜,徐一萍扮演的是花木兰,她在剧中真有几分英姿飒爽,这个形象给他留下了深刻的印象。

巧的是过了不到半月,中大搞了次抗战募捐活动,是为慰劳空军将士在重庆上空击落了五架日机而搞的募捐,怀如茂得到消息后就代表桥盐银行去捐献了一笔钱。当天,为了答谢募捐的各界人士,又表演了话剧《木兰从军》,而这次徐一萍刚演完戏卸完妆,怀如茂就等在门口了。

那天,徐一萍和怀如茂不知不觉就来到了江边,那看似平常的散步,已悄然在改变着徐一萍。

江边有很多平整的大石头,他们就坐在一块大石头上。江边不断有轮船过往,有些船的桅杆上挂的是外国人的旗子,但船上都是中国人,据说是为了防日本人空中轰炸。汽笛声弥漫在江面上,然后是习习的江风,吹拂着这个苦难人间,而就在回头不远的地方,那些层层叠叠的沿江民居曾被大片大片地变成了焦土,它们就像一道巨大的伤痕嵌刻在山城的脸上。但风依然是轻柔的,它肯定不知人间的苦难,它吹着江水,吹着空中的尘埃,仿佛要把阳光下的一切吹得干干净净……

他们的话题也变得轻柔起来。

怀如茂便开始给她讲起了很多关于桥镇的故事。讲那里的盐井,讲鸟飞过就会掉下来的咸草坡,讲他的童年和他那个庞大的家族,当然他讲的时候好像不是在讲自己,而是在讲另外一个毫不相干的人,这样的感觉让徐一萍在好奇之余又觉得恍惚。之后,怀如茂又讲了他在留学时的经历。他说他的父亲是个老式书生,却最终还是没有做成书生,他有个梦想就是想让自己的儿子成为书生,可又出于生意的考虑,把他的两个儿子分别送到德国和日本,想让怀家能延续百年的兴盛。但他的两个儿子已经变了。他们学到的是维新思想,脑袋里装的并不都是家族里的那点事,他们都想有一番作为,要做兼济天下的大事情……

他谈的时候,徐一萍只是静静地听着,刘海被微风吹着,衬出了眼睛里的一汪静水。

回去后,丁静宜对徐一萍劈头就问:"今天怀先生真慷慨!捐了那么多钱,他是为你来的吧?"

"别瞎说,我们只是普通朋友而已,人家是为爱国而来的。"

"一萍,怀先生年轻有为,以后就是银行家了,可别错过机会。"

丁静宜的语速有些快,在丁静宜的印象中,银行里的人都是些精于算计,过着体面富足生活的人,她说这话是很有意味的。丁静宜人长得漂亮,从来不乏追求者,在一年前被同校的一个叫柯建生的男生追得很紧。他的父亲是政府议员,在社会上有头有面。其实,丁静宜真正喜欢的是她们同在一个剧团的林哲夫。

那天晚上,徐一萍做了个奇怪的梦,梦见自己同怀如茂仍然坐在那块大石头上;他一直在讲,而她全神贯注在听,但江水渐渐地漫了上来,漫到了他们的脚下。她心头好着急,心想难道要马上离开岩石吗?她有些舍不得,就只剩一个故事就讲完了,但怎么水就要淹着他们了呢……

三

缪剑霜到达桥镇的第二天,就去了怀家大院。

可能是怀家故事的吸引,让缪剑霜有些兴致勃勃。只是在怀穆春开门恭迎他大架光临时,才发现缪剑霜是独自一人前来的。

缪剑霜让轿车把他送到了怀家大院门口,但并没有急着进去,他站在门外往高墙内的树林望了一阵。过了好一会儿,他才上前自报家门,让怀家的人慌乱不已,因为他们想这么大的官一定是前呼后拥的景象。

宴席中觥筹交错,桌面上的菜品极尽心思,好像准备了百年,专门为等待缪剑霜的到来而精心准备的。

本来,缪剑霜是想清清静静地来这里,就像老朋友一样,一壶清茶足矣。所以,当众人——那些桥镇的大小人物都坐在一张宽大气派的圆桌上的时候,所有的故事又回复到了现实当中。彼此的敬意变成了客套,传奇的距离仅仅只是一个礼节性的微笑,宾客间那种细微的情绪在团团的和气中散开、弥合、浸溢……

他突然有些恍惚,之前听过的那个故事仿佛被打断了,怎么也重新接不上头绪来。应该说,在缪剑霜进入怀家大院之前,他一直是在故事里的。

就在大家吃得高兴的时候,正好有一道云腿炖乳鸽送上来,缪剑霜开始了侃侃而谈,他说过去一般在杀鸽子的时候要用铜钱套在鸽子的嘴上,将之闷死,据说鸽子才鲜嫩,其实不然,按照这样的方法必然让鸽子血液阻滞,炖出的汤也会混浊不清,而按照一般的宰杀方法更好,汤色清澈纯正,味道鲜美,过去的做法只是人云亦云而已。

众人点头赞赏,其实大家心里也在盘算;他这样的表述算不算敞开心扉,是不是借这道菜在说他将有整饬盐业的思路,因为此人在中国盐业界算得传奇人物。就在大家猜测的时候,缪剑霜话峰一转:

"这炖乳鸽用的是正宗的云南宣威火腿,而做火腿用的盐正是桥镇所产,咸头大,味纯正!"

好像是个噱头,但让在场的人很是开心,桌上一阵热议。

说了一阵欢喜的话,其实细心的人已经注意到缪剑霜已经把话题转到盐上面来了,便听见他继续说道:

"我上午去看了好几家使用的蒸发壁,效果不错,这个新技术很值得推广嘛。"

怀穆春就把儿子怀如望搞蒸发壁推广的事情给他讲了一遍,缪剑霜边听边不停地点头,好像受到了不少启发。可能是因为酒的原因,缪剑霜的话也多了起来,刚开始的拘谨松缓了下来,缪剑霜这时说道:

"刚才我看到大厅里的一副对联,上面写的是——春云夏雨卤声远,虚谷浮岚梅花香,很有意境嘛。但是要卤声远,就得好好推广盐业新技术呀。"

趁着酒兴缪剑霜就摆开了,比如他说为了卫生健康起见,今后应该用机器压制砖盐来取代巴盐,用钢板平锅来取代圆锅小灶,还有电气推卤也应该运用在盐井上。为了提高生产效率,在燃料上可以考虑在盐场设统购机构,将煤炭和生产盐的器材实行统购,降低盐商的采购成本……

说到兴奋处,缪剑霜便透露出这次来还想在桥镇试点,搞一家模范盐厂,而刚才讲的这些新技术都要在模范盐厂中实施。怀穆春一听,突然感到这些想法跟儿子怀如望的思路怎么

如此一致,没有想到缪剑霜的眼光如此独到,思想如此开明,便说道:

"缪局长,明天我带你去看看卤元井。"

第二天,怀穆春就陪同缪剑霜去了咸草坡。

但在看了卤元井后,缪剑霜突然说道:"怀公,这口井我在二十多年前就来看过!"

怀穆春震惊得张大了嘴巴,不知所措。缪剑霜笑了笑接着说:"当年我是陪同丁恩先生来的,当时我是他的秘书,这口井当时还是口废井,您还记得吗?"

这样一说,怀穆春也记了起来,眼前这位干练的高官原来就是当年那个还略带青涩的不怎么起眼的年轻人;如今看来,他同怀家还真有些缘分呢。

缪剑霜很感慨:"怀公,要是桥镇能有一百口这样的井,吃盐的事就真的变成小事了!"

说出这句话,缪剑霜心里却是另一番滋味。像桥镇这样的地方,虽是西南最重要的几大盐场之一,却一直延续着古老的引岸制度,划地供盐,严禁自由买卖,贩卖私盐将被严惩,而一般的盐商也未必轻松,他们必须缴纳很重的税赋,稍微年头不好,还常常出现入不敷出的情形,情况往往是苦不堪言。但随着抗战的来临,战事节节败退,大半江山沦陷,盐业陈法早该废止。眼下盐食供应紧张,如果这一切不改变,国家将面临更大的危机……

两个人望着桥镇的山水,都有些心潮起伏。

"这些年变化太大,这次我到桥镇,看到的是厂岸凋敝,盐商们都活得不易。"缪剑霜说。

"是呀,我看这《盐法》也该变一变了。"

"从古至今,变法者没有什么好下场,哈哈哈……"缪剑霜的笑声中有几分自嘲。

"之前您的很多做法川商都是比较拥护的,就说新川盐济楚吧,对其他盐场开征楚盐贴费,每担一角,然后用来补贴我们川盐,补得还不少,每担就补贴了一元,到了湖北也能跟淮盐抗衡……"

"是呀,没有那一元的补贴,川盐那一千二百载的轮运任务根本完不成。"

"如今这盐业大局只有靠您来撑了!"

"怀公不必悲观,您有两个那么优秀的儿子在,还担心什么呢?"

两人慢慢地下山,在半山腰的时候正好路过了上公馆,但见大门紧闭,四周野草丛生,有些荒凉。

缪剑霜往公馆里看了几眼,这个地方他也是来过的,当年他曾经跟随英国人丁恩来过这里,那是一座豪华的半山别墅,里面的设施他还留有印象,其实在当时缪剑霜也是震撼于洋人的奢侈和享乐的。

这时,怀穆春告诉他不久前公馆里的洋助理走了,已是人去楼空。缪剑霜突然有些感慨,善后大借款已不复存在;盐务稽核所被盐务署取代,分布在中国的几十个盐场的洋人们都回到了自己的国家;这其间的一切他几乎是完完整整地见证过的,但二十多年的光阴一晃而过,洋人们再也不会来桥镇了。

缪剑霜来到桥镇的日子里,他已经到盐场的各个井灶进行了考察,而最后他还想到桥镇有名的花盐街上去走走,过去人都说,只要到花盐街上走一走,连湖北的行情都清楚了。

但他这次却发现昔日繁闹的街市冷清了许多,不禁有些吃惊。

缪剑霜来到卖牛的牛市口。所有要卖的牛的角上都拴了一根草圈。有一些人正在围观,有人拍拍牛的臀部,有人拽拽牛腿,有人扳开牛的嘴看看牙口,买卖双方如果有意向,就走到一棵树下,双方的手放进彼此的袖袍里,用手来议价,不出一声。在袖子里一番鼓捣后,谈没谈成外人都无法知道其中的内情。

缪剑霜站在人群中静静地观察这些卖牛的人。他听见有人在后面悄悄地议论,说这段时间卖牛的人多了,牛都是拉卤的壮牛,但盐井开不下去了,只好将牛也卖了。有人在叹息:

"唉,仗都快打到家门口了,还熬啥盐嘛。"

又有一个人低声说:"王老板的牛一个多月也没有卖出去,知道不?这几天又有好几口井关了。"

缪剑霜转过身来看了一眼他们,那两个人警觉地闭上了嘴巴。

这时,他看到有个人走上去跟卖牛的人说:"老乡,过来沽下牛吧。"

卖牛的人便跟了过去,两人在一棵树下坐下,双方把手伸进了对方的袖子里。不一会儿,他们的手同时拿了出来,买牛的人好像不满意,摇了摇头走了。卖牛的人一脸沮丧,蹲在地上吧嗒吧嗒猛抽烟。围观的人又是一阵议论纷纷。过了一会儿,也没有人再来谈价,卖牛的人便把牛绳解下,悻悻地往回走。这时候,缪剑霜跟在他的后面,同他聊了起来。

"是贵州的大山子牛吧?"

卖牛人望了他一眼,没有什么好心思。

"你说个价吧!"缪剑霜突然说。

那个人猛地转过头,有些狐疑地望着他:"哎,我就巷巷里赶猪——直来直去,这头牛要值五百块,刚才那个人只给四百块,我没有卖,如果你真的要买,就给四百五十块吧。这牛没得说,如果不是要急着变些钱来打发灶工,我才舍不得卖它呢。"

"好,我买了。"缪剑霜一口就答应下来。

卖牛人有点不敢相信这是真的。缪剑霜把钱如数给了卖牛人。卖牛人认真数了一遍,小心地把钱放进了口袋里。

缪剑霜便蹲下来同他聊起盐场的状况。卖牛人叹了口气说,眼下的形势大家都晓得,仗还不知道打好久,反正盐生意是做不下去了,赚的钱不够交厘金。上好的井就寻个买家转让了,中等的井只有辞退了一些工人典卖一些牛来降低成本,总算能够保住口井;下井就毫无希望了,活不出来只有封井了事⋯⋯

听说盐井在大量倒闭,盐产大幅下降,缪剑霜感到忧心忡忡。他想,如果盐商都把牛卖了,盐场还怎么开?军供民食从哪里来?咸饷到哪里去拿?

要离开的时候,卖牛人重新走回牛的身边,轻轻地抚摸了一下牛头,有点舍不得,眼睛潮湿了起来。缪剑霜看到这个情景,便说:"老乡,这头牛就暂时给你养着,什么时候复工,什么时候你来把牛领回去。"

牛牵到怀家大院的时候,怀穆春大吃一惊。没有人知道这头牛的来历,更不知道缪剑霜牵头牛回来有何深意。

"怀公,过两天我就要回重庆了,这头牛就拜托您帮我养着,牛在此一天,就说明盐场的状况没有得到改变,我们就要加倍努力一天。"缪剑霜说。

其实,盐业的改革方案已经在缪剑霜的头脑里形成了,他准备以破釜沉舟的决心来改革中国盐业。他的头脑里正酝酿着把模范盐厂在桥镇搞起来,他选择的对象就是怀家的卤元井,他要将这口千米的黑卤大井搞成桥镇盐场现代盐业生产的榜样。

四

石鼓崖上的风给怀家带来了电,但怀穆春始终还是没有想明白,怎么风一吹,盐卤就从井下冒了出来呢?

怀如望不会想这样的问题,但他也会常常看着那个转动的叶片陷入沉思。他想,风力发电毕竟只能解决小范围的电力问题,而桥镇这个地方的所有盐井要实现电力拉卤,就必须要修建电厂,但这暂时还是遥远的理想,因为几乎所有的设备都得从国外进口,投资巨大不说,还需要专门的人才。

正在人们为电苦恼的时候,事情就出现了转机。

这年冬天,怀如望得到一个重要消息,说国民政府经济部资源委员会准备建设的湘江电厂由于受到战争威胁,已将快要安装完毕的所有设备拆掉,经宜昌运到重庆,准备把设备重新建在桥镇。这些设备包括由英国拔柏万公司生产的锅炉设备和德国AEG公司生产的汽轮发电机组,安装发电后有两千千瓦的容量,完全可以解决桥镇盐场的用电问题。

事情怎么会这么巧呢?老天爷眷顾桥镇的事情好像才第一次发生。不久,桥镇花盐街的尽头悄悄出现了一块挂牌,上面写着"岷江电厂筹备处"的字样,一些电力专家出现在了桥镇,他们将在桥镇的岷江边上修建一座火力发电厂。一时间,桥镇的人们群情振奋,连三岁的小孩子都知道他们将会用上电了,因为桥镇的街上很快就会插上电线杆,牵上长长的电线,电线上站满了麻雀,它们欢快的叫声传遍了每一个角落。

当然最高兴的还是桥镇的盐商们,他们已经开始在盘算一度电要花多少钱？能熬出多少盐？比拉牛能便宜多少？比炭柴节约多少……每当这个时候他们就会想起怀如望，因为他是从桥镇出去留过洋的人才，喝过洋墨水，见识比他们多得多。所以只要怀如望出现在街头，就会有人热情地尊敬地同他打招呼，向他请教各种各样稀奇古怪的问题，怀如望总会耐心地回答他们，他在桥镇俨然已经成为了一名德高望重的先生。

　　建电厂的事情也牵动了缪剑霜，因为有了电，盐的生产成本就会降低，盐商的积极性就会提高。他做了件锦上添花的事，为了防止有人投机倒把，他马上让盐局盐业燃料统制处的人与华昌煤矿签了份合同，所有煤炭由盐局统购，核定成本后保证供应电厂，以扩大桥镇的盐业生产。

　　这天，一大早怀如望就在盐井上忙碌，卤元井成为了模范井后，最忙的就数他了。正忙碌着，突然便听到有人叫他，原来是黄伯年发来的电报，说龙昌盐号的两条船在长江上被炸，船上载的正是怀家的盐！

　　怀如望马不停蹄地赶往重庆。

　　原来龙昌盐号的三条船在航行过程中满载着从桥镇转运而来的盐，准备通过长江进入湖北境内，但在一个隐蔽的江湾上被日本人的飞机发现，接下来的情况可想而之。日本人的目的就是要封锁长江航线，见到江上的船只就会疯狂轰炸。这次虽然怀家的盐损失不小，但龙昌盐号的损失更重，船和人都遭到了重创。

　　怀如望同黄伯年见面后，共同商量对死伤的船员家属尽快落实善后事宜，并及时通知保险公司来谈判赔偿事宜。另外抚恤受伤船员，不管情况如何恶劣，怀黄两家都共同承担责任渡过难关。

黄伯年要的就是怀家的支持,他担心因船被炸公司经营一蹶不振;但见到怀如望后,他的脸色变得好看了一些,感慨道:"黄家同怀家的交情是铁打的,炸也炸不断啊!"

但这件事对怀如望的影响不小,船只三天两头被炸,商运的代价太大,如此下去进入楚湘黔的食盐必然裹足不前,甚至导致盐运中断。假若战争形势进一步恶化的话,怀家的盐业也危在旦夕,更重要的是弟弟的桥盐银行重庆办事处正处在战争最敏感的地区,安全也是不得不考虑的问题。

当天,他同怀如茂交谈至深夜,他们谈得最多的问题是重庆是否安全。但这是个没有答案的问题,战争形势瞬息万变,谁也不敢打包票,长沙会战还在持续,中日战事呈拉锯状,战争结果仍是凶多吉少。但怀如茂好像已经习惯了日本人的轰炸,他说现在有防空洞,只是多跑几趟警报而已。他说得轻描淡写,也很自信。这点有些像他们的父亲怀穆春。其实,怀如茂是把重庆当成了金融业大有作为的地方,他要想做的事情一定会坚定地做下去的,况且,他还喜欢上了一个女孩子。

那天夜里他们两兄弟谈到了徐一萍,怀如茂突然兴奋地说:"哥,到时咱们一块去看她演的戏吧。"

"我从小没有看过什么戏,也不懂,但爹是最爱看戏的。"怀如望骨子里仍然保留着朴实。

"但他那是旧戏,人家演的可是新戏。"

"既然能演戏,一定很漂亮吧?"

"那是!"

"你是怎么认识她的?"

"说来你都会不相信,也是看戏。"

"看戏?"怀如望有些吃惊。

"是呀,她也正好在看戏。"

"真的吗？我怎么有些不懂了……"

在怀如望眼里，如茂这个比他小不少的弟弟，脑袋里总是装着比他多得多的东西。

两人不知不觉谈到了半夜，但话永远也说不完，好像意犹未尽，过了好久才吹熄了蜡烛。但他们刚刚入睡不久，怀如望就听到远处传来了防空警报的鸣声，接着又传来几声沉闷的爆炸声，他急忙推开窗户，正好望见很远的地方腾起了几堆火，他知道日本人夜间都在实施空袭，心里不由得猛抽了几下。怀如茂在另一张床上睡着，他连起都没有起来，只说了句：

"哥，别管它，睡吧，就当蚊子飞过。"

说完他便侧过了身，很快传来轻微的鼾声。

怀如望却一夜无眠。

第十二章

民国二十九年,日军出动三十万人发动枣宜大战,目的是占领宜昌,重庆危在旦夕。而徐一萍和丁静宜离毕业虽然很近了,但她们商量要公演《木兰从军》来声援抗战。

也就在这时,为筹备银行股东会议,怀如茂来不及同徐一萍告别,就匆匆回到了桥镇。这次会议的目是商量入股四大银行保险公司,以获得在战时盐载保险业务上的一些股权,但前提是需要一笔巨资,得由股东来讨论增资扩股的办法。在开股东会前,怀如茂需要对诸如资产负债、损益计算、盈余分配等进行整理。但这些工作都是极其烦琐的,这一忙,半月就过去了。

这一天,怀如茂又从睡梦中醒来,望着窗外的月亮发呆。想着想着他的心里就萌动起了什么,便起床打开了灯,趴在桌子上给徐一萍写起了信:

一萍,你好!

接到我的信你不会感到突然吧?我现在正在桥镇为银行

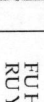

的事情奔波，白天公务繁忙，直到夜深人静的时候才想起给你写信，这种感觉就像那次我们坐在江边的大石头上一样。

　　桥镇是个宁静的小城，一入夜人们便可安然入睡，我想桥镇是目前中国最安稳的地方了吧。桥镇虽然宁静，但却近乎于沉寂。这样的日子大概千年来也没有什么变化。我的祖辈们在这里扎根，他们曾经也轰轰烈烈过，但到如今好像也并没有真正改变过什么。

　　在桥镇，最谈得来的是我的大哥怀如望，他的故事可以摆上三天三夜呢。现在他一心一意在桥镇搞盐业技术革新，因为他觉得中国的盐业太落后了，他在德国看见过人家的精盐生产，所以他想通过努力来帮助桥镇改变现状。大哥是个勤勤恳恳的实干家，但他相信上帝，这跟一位牧师曾经救了他有关，这也改变了他的世界观。所以国家虽然千疮百孔，还遭受着战争的凌辱，但他相信这一切都是暂时的，苦难一定会换来宁静的生活。

　　这些天在桥镇我想了很多很多，像有很多情绪交织在一起。想到这些我就真的不能安宁了，我想马上投入到如火如荼的生活中去，想马上回到重庆，回到我们坐在过的江边……

　　徐一萍接到信后读了好多遍，手上的汗水都把字迹浸模糊了。这个季节的重庆是如此炎热，但她心里却下着一场雪，纷纷扬扬。

　　第二天一早，徐一萍就去邮局给桥镇投去了一封信。

如茂，你好！

　　接到你的信时，重庆又被日本人炸了一次，地点是七星岗，死伤了不少人。第二天同学们都上街游行去了，他们的心里充满了愤怒,但不知道这样的愤怒要持续多久？中国要等到何时才能让百姓免遭涂炭？

《木兰从军》要公演了,你听到后一定很高兴吧？为了把戏演得更好,这次我们每个人都在认认真真地排练,同学们还说毕业后想组织流动剧团,一路演到延安呢。白天虽然忙碌,但晚上一静下来大家的心思并没有停下来,就要毕业了,自然要多想个人的前途。有空的时候,我和静宜也经常谈论今后的生活,她常常哀叹我们这代人的命运,国家遭难,个人前途已无从谈起。在现实和理想面前,静宜她很苦恼,其实我也是。我们从沦陷区冒死来到重庆求学,就是想学得一技之长来报效家国。我读了你的信,觉得你有个好哥哥,他以后一定是个有成就的实业家,在这个年代实干的人才真正叫人敬佩!

这段时间嘉陵江上又涨了不少的水,那块大岩石已经被江水淹没了,但那是多少美好的时光啊……

信在两地间传递,他们几乎每天都在读到对方的信,时间在发酵,很多东西都在他们的心底慢慢地生长着。对他们而言,那一个月是他们一生中最温暖的时光,每一天都充满着等待和希望。而现实的时间已经到了民国二十九年的七月,话剧排演仍在进行,而毕业的气氛也越来越浓,树上的蝉鸣正在撕开盛夏的烈焰。

战时官运已刻不容缓,缪剑霜别无退路。

不到半年时间,川盐济运委员会和战时西南、西北运输总处纷纷成立,不仅如此,盐务总局又开办押汇,总额达二十亿之多,为运商提供大量资金,让他们在巨大的商利面前敢于冒险,把盐运到最接近交战区的地方,而盐贷的大兴,银行的业务更加频繁。

龙昌盐号总经理黄伯年终于看到了希望,他的两只被炸的船得到了保险公司相应的赔偿,盐载保险的赔付又增加了不少。但更重要的是,鉴于日本人的轰炸,国民政府决定改变运输路线,盐船只到三斗坪交货,不再由长江下运,而是改走川湘公路,靠民夫挑盐输送到湖南、湖北、江西等地。此时,精明的黄伯年突然发现这是个巨大的商机。他感到运输方式将会有很大的变化,陆路运输更为重要,于是便花重金订制了一千辆专门的板车,车轮上安上了橡胶皮。这些板车对付崎岖的山路功效显著,在盐运中发挥了不小的作用。他给怀如望打了个电话,专门说到国民政府表彰了龙昌盐号,他是如此洋洋得意。

黄伯年很兴奋,好像要把这个振奋人心的事情告诉所有人,电话里因为声音高亢而震出了巨大的嚓嚓声:

"日本人炸得了船,却炸不了我的板车!你想想看,咱们那些乡野小路上的板车就像地上的蚂蚁一样,但日本人能对付得了蚂蚁吗……哈哈哈,有了板车,盐又可以畅通无阻了……"

但抗战形势依然严峻,整个世界还是灰蒙蒙的一片。

怀如茂从桥镇回到了重庆,他干净的白衬衣已变得肮脏不堪。更让他吃惊的是,他看到附近主要路口、要道几乎都张满了各种各样的寻人启事,糨糊糊满了墙壁、电线杆,每天都有不同的告示贴出来,风雨一吹,零落不堪,而行人匆匆,没有人愿意驻足。人们漠然视之,但死亡的气息仿佛弥漫在这个城市的每一个角落。

第二天,怀如茂准备去见徐一萍,刚站在街头,就听到一个童声:

"卖报,卖报啰!"

他走过去,买了份孩子手里的报纸。他本想赶紧看看报上都有什么重要的消息,但他看见报童背着个大包,里面装满了沉沉的报纸,压得他瘦小的身子像要喘不气来,心里便冒出股怜悯来。

"多大了?"怀如茂问。

孩子没有说,但样子看起来很小,他的眼睛由于饥饿变得大而空洞。

"你每天都要到这里来卖报吗?"

"是的,先生。"报童的脸上满是汗渍,脏兮兮的。

怀如茂默算了下,这个孩子一天可能要走二三十里地呢。

"你爹妈呢?"怀如茂摸了一下孩子蓬乱的头。

报童突然眼里湿润了起来。

"爹妈?不在了,他们被日本人炸死了……"

怀如茂一听,心一酸。他马上又从口袋里掏了一把钱递给孩子。

孩子一见,说道:"先生,多的钱我不能收。"

怀如茂硬要把钱塞到孩子手里,但孩子死活不要:"爹妈不许的!"

怀如茂半天说不出话来,心里沉重到了极点。

这天,很快怀如茂就见到了徐一萍,他们已经有一个多月没有见面了,两人的眼光都有些欣喜。本来有很多话要说的,但见到徐一萍的时候,怀如茂却把刚才报童的事情先告诉了她。

"我们把孩子送到战时儿童保育会去吧,那是蒋夫人办的慈善机构,专门收养难童,在那里他们可以勤工俭学。"徐一萍建议。

怀如茂一听连称好主意,心情也好了不少。他一想到那个孩子很快就会有家了,不会再在饥寒中流浪了就会产生种莫名的冲动:"一萍,我总觉得还该为孩子再做点什么呢。"

"好呀,我们给孩子做件新衣服吧。"

两人把重逢的欣喜藏在了心底,而把孩子的事情看得很重,因为这是他们共同要做的一件事,这件事让两人的心里充满了正义和温暖。

那天正是星期天,怀如茂同徐一萍在山城的大坡小坎上奔走,好不容易才找到一家裁缝铺,他们按照同龄孩子的身体给报童做了件衣服。等办完这些事情,汗水早已湿透了他们的衣服,但两人像完成了一件了不起的事情,心里像被什么东西黏着,浓得化不开。

走着走着,他们就到了一座教堂的门口,怀如茂说:
"一萍,我们进去吧!"

徐一萍很吃惊地望着他。

"去为那个受苦的孩子祈祷。"怀如茂补充道。

教堂周边的房屋都是些木质结构的,飞机一轰炸都变成了焦土,可能是因为教堂是砖石结构,没有被大火吞噬,但建筑也被炸去了一角,走近一看就知道是新近修缮过的,砖是新的,墙上才刚刚刷过石灰,但这个教堂像个坚毅的幸存者一样高高地耸立着它的尖顶,仿佛在把对人间苦难的诘问和抚慰指向苍穹。

进入教堂后,他们两人找了个后面的位置坐下。教堂内外是两重天。牧师是个中年人,面容沉静,正在台上引领人们唱赞美诗,阳光正通过高高的玻璃花窗折射下来,那些玻璃还没有完全被修复,弹片在上面留下了千疮百孔,并将它们变得异常的光怪陆离,但光线是静谧的、温柔的、空灵的,可以让任何一个疲惫、劳顿、漂泊、焦虑、苦难的心安稳下来。坐在这样的环境中,他们两人都感受到了一种从来没有的震撼。徐一萍听别人讲过很多关于教堂的事情,但她仍然感到陌生,她想,这个地方真的是心灵的休息所吗?教堂里的人们为什么都会不约而同地来到这里?

在这过程中,徐一萍悄悄地看了看怀如茂,他的脸轮廓分明,白皙而明亮,弥漫着一种清辉。徐一萍感到这一刻岂止是静谧,简直就是神圣,连她也很快沉浸了进去。弥撒做完后,怀如茂同徐一萍走出了教堂,此刻的他们共同感受着一种新的世界,与之前的那个世界好像截然不同。

二

缪剑霜爱下棋,一生对棋恋恋不舍,忙里偷闲时想到的就是棋。

其实这段时间以来他穿梭于各个盐井,细细地了解着盐场可能发挥的能量到底有多大。也可能是看到现状后让他太焦虑了,他不清楚这些盐场还能不能支撑抗战中的军供民食,所以,他想通过下棋来调整一下绷得太紧的弦,因为就在下午的时候,他已经接到了财政部的电报,催促他速速返渝,他已经出来寻访调查快一月了。

怀如望在天津工作时学会了围棋,在桥镇他与缪剑霜是棋逢对手。这是缪剑霜离开桥镇回到重庆的前夜,而此去缪剑霜将带着《战时盐法》的拟订草案,等待国民政府最后落锤,并在新年元旦之际布告天下。

但在棋盘上一落子,怀如望便感到了缪剑霜的心事重重。

这段时间,缪剑霜人也瘦了不少,头上又增添了不少白发,而他一直的眼疾更加严重了。

其实,这次在桥镇的日子里,缪剑霜已经见证了抗战的持久性,他已同多方进行了详细的研究和论证,中国盐业的蓝图在心中已然是轮廓分明。在他心中,《战时盐法》其核心就是官收官运,实现战时经济统制,这是不得已而为之的事情,而千年来的引岸制度随之解体,这中间必然会触动不少人的利益,而这些利益阶层会不会妥协,甚至猛烈阻碍新盐法的推行。缪剑霜想,一招出错,可能会满盘皆输。

缪剑霜下的不是棋,而是纷繁的思绪。

"如望,你搞的蒸发壁现在如何了?"棋到中盘,他突然抬起头来。

这时,怀如望正在打入缪剑霜的一块边,眼看就要顺势侵入,形势一片大好。

"很多盐商都在使用了,他们都尝到了甜头,每天都有人来询问蒸发壁的技术,普及起来很快了。"

"好呀,好呀,我看其他盐场都可以推广一下,这技术很实用,投资既少,见效也快!"缪剑霜的话中充满了赞许,但过了会儿他又问道,"对了,电的情况如何?"

"岷江电厂已经快发电了,机组的安装速度很快,到处在插电线杆了,桥镇的男女老少没事都去看人家架电杆,觉得稀奇得很,您下次再到桥镇,到处就是一片光明了。"

怀如望的话正有些兴奋,这时,缪剑霜落下一子,将怀如望的一条长龙拦腰截断,刚才侵入边地的十多子瞬间变得孤零零的,形势急转直下。怀如望大呼不妙。

"你在山头搞了个风力发电机,能够供几口井的电力供应,很有想法嘛。"缪剑霜不急不躁。

"跟人家岷江电厂比,那就是小巫见大巫了。"

"桥镇的机遇很好呀,希望桥镇的盐业也走在川盐的前面,我是一直看好桥镇呢。"

"最近拨给桥镇的增产津贴很及时,盐商都拿到了手里,把井灶都重新开起来了。您一到桥镇,咱们桥镇的盐井就像变了样,说是救了盐商们的命,场商办事处正在酝酿给您修座生祠呢,名字都想好了,叫剑霜堂呢……"

"哈哈哈,立祠?还是把钱用来搞生产吧!"缪剑霜的笑声爽朗地穿过了堂屋。

此刻,怀如望在棋盘下面拼命左腾右挪,那十几子棋子才渐渐出现了生机,而一旦盘活,缪剑霜的实空将削弱,盘面又回到了胶着的状态,二分天下只待收官定局。

"对了,桥盐小学还好吗?"间隙中,缪剑霜又问。

"现在有两百多名学生了,很受乡人欢迎。"

"把学校办好是大事。不过,有不少难童要输送到桥镇了!"缪剑霜突然提到。

"难童?"

"是呀,抗战中有无数的孩子沦为了难童,他们正在源源不断地转送到大后方。盐务总局承诺拿出盐税中的一部分来救助难童,四川将设十多个战时儿童保育院,我考虑把第三院设在桥镇,要接纳一千个孩子。"

"哦……"

"肯定有困难,但必须要做好!"

"到时我们也来增援。"

边谈边下,棋的速度也快了,不久就到了终局,只见棋盘上已摆满了密密的棋子。怀如望投下最后一颗棋子,抬起头来笑了笑说:

"缪局长,大局已定,数目论胜负吧。"

"我已经点过了,白棋赢半目。"缪剑霜举起一枚白棋,自信地说道。

经过一夜的雷雨,早晨一起来,炎热的重庆有了丝丝凉气,空气也没有那么闷了,天上出现了难得一见的蓝色,几缕轻云在上面缓缓地游移着。怀如茂一大早就起来了,梳理得整整洁洁,站在桥盐银行重庆办事处的小洋楼前等着那个即将送报来的报童。

约莫十点,孩子果然到了办事处门口,怀如茂热情地把他请进房间里,取下他的包,让他坐在椅子上,并让人给他送来两个鸡蛋和一杯白糖开水。这个孩子叫罗全,不到十岁,父母双亡,如今跟几个老弱病残的老乡住在一起,他已经在重庆卖了大半年的报纸了,挣的钱全交给老乡,冬天没有一件棉衣,背着一大包报纸在路上奔波,天黑回去只能吃冰冷的稀饭。

那天,怀如茂把新的衣服穿在了他的身上,漂亮的立领和胸前整齐的纽扣让孩子变得精神起来,顷刻之间判若两人。怀如茂又把塑料凉鞋穿在了他的脚上,把他那双已经破烂不堪的布鞋扔在了一边。等他穿好,怀如茂将他推到镜子前,想让他看看自己。

但罗全一看到镜子中的自己突然不知所措,面对这样的改变一时还难以接受,仿佛是在梦里,怯生生地望着怀如茂,然后慢慢地解开胸前的纽扣。

"怎么了?"怀如茂问。

"我过年也穿不了这么好的衣服呢……"罗全的眼睛里充满了惶恐。

"现在这身衣服就是你的了!"

"不,我不穿。"罗全突然执拗起来,身体也往后退了一步。

"为啥不穿?"

"这样回去,老家的大伯、大叔会骂我的。"

"骂你?"怀如茂很吃惊。

"他们会骂我学坏……这新衣服像偷来的!"

罗全已经把衣服脱去了一半,怀如茂去拦,却没有想到他不知道哪里来的力气,拦都拦不住。争执之间,一颗纽扣落到了地上。

"你真的不想穿叔叔送你的衣服?"

罗全把头埋了下去,哭了起来。

怀如茂也伸手去拭了一下自己脸上滑落下的一颗泪。

"好吧,不难为你,这衣服暂时放在我这里。等你把今天的报纸卖完后,明天早上就到我这里来,我要带你去战时儿童保育会,今后你就要去勤工俭学了,长大了就能自食其力了,也让你九泉之下的父母安心。今天回去后,你要同家乡的大伯、大叔好好道别,不用担心他们,他们是大人,能够养活自己。"

等他们说好,怀如茂又给了罗全一些钱让他揣上,让他给他的那些大伯、大叔,然后才把罗全送出去,但他一直站在门前,看着罗全小小的身影渐渐消失在重庆的雾气之中。

三

民国二十九年大暑这天,注定是个不寻常的日子,根据历算,这天宜嫁娶、出行和动土。

也是这天,怀如茂将送罗全去战时儿童保育会,让这个可怜的孩子找到一个安稳的地方生活学习,这也是怀如茂心中的一件重要的事情。巧的是,徐一萍她们的《木兰从军》也将在这天公演,之前她就已经把这消息告诉了怀如茂,因为那是她们两个月来辛苦排演的成果。怀如茂的兴奋不言而喻,他甚至打

电话把这消息告诉了远在桥镇的哥哥怀如望，因为他想让哥哥来看看这个他喜欢的女孩，他过去还从来没有为一个女孩子如此动心过。他甚至在电话里说，下次回桥镇就把她带回去。

凑巧的事情还不止这一桩。也是在这一天，黄伯年要举办他的六十大寿，请帖也是几天前就已经送到办事处，桥盐银行自然是被邀请的嘉宾。这次宴请不同寻常，以黄伯年在盐业界的地位和影响，来捧场的人绝非等闲之辈，据说就有四大银行的经理和国民政府中的要员以及社会各界名流。当然，重庆盐业公会主席曾子唯、川盐银行董事长刘航琛一定会光临，这两个人一直是怀如茂想结交的，他们几乎把控着重庆盐业，是举足轻重的人物。为了这次宴请，怀如茂作了精心准备，还专门订制了个大花篮。

怀如茂明白，桥盐银行要想在重庆站稳脚跟，就需要同这些实力雄厚的人打交道。他一直都想从他们的盐载保险业务中分得一杯羹。其实。怀家同缪剑霜的交情是大可派上用场的，缪剑霜一直都在支持桥盐银行，曾子唯、刘航琛们多少会买些面子的。前不久中央信托局联合四大银行以及裕国保险公司向川盐银行施压，看他们的盐载保险业务分外眼红，中央信托局同盐务总局业务繁多，桥盐银行也可以从中找到机会，而黄伯年的大寿来得正是时候。

宴席安排是从中午开始一直延续到晚上，地点是白玫瑰餐厅。按照怀如茂的打算是上午送罗全到儿童保育会，中午赶赴白玫瑰餐厅参加黄伯年的大寿，晚上去观看徐一萍参演的话剧《木兰从军》，三件事都遇到了一天。

那天晚上，怀如茂想早点入睡，以便第二天精神更加饱满。要是在平时，他都有睡觉前看书的习惯，这是多年来养成的，但今天他减掉了这一环节。

但可能是他太想早点入睡了,却有些失眠。纱窗外蟋蟀的叫声此起彼伏,熏蚊的烟味弥漫在房间里有些呛人,怀如茂翻来覆去,思绪断断续续,只觉得汗水在凉席上就没有干过。他使劲地打着扇子,却怎么都不能让自己凉快下来。到了三更时分,他才昏昏沉沉地闭上了眼睛,但一大早他就醒来了,一看时钟才六点左右。

怀如茂又在床上继续眯了会儿,仍然睡不着,在床上翻腾了一阵,天色渐渐就亮了,日光透过纱窗洒到了床前,窸窸窣窣的完全听得清街上的各种混响。怀如茂想,罗全这孩子等会儿就要来了,他得让厨房给孩子留点吃的,同时也要让司机把轿车擦得亮亮堂堂,开在院子门前待用。想到这,他翻身起了床,从自来水管里接了盆冷水洗脸,头脑清醒了不少。

怀如茂在心里说,这辗转反侧的一夜就过去了,而新的一天已经开始了呢。

但事情从一开始就有些变化。

那天,怀如茂一直等到早上十点钟,也没有见到罗全的身影。在这个过程中,传来过两次卖报的声音,他都急急地伸头去看,但都不是罗全。怀如茂站在大门前不断地看着手表,心里想的是昨天给孩子讲得好好的,怎么到现在还不来。因为晚上没有睡好,他连打了好几个哈欠,赶紧在脑门上抹上了风油精。

又过了一个小时,怀如茂渐渐有些按捺不住了,他想一定是出了什么差错,不会是他的那些老家的大伯、大叔不让他走吧?或者是在途中出现了意外的情况?一想到这,他就有些不安起来。他想,如果是那些大人不让他走,他可以去做那些人的工作,为了孩子的前途,他们最终一定会同意让孩子走的;但要是路上遇到了意外就不好办了,比如出了车祸,比如遇上了坏人。怀如茂越想越着急,觉得这事不办好放不下心,但时间在分分秒秒地过去,黄伯年的大寿宴席是不能不去参加的,但孩子的安全和去向更让他揪心。

这时,怀如茂果断作出了一决定,让陈端华到白玫瑰餐厅,先把寿礼和花篮送去,而他亲自去找罗全。这个孩子的前途是他同徐一萍共同商量的,也是他俩感情的连接点,所以他的内心是那样急迫,他太想把这件事情做好了。怀如茂吩咐司机开动汽车,沿着上清寺到朝天门码头的路线走,这条线路是罗全卖报的路线。

汽车开得很慢,怀如茂的眼睛在大街小巷里逡巡,他们行行走走,也有两三里的路程。

突然,不知道从什么地方响起了警报声,从小到大,越来越密,全城都响了起来,路上的行人顷刻之间慌乱起来。

"日本人的飞机来了,我们赶紧找个地方躲起来吧!"司机满脸严峻。

要是在办事处,他们的车不用那么惊慌,他们的小楼后面就有防空洞,完全可以从容地躲进洞里,但现在是在四周没有任何遮蔽的大街上,司机脸色发青,连腮帮都在抽搐。

"你下去找个山洞躲起来,车我来开。"怀如茂的目光直视着前方。

正说着,他们就看到不远处有个山洞,人们还在源源不断地涌去。

"怀经理,快躲吧!"司机的声音都变得有些沙哑。

"怕什么?!"

"怀经理,赶快到洞里躲躲去……"声音近乎哀求。

"日本人专欺负咱们,我才不怕!"

司机抬头望了望天空,乌云密布,不知道将要发生什么,感觉特别不妙。警报还在不断地响,日本人的飞机也越来越近,仿佛听得见机翼在空气中摩擦的声音。

司机猛一踩刹车:"不能再开了,逃命要紧呀……"

"你快去躲起来吧,我来开!"

怀如茂跳下来一把就把司机推出了车门,而他已重新开动汽车,迅速提速急驶。这时的怀如茂心里突然产生了一种濒临危险的决斗感,甚至想在狂奔中戏弄一下日本人的飞机,让他们知道中国人并不惧怕淫威。其实,他心底仍然牵挂着罗全,那个可怜的孩子如今仍然行进在路上,孩子比自己更危险。他一定要找到孩子,不然他的良心会永远不安,他不能让一个失去了父母的孩子再次失去生存的希望,他更不能让徐一萍失望。

此时的怀如茂,全身是正义、勇敢和爱!

炸弹的爆炸声响了起来,只听见"轰"的一声巨响,躲在山洞里的人吓得浑身战栗、哆嗦,身体往下坠;小孩开始哇哇乱哭;司机感到胃部一阵痉挛,赶紧闭上了眼睛……

接下来就是铺天盖地,地动山摇,整个山城都在颤动着、撕裂着。

地面上的枪炮声也响了起来,天上和地上在激烈地对抗,一时间,只觉昏天黑地,整个山城像是炸开了一样,大地在痉挛、抽搐、断裂、坍塌。

怀如茂看到四处在冒浓烟,火光溅射。他再往远处看,只见江水被炸得波澜翻涌、巨浪腾空,来不及逃跑的船只纷纷倾覆,船上的人企图夺江而逃,但大多吞噬在沸腾的江水里。

怀如茂的车仍在路上飞奔,两边的房屋在纷纷倒塌。

他悄悄地紧闭了眼睛。

十多分钟后,爆炸声才渐渐停息。

空气中弥漫着一种胶着、窒息的气息,久久都不能化开。又过了片刻,人们才好像突然从刚才的惊惧中苏醒过来,只见四处浓烟滚滚、火光冲天,到处在响起呼天抢地的声音,一些人开始冲向那些被炸毁的房屋,想从里面救人抢物,呼救声、哭声、喧闹声、房屋倾塌声交织在了一起……

黄伯年的大寿宴席是在不祥的气氛中度过的,几乎是所有的来宾都在听广播里的播报,人们已经得知重庆大田湾一带遭受了十多架日机的轰炸。黄伯年有些闷闷不乐,嘴里不断在骂,骂日本鬼子坏了他的喜事,弄得大家人心惶惶。

陈端华全然不知怀如茂的情况,但他一直没有见到怀如茂到来,而连曾子唯、刘航琛那些盐帮大人物都早早地到了。陈端华马上给办事处打了电话,电话中说是怀经理同司机驾车出去一直未回,这不由得加剧了陈端华的疑虑,他不敢往坏处想。

寿宴当中,窗外传来几声闷雷,从天边滚过,参加宴席的人们有些惊恐,仿佛是刚才日本人的那阵轰炸,一种莫名恐慌的情绪在大厅内传递。桌面上,一些人连筷子都没有动便借故先行离去,显得有些神色仓皇。

空气依然闷热难当,屋顶的电风扇吹得呼呼直响,但一点都不能减去半点热度。刚开始上热菜,窗外就听见刷刷刷的急雨打在屋顶和地面,外面一片灰蒙蒙。寿宴还没有结束,陈端华又给办事处打了电话,仍然没有确切消息。

陈端华再也坐不住了,急急向黄伯年告辞,然后从白玫瑰餐厅直接往大田湾一带赶,他的心里有种不祥的预感。

《木兰从军》的首场公演如期进行。

这场演出后徐一萍的同学们就要各自分飞了,所以这次演出又有些特别的纪念意义。出于一点小小的私心,她给怀如茂专门留了张前面位置的票,因为她在台上演的时候,也能够看到台下的他。

剧开始后,徐一萍在后台悄悄拨开幕布,并没有看见怀如茂。在出场以后她几次用眼睛瞟那个位置,都发现那里一直是个空位。徐一萍不敢多想,她得认真投入地演好自己的角色。第一幕剧完了后,徐一萍回到后台,她要忙着换装,但心事重重。丁静宜好像看出了这点,走过来对她说:

"一萍,怎么啦?怀先生没来?"

徐一萍点了点头。丁静宜拍了拍她的肩膀:

"人家肯定有重要的事,别想了,快轮到我们上场了!"

但她还是看到徐一萍的眼角掉出颗泪来,慌乱间用手帕拭了拭。其实,徐一萍是非常想怀如茂来观看这个演出的,她太想让他见证这个有意义的晚上了。这个演出对她而言太重要了,他不应该错过,因为她的人生已经同他交错在了一起,况且怀如茂是信誓旦旦地说好要来的,一定会来的!

话剧演出非常成功,但徐一萍脸上没有太多的喜悦,独自在后台卸妆。

观众渐渐散了,剧团的同学也闹着去外面庆祝去了,剧场的灯光已经熄灭,只留下出口顶上的一盏昏黄的小灯。

徐一萍独自坐在那个一直空着的座位上。

四

十天后,怀如望从重庆返回桥镇,他只带回了弟弟怀如茂的一箱衣物和一双他心爱的回力牌球鞋。

到桥镇的时候，怀如望却没有下船，他感到了一种恐惧，觉得脚一旦踏上土地，就会有种巨大的力量在拉他。当他怕走下船，他感到无路可走。这时船已经靠岸，船上的人都已经下了船，只有他一个人留在船上。怀如望点上一支烟，茫然地望着这个熟悉却又陌生的地方。

烟雾袅袅，他在回忆中沉浸。怀如望记得，很多年前他曾带着如茂到江边去摸河蚌，如茂很小，也不会水，只好他一个人下水，但不小心陷到了河底的淤泥中，且越陷越深，这时怀如茂突然跳进了水中去拉他，结果侥幸逃脱，但两人都被弄得狼狈不堪。当时怀如望虽然进了怀家，但毕竟在山里生活了很多年，与怀家的人多少有些隔阂，而且他同弟弟年龄悬殊较大，但就是这次事情后，怀如望从心底里真正把如茂当成了自己的亲人。

怀如望一会儿仰头看看天，一会儿低首看水面，思绪纷乱。

这时，一条小船划了过来。船上的人怀如望居然认得，就是当年搭他父亲找米的船师傅的儿子，他仍在河上靠打捞盐渣子为生。船很快就从他的面前过去了，那个人同他年龄相当，但显得要苍老得多。怀如望知道，这个人捞一辈子盐渣子都不可能有自己的一口盐井，但他只为一家人的口食奔波；而自己怀家有那么多的盐井，他和弟弟怀如茂还想把盐井做得更多、更大，但倒头来还是一场空！他们同那个捞盐渣子的人其实并无区别，世间的浮华就如那深藏在地下的盐一样，千辛万苦把它打出来，最终盐还会回到地下，消融得无影无踪。

这时，怀如望好像想到了什么，一下船就直接去了教堂。

教堂里静悄悄的，听不到一点喧哗的声音。怀如望对教堂太熟悉了，就像是久违的家。是的，他是来倾诉的，他已经很多天没有真正闭过眼睛了，而只有这里能够给他带来安慰。

很快,他就找到了高牧师的房间,但门紧锁着,他知道高牧师已经去世好几年了。怀如望透过玻璃往里看,只见桌子两头堆满了书籍,但桌面上积了一层厚厚的灰尘,一束阳光斜照着桌面,尘埃飞扬。藤椅也因久无人坐都快朽掉了。在怀如望的记忆中,高牧师经常都会静静地坐在这个藤椅上看书、沉思。

怀如望的心里仿佛吹着旷世的冷风。他又回过头来望了望那张藤椅,确信高牧师已经走了。那一束阳光还斜照在那里,一动不动,阳光里尘埃飞扬,让人目眩神迷。他不敢再多看一眼。但当他再睁开眼睛的时候,他看见了阳光中的弟弟,他穿着干净的白衬衣,光洁的脸上永远都有着一种自信的神采……

怀如望伸出手,阳光就消失了。他的手在空中使劲地一抓,感到了穿越阴阳两界的冰冷。他慢慢地蹲了下去,泪水也慢慢地流了下来,身后的桥镇变成了灰蒙蒙的一片……

半个月后,毕业后的同学们各自纷飞,学校里人去楼空。

这期间,徐一萍只做了一件事,她找到了罗全。

事情变得清晰了起来。在怀如茂出事的头天,罗全在回去的路上遇到了麻烦,一伙流氓看他兴高采烈的样子便盯上了他,他们想一个穷报童肯定是捡到什么值钱的东西了,就把他逼到一个角落里,搜走了他身上的钱。罗全回到破屋里哭了一夜,第二天上午昏昏沉沉睡着了,等醒来往怀如茂那里走的时候,不幸已经发生了。

那天,徐一萍把罗全领到了战时儿童保育会,罗全分到了保育会下的四川第三战时难童保育院,而徐一萍得知这个院就设在桥镇时,她当即就报了名,决定去那里当一名老师。其实之前她已经是准备到一家报社去工作的,而对方已经正式聘用了她。但她在瞬间就决定了自己的选择,而这一决定几乎没有受到任何阻拦。当时保育院正缺教师,条件也非常艰苦,愿意去的人并不多,何况她是名校的毕业生。

看过她的简历,办事人员好像有些不解,只问了徐一萍一句:"你为什么愿意去那里?"

徐一萍回答:"我想去桥镇看看。"

"这好像不是理由吧。"那人有些惊讶。

"那里有我的亲人。"

"哦……"那人迅速在表上盖了章,像得到了一个满意的回答。

在出发前,徐一萍去了一次嘉陵江边,在江边,她看见那块曾经与怀如茂一起坐过的大岩石又浮出了水面。它依然是那样光滑,像浮着的破碎的梦。徐一萍默默地对着岩石说,如茂,我要到桥镇去了,到你的家乡去了!

这时,她看见江水涨了起来,慢慢地淹没了岩石,江河里流淌着永恒的哀怨。

跟她一起去江边的还有罗全,他穿着怀如茂送他的新衣服,江风让衣服飘动了起来,徐一萍一把将他搂在了怀里,她的嘴里在喃喃地说:

"孩子,我们一起走吧,到一个叫桥镇的地方去!"

半年后,缪剑霜再度来到了桥镇,那时《战时盐法》已经全面推开了。

他这次一来就马上通知桥镇的盐场、运商几百名代表开会,他有重要的消息告诉大家。

这天,桥镇盐务局和川康盐务局的大小官吏悉数到场。大家发现缪剑霜的脸色透着兴奋,他一开头就对大家说道:"今天我到桥镇,是给大家带好消息来的!"

下面的人议论纷纷,被团团热气紧裹着。

接下来,缪剑霜讲了两个消息:一是实行就地核定场价,以后盐价由地方定,将不再层层批转,减少了由于物价波动带来的损失,盐商将得到不少实惠;二是盐贷,他通过积极的运作,在宋子文那里弄到了一笔巨款,足以助盐商资金周转,会议开完就开始发钱。

会议下来,桥镇盐场整个都振奋了。盐价一旦随行就市,盐商就有了利润空间,而政府给盐商送去了钱,那些倒闭的盐灶又重新冒起了烟,仿佛一夜之间,这个古老的盐场又恢复了生气。

但缪剑霜只在桥镇待了一天,办完事,第二天他又将马不停蹄地去其他盐场,他要亲自为川盐点上一把火。但就在当天下午,一个中年人突然出现在了他的面前,这倒让缪剑霜大吃一惊。那个人走上前来说道:

"缪局长,您还记得我吗?"

缪剑霜定睛一看,不由得喜出望外:"是你呀?记得,当然记得,我买了你的牛嘛。"

"那次我不知道您是大官呀,您不会计较小人的过错吧?"

"老乡太见外了,我这个官如果不能给大家办事,还不如给你养牛呢。对了,你的盐灶还开吗?"

"不瞒您说,我就是来把我卖的牛重新买回去的!"

"真的?"缪剑霜欣喜万分,眼里差点掉出一颗泪来,"好啊!老乡,还有什么困难就跟我说,你的那头大山子牛我可是给你养得好好的呢。"

正在这时,怀穆春牵着头牛走了过来,卖牛人赶忙迎了上去,他不敢相信他的牛被寄养在了怀家大院里,而且是桥镇的怀大老爷亲自牵来的。卖牛人又看到了自己的牛,自然欢天喜地,有了牛,他的井就又有希望了。但怀穆春突然叹息了一声,心情显得很沉重,可能是卖牛人的欢喜反触到了他的伤感,缪剑霜看到此景,便走过去拍了拍他的肩膀。经过失去儿子的打击,怀穆春更苍老了,花白的头发在风中显得更加凌乱。

缪剑霜说:"怀公,您一定要保重,桥镇盐场要靠怀家呀!"

"放心,怀家是不会倒的!"怀穆春说完又转过身来对着卖牛人说,"老兄,把你的牛转起来吧,好好生产盐,我们都是盐命呀!"

卖牛人频频点头。说完,怀穆春和缪剑霜慢慢向远处走去,正是落霞时分,天车林立的桥镇倒有些悲壮,两人的身影也渐渐融入了巨大的苍茫之中。

徐一萍到了桥镇不久,就在徐一萍打好行李准备出发的前一天,她突然收到了丁静宜的一封信,一看邮戳,都已经了是几个月前的信了,看来中途转折了很久,封皮都有些破了,但居然还能收到,已属万幸。信很短,看得出这是丁静宜在匆忙间留下的。

一萍:

当你打开这封信的时候,我和柯建生已经到了美国,而林哲夫据说已经去了延安。现实如此,就各奔东西吧。

如茂的事大家都挺难过,但日子还长,务请保重。

记住,好姐妹,以后我们就相隔万里了,多写信,我会想你的!

静宜

战时难童保育会第三保育院就建在桥镇的一个山坡上。

那是把一个破败的老庙简单修缮后来做的教室和宿舍,来自四面八方的难童住在一起。在创建之初,条件异常艰苦,山上的井早已废弃,水要在山下挑,粮食和食物要从山下盘,过去只有一条弯弯曲曲的羊肠小道,荆棘丛生,道路险恶,上下一趟得走好几里路,要花半天时间。

通过所有人的共同努力,一切渐渐都得到了改善,道路拓宽了,寺庙也隔出了许多间教室,每天已能听到朗朗的读书声。保育院还辟出一块地来做了操场,光整的平地上甚至可以打篮球了。他们还搞起了农场,养猪、种菜和种庄稼,孩子们每天要在农场里务工,而农场里的蔬菜和粮食慢慢能够自给自足了。

等一切都渐渐适应的时候,两年时间就过去了。在此之前没有更多的人知道徐一萍去了哪里,她也没有跟外界有任何联系,所有人都以为她已经销声匿迹了。

这一年的冬天,日子渐渐平静,徐一萍才给丁静宜回了一封信:

静宜:

接到我的信,你不会感到惊讶吧?毕业以后我选择到了桥镇,这个镇在西南一个偏远的地方,如今我已经在这里安家了。不仅如此,现在我已是几百个难童的家长,他们没有了妈妈,他们都叫我妈妈呢。

这里的生活条件非常艰苦,住的房子是个破旧的庙子,山上野草丛生,晚上还能听到野兽的叫声。但时间过得真快,我已经适应这里的生活了。在这两年的时间里,我像经历了很多,也想了很多,是孩子们在改变着我,相比之下他们那么小就遭受了不幸,所以我没有理由不坚强起来。如今我们的工作已经得到了回报,一入春,保育院里第一批大龄孩子就要去工作了,永利化工厂昨天来招收了十几名学生,接下来还有一些工厂来选人,我真为他们高兴,他们已经要自食其力了。

　　这段时间山里的天气很冷,我们要带着孩子去林里砍树枝,教室里要烤上火才不会冻着。明天还要下山去接当地盐商会捐献的棉衣,孩子们正用得上,他们的衣服非常单薄。我们这里的老师很缺,我每天要同时上好几门课,所以要做的工作很多,常常要备课到深夜。虽然辛苦,但生活很充实,每天喝的是山里的清泉,呼吸着新鲜的空气,身体练得棒棒的,这真是一大收获呢……

一萍

　　写完信,徐一萍下山把信交走后,又带着一群孩子背着棉衣棉裤回到了保育院。

　　整个保育院里静悄悄的,孩子们正在上课,她此时已累得浑身大汗,走到一间教室边停了下来。

　　徐一萍从窗子外望进去,看到一个老师在教国文课,孩子们正在朗诵诗歌:"敕勒川,阴山下,天似穹庐笼盖四野;天苍苍,野茫茫,风吹草低见牛羊……"一遍又一遍,孩子们读得音韵迭起,恍如天籁。她想,这是多美的诗啊!徐一萍觉得那些孩子们就是可爱的牛犊羊羔,他们在学习中慢慢地成长,在宁静的环境中修复心灵的创伤。

　　她又走到另一间教室的后面,里面正在上公民课,下面的学生听得津津有味。老师正在讲的是中国人一定要团结起来,抵抗日本人的侵略。他借木兰从军的故事来讲我们的民族已经到了生死存亡的边缘,而每个中国人都处在危险的边缘,应该用自己的行动来保卫我们的家园……徐一萍一直站在窗子后面,她对这样的老师油然而生敬意。她想起了她们演《木兰从军》的情景,那是多么美好难忘的往事呀,但这又让她有些感伤。

这时,突然就传来了当当当的声音,树上挂的铜钟被敲响,下课的时间到了,孩子们"轰"的一下涌出了教室,散在寺庙的坝子里、山坡上。

不一会儿,就听见罗全急速的声音:"徐妈妈,徐妈妈!"

很快他带着几个大大小小的孩子冲到了她的面前。

"什么事?"徐一萍忙问。

"我捡到了一只斑鸠!"说着,罗全就从衣服里抱出只鸟来,"您看,它还是活的呢!"

"捡的?在哪里?"

"就在前面的山坡上,我看到它掉下来的。"其中一个孩子说。

"是我先看到的。"另一个孩子也挤到前面抢着说。

"哼,但是我捡到的。我要送给徐妈妈!"罗全小心地把鸟放在手中。

这时,徐一萍想起了怀如茂曾经给她讲的故事,说桥镇在过去的时候就曾经出现过落斑鸠的事情,那是一个叫咸草坡的地方,那个地方有口叫卤元井的黑卤大井,那口井的主人姓怀,怀家人为这口井耗费了几十年的光阴……

"罗全,把它放了!"徐一萍说。

罗全很吃惊,他还是有些舍不得,用手轻轻摸着它的羽毛。

"孩子,放了它吧,它可能是只鸟妈妈呢。"

一听这话,罗全的手便松了。

斑鸠一挣扎,双翅在空中发出细微的震动声,奔着从林子里折射出的一缕阳光飞去。

所有的孩子都抬起头看到了这一幕,他们纷纷围在了徐一萍的身边,望着她掩面而泣。

2013 年 1 月 30 日一稿
2013 年 10 月 19 日改于成都

后记

写完这部书正是春节前夕,听着窗外稀稀疏疏的鞭炮声,才知道又过了个年头。这两年中,书中的人物、故事都一直萦绕在脑间,直到秋天书稿基本改定,才稍稍喘了口气。原以为可以轻松了,却发现故事好像并没有真正讲完,书中人物还在叙述的惯性中继续前行:怀如望在桥镇将有怎样的发展?徐一萍以后的命运如何?缪剑霜如何在宦海中沉浮?甚至包括王书、罗全那两个孩子今后又将走向何方……

是的,作为一本小说,故事永远也讲不完,甚至故事永远都是有缺陷的,因缘际会纷纷扬扬,它只是给了叙述者一种可能,而把更多的可能给了读者。

写一部书,就如同搭上一个戏台,而我最多只是个躲在幕布后面偷偷往台下看的人。正如这本书的名字,世间浮华都会像盐一样消融于大地。大幕拉开也终有关上的一刻,余音绕梁就不苛求了,只是但愿台上的面孔能够在人们的记忆中留下一些坚硬的棱角。

2014 年 1 月 26 日